Ralf Strackbein

Tristan Irle

und

Der Grabräuber

Ein Siegerländer Kriminalroman

Magolves-Verlag
Siegen

Deutsche Erstveröffentlichung
Oktober 2009
1.–7. Tausend
Magolves-Verlag, Siegen

Umschlag-Gestaltung: Michaela Becker
Satz und Buchherstellung:
Vorländer GmbH & Co. KG, Siegen

ISBN: 978-3-935378-24-6

Das Buch wurde auf chlorfrei gebleichtem Papier gedruckt.

Zum Buch:

Die in diesem Buch beschriebenen Orte sind real und können besucht werden – aber bitte, heben Sie keine Grabplatten an. Zu betonen ist, dass auch die in diesem Buch erwähnten geschichtlichen Hintergründe auf historischen Quellen basieren. Ich habe mir nur erlaubt, meine eigene Interpretation zu diesen Quellen wiederzugeben.

Die Recherchearbeiten gehörten zu den aufwendigsten seit ich Tristan-Irle-Romane verfasse.

Die Helden in dieser Geschichte haben ein umfangreiches Wissen in Zahlenmystik und sie kennen sich in der Symbolik der Freimaurer aus. Um Ihnen ein noch stärkeres Lesevergnügen zu bereiten, empfehle ich:

Das Notizbuch –
Die geheimen Recherchen zum Fall:
Tristan Irle und der Grabräuber.

Das Notizbuch enthält Abbildungen und Darstellungen, die im Roman beschrieben werden. Mit Hilfe des Notizbuches können Sie hautnah miterleben, was in den Köpfen der Helden vorgeht.

Ansonsten gilt, dass beschriebene Charaktere erfunden sind, dass jede Ähnlichkeit mit realen Tatbeständen, lebenden oder juristischen Personen, Körperschaften, Unternehmen, Gesellschaften oder Organisationen, natürlichen und übernatürlichen Hierarchien, rein zufällig ist.

Siegen, September 2009
Ralf Strackbein M.A.

Kreis Siegen-Wittgenstein

Übersichtskarte

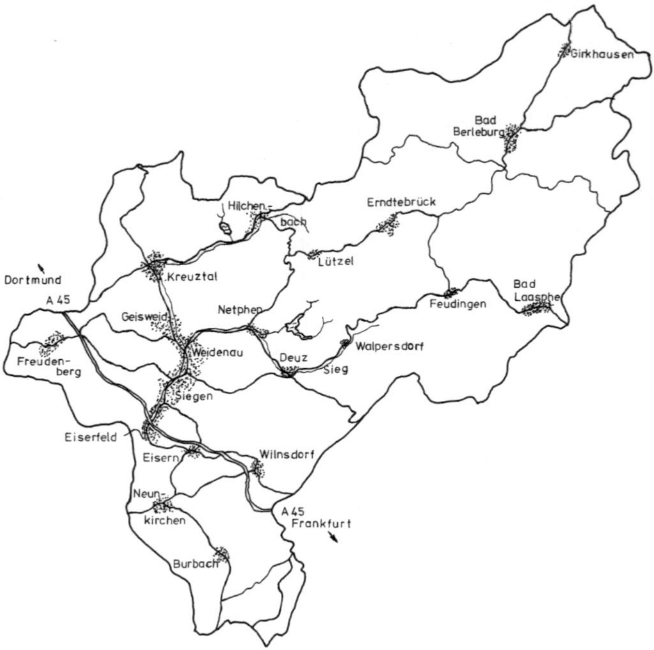

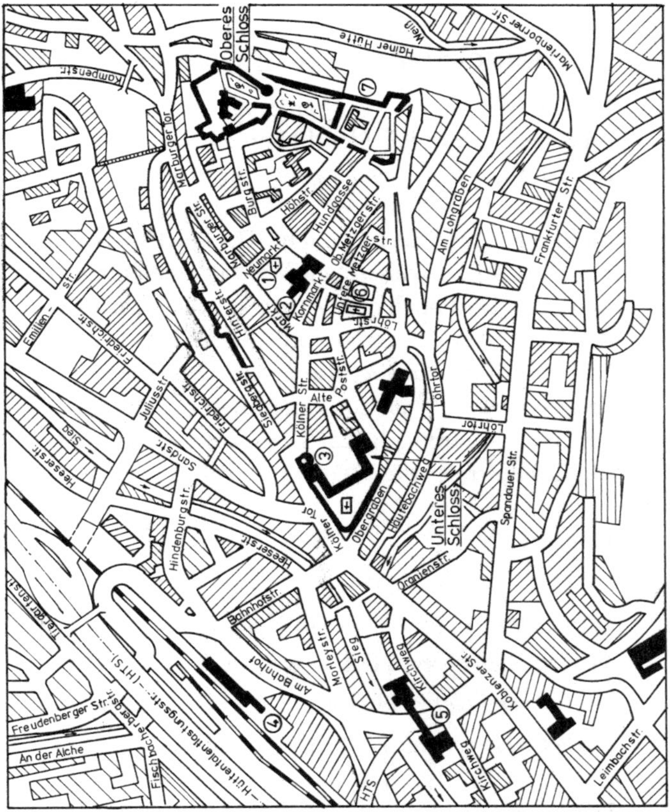

1 Nikolaikirche

2 Rathaus I und Marktplatz

3 Dicker Turm mit Glockenspiel

4 Hauptbahnhof

5 Landgericht

6 Marienkirche und Tristans Zuhause

7 Schlosspark

Vorbemerkung:

Dieses Verzeichnis von Personen, die sich mehr oder weniger in das Geschehen einmischen, soll dem Leser (der Leserin) eine praktische Hilfe sein. Das Verzeichnis ist als Vereinfachung und nicht als Täuschung gedacht. Da der Leser (die Leserin) höchstwahrscheinlich bei der geheimnisvollen Jagd nach dem Artefakt oder dem Mörder den einen oder anderen Charakter aus dem Auge verliert, empfiehlt der Autor, des Öfteren dieses Verzeichnis zu konsultieren. Das Verzeichnis ist streng hierarchisch aufgebaut, analog der auftretenden Personen.

Historiker:

Dr. Niels Redecker, das Opfer.

Lena Lamberti, Historikerin Regionalgeschichte.

Marion Riesenberg, Historikerin Alte Geschichte.

Dr. Patrick Palatin, Historiker Alte Geschichte.

Professor Holger Narres, Historiker Alte Geschichte.

Freimaurer:

Hans-Martin Brühl, Rechtsanwalt und Freimaurer.

Lothar Knipp, Elektromeister und Freimaurer.

Staatsmacht:

Norbert Pfeiffer, Hauptkommissar mit Vorurteilen.

Werner Holzbaum, Kommissar mit Durchblick.

Friedrich Büdenbender, Staatsanwalt, hat etwas zu verbergen.

Der Detektiv und seine Freunde:

Helga Bottenberg, Tristans Freundin.

Tristan Irle, Detektiv in geheimer Mission.

Erich Roth, Diakon und Tristans Freund.

Marlowe, Kakadu und gute Seele.

Professor Weiland von Stubbe, leider schon begraben.

1. Der Spaten schnitt ...

Dienstagnacht

Der Spaten schnitt in die weiche Erde. Ein kräftiger Hub riss den geschmückten Grabhügel auseinander. Blumengebinde zerfielen, weiße Lilienköpfe stürzten zu Boden, während das kalte Metall erneut in den Hügel drang. Zwei schmale Hände führten den Holzstil des Spatens zielsicher im Schein mehrerer Grableuchten. Mit gleichmäßigen Stichen trieb Niels Redecker den Spaten tiefer und tiefer in das frische Grab. Der Mann war ganz in Schwarz gekleidet und nur das gleichmäßige Geräusch, wenn Metall und Erde aneinanderrieben, verriet in dieser Neumondnacht, dass etwas Ungeheuerliches auf einem Friedhof der Großstadt Siegen geschah.

Ein hämisches Grinsen lag auf dem schmalen, glatt rasierten Gesicht, als er nach gut einer Stunde den Spaten aus der Hand warf und eine erste Pause einlegte. Innerlich lobte er sich für die Idee, die Grableuchten als Lichtquelle zu benutzen. Er hatte sie zuvor von verschiedenen Gräbern gestohlen und in ausreichendem Abstand um das Grab positioniert. Aus der Entfernung betrachtet sah es so aus, als ständen die Lichter an ihren vorgesehenen Orten. Die perfekte Tarnung für sein Vorhaben.

Redecker beugte sich zu einem Rucksack, der hinter dem Grabstein des Nachbargrabs lag.

Langsam kramte er eine Wasserflasche heraus, öffnete sie leise und nahm einen kräftigen Schluck. Dann streckte er sich und versuchte mit ein paar kleinen Yoga-Übungen seinen verkrampften Körper zu entspannen. Er war solche Arbeit nicht gewöhnt. Seine Arme schmerzten und die Wirbelsäule teilte ihm bei jeder Bewegung mit, was sie von der Arbeit der letzten Stunde hielt. Zudem hatte er das Gefühl, glühende Kohle in den Händen zu halten, so brannten die Innenflächen seiner Hände, und das, obwohl er Handschuhe trug. Redecker hatte tierische Angst davor, dass sich Blasen an den Händen bilden könnten. Als wissenschaftlicher Mitarbeiter an der Fakultät für Geschichte an der Universität Siegen musste er nicht körperlich arbeiten. Das Schwerste, was er in die Hände bekam war der „Große Ploetz“. Mussten dennoch mal mehr Bücher und Folianten aus der Bibliothek hinüber in die Büros der geschichtlichen Fakultät geschafft werden, machten das studentische Hilfskräfte, die ihm unterstanden.

Blasen an den Händen würden schwer zu erklären sein. Jeder durchschnittlich intelligente Polizist könnte aufgeplatzte Handballen an Akademikerhänden mit der blasphemischen Tat in Verbindung bringen, die er gerade im Stande war umzusetzen. Zumal man ihn als erstes fragen würde, denn der, den er gerade dabei war auszubuddeln, war sein frisch verstorbener Chef: Professor Weiland von Stubbe.

Redecker konnte seine Kräfte gut genug einschätzen, um zu wissen, dass ihm die Kraft zum Füllen des Grabes fehlen würde. Darum galt es, so wenig wie möglich an Spuren zu hinterlassen. Er widerstand dem Drang nach seinen brennenden Handflächen zu schauen und nahm den Spaten wieder auf.

Mit einem lauten Stöhnen stach er erneut in die trockene, schwarze Erde. Zum Glück hielt das warme Frühsommerwetter an. Regen war nach Aussage der Wetterpropheten in den nächsten Tagen nicht zu erwarten. Redecker mochte sich nicht vorstellen, wie viel Kraft er hätte mehr aufwenden müssen, wenn Regen die Erde durchnässt hätte. Da er bei der Beerdigung anwesend war, wusste Redecker, dass er jetzt, wo er den Grabhügel auf Bodenniveau abgetragen hatte, nur noch eineinhalb Meter vom Sargdeckel entfernt war.

Er fühlte sich wie Pheidippides, der die Akropolis am Horizont erkannte und Athen vor sich liegen wusste, um dort den glorreichen Sieg über die Perser bei Marathon kundzutun. Ein mattes Grinsen lag in seinem Gesicht.

»Alte Geschichte«, stöhnte er, »ist ja nicht mein Fach, aber Allgemeinbildung schadet niemals.«

Verbissen trieb er den Spaten in die Erde, hatte keinen Blick übrig für das Tanzen zahlreicher Glühwürmchen, die unweit eines Busches durch die warme Nacht schwirrten. Er wünschte sich nichts, als eine Sternschnuppe aus dem Sternbild des Großen Wagens fiel und in der Erdatmosphäre verglühte. Er missachtete die Scheinwerfer vorbeifahrender Autos, die die angrenzende B 54 benutzten. Seine volle Konzentration galt dem schwarzen Loch, in dem er stand. Und jeder Spatenhub ließ den Erdhaufen neben ihm wachsen.

»Noch eine Stunde graben«, seufzte er, »dann kann mich niemand mehr aufhalten.«

Der Wisse Ohm liebte Ruhe. Er liebte zudem einen klaren Nachthimmel, weil er von den Sternen fasziniert war. Das alles fand der alte Mann auf dem Friedhof am Rande der Stadt Siegen. Ausgestreckt lag er auf dem Rücken zwischen zwei alten Gräbern und betrachtete die Milchstraße. Petrus meinte es gut mit ihm, denn die Temperaturen lagen noch in der Nacht bei wohligen 20° C. Genüsslich qualmte er eine dicke Sumatra-Zigarre, die er sich am späten Nachmittag in Siegens exquisitem Zigarrenladen vom Besitzer geschnorrt hatte. Der Wisse Ohm gehörte nicht gerade zu den Leuten, die Banknoten in ihrer Tasche spazieren führten. Eigentlich hatte er so gut wie nie Bargeld bei sich. Einen einfältigen Menschen würde dies bei Betrachtung seiner Bekleidung nicht weiter überraschen. Eine schwarze Jeans, die mal bessere Tage gesehen hatte, irgendwann vor der Mondlandung. Das mit vielen Flicken übersäte Flanellhemd und der Parka auf dem der Wisse Ohm lag, der wahrscheinlich schon Bekanntschaft mit den ersten Wasserwerfern der 68er-Revolution gemacht hatte, sprachen rein äußerlich dafür, dass der Wisse Ohm ein Landstreicher war. Der zerzauste Bart und die passende Frisur dazu wiesen in die gleiche Richtung. Allerdings, sah man genauer in das Gesicht des Wisse Ohm, dann fielen zwei weiße, gepflegte Zahnreihen auf, die nicht so recht zu dem Gesamtbild passen wollten. Verstand man zufällig noch etwas von Armbanduhren, dann hätte die in die Jahre gekommene Tutima an seinem linken Handgelenk Kopfschütteln ausgelöst, da diese Uhrenreihe ausschließlich an eine Spezialeinheit ausgegeben wurde. Kurzum - der Wisse Ohm wirkte wie ein Penner, bei dem man spürte, dass etwas mit ihm nicht stimmte. Das machte ihn in der Altstadt Siegens zur idealen Zielscheibe der Kinder, die ihn gerne hänselten. Der Wisse Ohm spielte ihr Spiel mit und wurde nie ausfallend.

Er blickte gerade hinauf zum Großen Bären, als ein Geräusch ihn aus seinen Gedanken riss. Der Wisse Ohm war ein geschulter Analytiker, wenn es darum ging, akustische Signale zu entschlüsseln. Ziemlich schnell kam er zu dem Ergebnis, dass die Geräusche von einem großen, schmalen Mann herrührten, der zwanzig, vielleicht dreißig Meter entfernt über einen Weg ging. Der Ohm dachte sich nichts dabei, schließlich wusste er die Ruhe der Toten zu schätzen, warum sollte es nicht andere Menschen geben, die dasselbe taten. Er qualmte entspannt weiter. Die Trittgeräusche verstummten, der Mann musste sein Ziel erreicht haben, doch dann schreckte der Ohm auf. Er hörte genauer hin. Als kein Zweifel mehr bestand, dass der Fremde dabei war, etwas auszugraben, drückte der Ohm die Glut seiner Zigarre vorsichtig aus und stand auf.

Der Fremde musste sich mehrere Grabreihen hangaufwärts in Richtung neuer Friedhofshalle befinden. Der Wisse Ohm warf sich den Parka über, bedauerte, die Zigarre nicht zu Ende rauchen zu können, dann ging er geräuschlos dem Fremden entgegen. Nach einigen Metern wurden die Spatengeräusche lauter. Der Ohm befand sich jetzt in einem neueren Abschnitt des Friedhofs. Die Ziervegetation wirkte spärlicher und gab weniger Deckung, außerdem schrumpften die neueren Grabsteine auf eine eher überschaubare Größe. Der Ohm duckte sich und schlich auf allen Vieren weiter. Schließlich war er nahe genug herangepirscht, dass er einen Mann erkennen konnte, der dabei war, ein frisches Grab auszuheben.

Na, das ist doch mal was Neues, schmunzelte er und machte es sich hinter einem Familiengrab gemütlich. Der Wisse Ohm dachte durch und durch positiv, deshalb kam ihm sofort der Gedanke, dass der Mann vielleicht seinen Ehering bei der Beerdigung verloren haben könnte. Der Fremde hätte den Ring beim Abstreifen der

Handschuhe, die die Grabträger nach Niederlassung des Sargs ins Grab werfen, verloren haben können. Ein verrückter Gedanke, aber das Leben marschierte nicht immer auf konventionellen Pfaden. Also ließ er ihn erst einmal buddeln.

2

Tristan Irle, Privatdetektiv, konnte nicht schlafen. Er hatte bereits eine ganze Herde Schafe gezählt und noch ein paar andere Tricks aus seinen Kindertagen versucht, aber was ihn einst in den Schlaf entließ, wollte heute nicht als Türöffner in die Traumwelt funktionieren. Als Erwachsener hätte er natürlich andere Mittel einsetzen können, um Morpheus, den Gott der Träume, herbeizurufen. Doch so weit wollte der Detektiv nicht gehen. Was ihn wach hielt, konnte man mit Tabletten nicht bezwingen. Nachdenklich schälte er sich aus der Bettdecke, schaltete eine kleine Nachttischlampe ein, griff nach seiner goldenen Halbbrille und nahm ein Notizbuch, das neben der Brille lag, an sich. Dann verließ er im Pyjama das Schlafzimmer.

Tristan war allein in dem alten Fachwerkhaus, das in der Altstadt Siegens neben der Marienkirche stand. Die Holzdielen knarrten vertraut, als er langsam aus dem Schlafzimmer zu einer steilen Holztreppe ging, die hinab ins Erdgeschoss führte. Ein kleiner Flur lag vor ihm. Der Boden war auch hier mit uralten Eichendielen ausgelegt. An der Wand befand sich eine Garderobe und darunter stand eine kleine Kommode, in der der Detektiv seine Schuhe und Krimskrams verstaute. Links von der Treppe ging es ins Wohnzimmer. Einige Meter rechts von der Treppe befand sich die Haustür aus alten Eichenbrettern und gleich daneben das Badezimmer. Tristan ging ins Wohnzimmer. Das Licht einer Straßenlaterne fiel durch eine Reihe von Sprossenfenstern in den Raum. Zielsicher schlenderte der Detektiv zu einem viktorianischen Sofa, das die Mitte des Wohnzimmers einnahm. Er schaltete eine Leselampe ein, die neben einem kleinen Tisch und einem Lesesessel stand und setzte sich.

Ein leises Brummen drang plötzlich aus einer Ecke des Wohnzimmers und schwoll zu einem lauten Krächzen an.

»Marlowe, schlaf weiter«, flüsterte Tristan sanft, während er das Notizbuch aufschlug.

Doch Marlowe, ein weißer Kakadu, der auf einer Kletterstange neben dem Eingang zur Küche saß, sträubte seinen Kamm und brabbelte: »Hinaus, verdammter Kritikus, / Sonst schmeiß ich dich in Scherben. / Du Schlingel willst mir den Genuss / Der Gegenwart verderben!«

»Ach, Marlowe«, seufzte Tristan müde, »jetzt wendest du dich auch noch gegen mich.«

Der Kakadu sah mit seinen kleinen Knopfaugen sein Herrchen an, als verstünde er jedes

Wort. Vor Jahren hatte Tristan dem Vogel Zitate deutscher Dichter und Denker beigebracht. Als Liebhaber guter Literatur war es ein Experiment für den Detektiv gewesen, das sich zur Überraschung Tristans und einiger Vogelexperten als überaus erfolgreich erwies. Mit jedem Zitat war die Neugier des Vogels auf neue Laute gewachsen, man konnte es Begierde nennen, mit der Marlowe die Zitate aufnahm und zu allen möglichen wie unmöglichen Gelegenheiten wieder von sich gab.

Im Moment fand Tristan jedoch nicht die rechte Freude an Marlowes außergewöhnlichem Talent. Ihn plagte die Sorge, nicht das richtige Geschenk für den in zwei Tagen anstehenden Jahrestag ihres ersten Kusses zu finden. Seitdem waren er und Helga Bottenberg, seine Freundin, ein Paar. Zudem, und das machte die Sache wirklich kompliziert, feierten sie so etwas wie ein kleines Jubiläum. Das bereitete ihm einige Sorgen. Eine Sorge, denen Millionen von Männern phantasielos aus dem Weg gingen, indem sie glaubten durch glitzernde Steine in goldenen Fassungen das Problem an der Wurzel zu packen. Doch so einfach würde Tristan nicht davonkommen, schließlich ging es hier nicht um ein Weihnachts- oder Geburtstagsgeschenk. Helga Bottenberg, Tristans langjährige Freundin, würde wie alle Frauen eine kreative Geschenklösung zu diesem besonderen Anlass erwarten. Nun ja, ein glitzernder Stein in goldener Fassung wäre als

Zugabe auch willkommen, aber eben nur als Zugabe.

Tristan hatte sich ein Dutzend interessanter Aktionen in das Notizbuch geschrieben, aber von keiner war er wirklich überzeugt. Und dabei lief ihm die Zeit davon.

3

Die Zeit lief auch Niels Redecker davon. Allerdings in einer Form, die dem Wissenschaftler in diesem Augenblick nicht bewusst war, als der Spaten endlich auf den furnierten Holzdeckel des Sarges stieß. Das dumpfe Geräusch aktivierte die letzten Körperkräfte, die die geschundenen Muskeln noch aufbringen konnten. Die sonst sanft blickenden Augen des jungen Akademikers funkelten mit jedem Quadratzentimeter Holz, das im flackernden Kerzenlicht vom Dreck befreit wurde, stärker und stärker. Dieser Blick verriet, dass sein Verstand dabei war, Anstand und Sitte mit festen Faustschlägen niederzuprügeln.

Das ursprüngliche Grab war etwas breiter als der Sarg ausgehoben worden. Bei der Beerdigung hatte er sich die Seite gemerkt, an der die Sargverschlüsse lagen. Als er den Sargdeckel fast vollständig freigelegt hatte, warf er den Spaten aus dem Loch und begann mit den Händen nach den Verschlüssen zu suchen. Es waren drei einfache Klappverschlüsse die gleichmäßig an dem

Sarg verteilt angebracht waren. Hastig wühlten die Hände durch die feuchte Erde. Nach und nach fand er die Verschlüsse und entriegelte sie. Als er den letzten geöffnet hatte, machte Redecker eine Pause und stieg aus dem Grab.

Das Licht der Kerzen reichte jetzt nicht mehr tief genug in das Loch. Das hatte er bedacht und aus diesem Grunde eine lichtstarke Taschenlampe eingesteckt. Die kramte er nun aus dem Rucksack. Aufgeregt nahm er nochmals einen Schluck aus der Wasserflasche und atmete hörbar ein. Niels Redecker hatte noch nie einen Toten gesehen. Der Sarg war bei der Beerdigung geschlossen gewesen, und ihm graute es vor dem Anblick seines toten Chefs und Wohltäters. Für einen Moment verlosch das Funkeln in seinen Augen und zum letzten Mal bäumte sich der anständige Teil seines Gewissens auf – doch vergeblich. Zu sehr lockte der Schlüssel zu Ruhm und Reichtum, der jetzt nur noch eine Handbreit von ihm entfernt lag.

»Also dann«, flüsterte er, schaltete die Taschenlampe an und stieg ins Grab.

Mit beiden Beinen stemmte er sich links und rechts in die Grabwände, suchte Halt, steckte die Taschenlampe in den Mund und beugte sich nach vorn, um dann den Deckel anzuheben. Erstaunlich leicht ließ er sich öffnen. Langsam hob er ihn an. Er achtete darauf, nicht auf das Gesicht des Toten zu schauen. Schließlich wechselte er seinen Stand, um den Deckel ganz zu öffnen.

Vor ihm lag Weiland von Stubbe, eingekleidet in das Ornat des Meisters vom Stuhl der Freimaurerloge *„Zu den sieben eisernen Gruben"*. Der Meister vom Stuhl war im Alter von 68 Jahren viel zu früh friedlich eingeschlafen, nachdem er lange Jahre an der Universität Siegen gelehrt hatte. Er trug einen schwarzen Smoking, einen weißen Binder und weiße Handschuhe. Um seinen Hals schmiegte sich ein blaues, reich verziertes Band bis auf die Brust, an dessen Ende ein goldener Winkel befestigt war. Für all das interessierte sich Redecker nicht. Sein Blick galt dem überaus prächtigen Maurerschurz, der um die Taille des Verstorbenen befestigt war.

»Da haben wir dich ja«, stöhnte er, während seine Füße auf dem schmalen Rand des Sarges Halt suchten.

Es war für den schlaksigen Wissenschaftler nicht einfach, in dem engen Grab die Balance zu halten, ohne auf die Leiche zu treten. Grabschändung war eine Sache, aber Leichenschändung, das kam auch für Redecker nicht in Frage. Als er einigermaßen stabil stand, beugte er sich zu dem Schurz hinunter. Mit der Taschenlampe im Mund leuchtete er auf die Taille des Toten. Vorsichtig tastete er sie nach Verschlüssen ab, an denen er den Maurerschurz befestigt glaubte. Redecker hatte keine Ahnung wie die Freimaurer dieses Symbol der Bruderschaft am Körper trugen. Er vermutete, dass zwei Haken das Stück am Gürtel festhielten. Doch er fand keine.

»Mist«, fluchte er leise.

Dann fühlten seine Hände eine Kordel, die unter der Weste des Toten versteckt lag. Erleichtert richtete er sich auf. Irgendwo in seiner Hosentasche hatte er ein Taschenmesser. Aufgeregt klopfte er die Taschen ab, fand das Messer und nestelte es aus der Hosentasche.

In der Dunkelheit zerbrach ein Ast.

Redecker beugte sich schon wieder über die Leiche. Die Stahlklinge zerschnitt die Kordel, als sein Gehirn viel zu spät das verräterische Geräusch in sein Bewusstsein einließ. Plötzlich hatte er das Gefühl, nicht der einzige Lebende unter all den Toten zu sein. Vorsichtig richtete er sich auf, in der linken Hand hielt er den Maurerschurz, dann blickte er nach oben.

»Guten Abend, Dr. Redecker«, sagte eine vertraute Stimme.

Dann zerschmetterte der Spaten seinen Kopf.

Der Wisse Ohm war gleichermaßen geschockt wie überrascht. Er hatte die zweite Gestalt viel zu spät bemerkt. Jetzt sprang er aus seinem Versteck.

»Was machen Sie da!« schrie er und eilte dem Mörder entgegen.

Jetzt war es der Mörder, der von der Erscheinung des Ohms irritiert wurde. Die Gestalt ließ den Spaten fallen, beugte sich hastig ins Grab, doch als sie realisierte, dass sie den Maurerschurz nicht greifen konnte, ohne vom Ohm erwischt zu werden, flüchtete sie.

Der Ohm stürzte ins Grab, um Redecker zu helfen, doch der Spatenhieb hatte dem Grabschänder das Leben genommen.

»So eine Scheiße«, fluchte der Ohm und legte Redecker sanft gegen den offenen Grabdeckel.

Dann bemerkte er die feierliche Kleidung, die der Tote im Sarg trug, blickte auf Redeckers Hand, die den Maurerschurz umklammerte und meinte: »Ein Ehering ist das auf keinen Fall«, dann löste er den Schurz vorsichtig aus der Hand und krabbelte aus dem Grab.

4

Das Telefon klingelte. Tristan zuckte zusammen, sah auf eine kleine Standuhr, die den Sims des Kamins seit einiger Zeit zierte, und ahnte, dass das kein freudiger Anruf sein würde. Marlowe flatterte mit den Flügeln und war endgültig wach.

»Hoffentlich ist Helga nichts passiert«, brummte der Detektiv.

Helga unterhielt eine Pension in der Nähe des Ortes Lützel. Das alte Fachwerkgebäude mit Pension und Restaurant stand auf einem Plateau des Ginsbergs, umgeben von nichts als Wald und Heide. Da konnte schon mal etwas Ungewöhnliches passieren.

Tristan nahm den Hörer ab.

»Irle«, sagte er in den Hörer.

Mit allem hatte Tristan gerechnet, doch den Wisse Ohm am anderen Ende der Leitung zu haben, dass hätte er nicht erwartet.

Der Detektiv hörte dem Ohm aufmerksam zu, dann antwortete er: »Ich bin unterwegs. Wir treffen uns an der alten Kapelle.«

Er blickte an sich herab und eilte hinauf ins Schlafzimmer. Nach wenigen Augenblicken kam er, angezogen mit einer dünnen Leinenhose, einem weiten Hemd und einer dünnen Strickjacke, wieder die Treppe hinunter. Er blickte kurz ins Wohnzimmer zu Marlowe, der ungerührt auf seiner Stange saß. Tristan machte das Licht aus und sagte: »Bin gleich wieder da.«

Marlowe brabbelte: »Nicht schön ist sein Gebaren / Und wenig ehrenwert / Von einem, der seit Jahren / Mit Menschen viel verkehrt.«

Dann senkte er seinen Schnabel und gab einen schnarchähnlichen Ton von sich.

Tristan schlüpfte in ein Paar Slipper, griff seine Autoschlüssel und verließ das alte Fachwerkhaus. Vor der Haustür stand auf einem gepflasterten Hof ein altes Borgward-Cabriolet. Der Detektiv liebte den Oldtimer von all seinen materiellen Dingen am meisten und so funkelte der Lack im Schein einer nahen Laterne, als wäre der Wagen erst gestern aus der Fabrik gerollt. Schnell stieg er ein, startete den Motor und lenkte das gute Stück auf die Löhrstraße. Der folgte er hinauf zur Marburger Straße, vorbei am alten Rathaus und der Nikolaikirche, zwischen alten

Geschäftsgebäuden hindurch bis zum Marburger Tor, wo er rechts abbog und über den Brüderweg auf die Hainer-Hütten-Straße gelangte. Die führte ihn auf die Marienborner Straße zu einem Kreisel, den er in die Richtung des Lindenbergs verließ. Fünf Minuten später stellte er den Borgward auf einem kleinen Parkplatz unweit der alten Kapelle ab. Der Wisse Ohm wartete bereits auf ihn.

»Du hast das alte Schätzchen immer noch«, stellte der Ohm lächelnd fest.

»Sowas gibt man nicht weg«, antwortete der Detektiv und dann drückten sich beide herzlich. »Wie geht es dir?«

»Bei dieser schönen Nacht ausgezeichnet«, grinste der Ohm.

»Hast dich nach der Geschichte mit den Brasilianern dünn gemacht«, sagte Tristan mit einem leichten Vorwurf.

»Du weißt doch«, scherzte der Ohm, »Aufmerksamkeit kann tödlich enden.«

Tristan nickte. »Na ja, jetzt bist du wieder da. Das ist schön.«

»Hätte mir allerdings andere Umstände gewünscht«, antwortete der Ohm ernst. »Komm, ich zeige dir, was ich meine.«

Der Ohm führte ihn zum ausgehobenen Grab.

Tristan blickte auf die bizarre Szenerie und meinte: »Ach du meine Güte, was ist denn das?!«

»Der Alte ist ein Freimaurer«, bemerkte der Ohm. »Aber, was ist mit dem Jungen?«

»Den hast du beobachtet, wie er das Grab hier freilegte?« Tristan trat einige Schritte zurück. »Der hat sich aber ganz schön angestrengt.«

»Kann man sagen«, nickte der Ohm.

»Und als er fertig war«, rekapitulierte der Detektiv, »tauchte plötzlich ein weiterer Mann auf.«

»Ob es ein Mann war, kann ich nicht sagen«, räumte der Ohm ein. »Es kann auch eine Frau gewesen sein.«

»Haben die beiden nicht miteinander gesprochen?« staunte Tristan.

»Nein, eigentlich sprach nur der Mörder, allerdings für mich zu leise«, der Ohm zuckte mit der Schulter. »Die Gestalt war nicht sehr muskulös. War wohl mein Glück, sonst hätten meine alten Knochen vielleicht Schaden genommen.«

Tristan trat zurück ans Grab und klopfte dem Ohm auf die Schulter.

»Und was war so wichtig für den Kerl da«, er blickte in das schwarze Loch, »dass er zu einer Grabschändung bereit war?«

Der Wisse Ohm öffnete seinen Parka und zog den Maurerschurz hervor.

»Habe ihn an mich genommen«, erklärte er verlegen, während er den aus feinem Leder gearbeiteten Schurz Tristan reichte. »Wollte nicht riskieren, dass der Mörder ihn doch noch erwischt.«

»Was ist das?« staunte der Detektiv.

»Ein Schurz«, antwortete der Ohm.

Tristan sah ihn immer noch verständnislos an.

»Na, so eine Art Schürze für Maurer«, erklärte der Ohm.

»Wofür brauchen Maurer denn Schürzen?« Tristan blickte auf den Freimaurer. »Der war sicherlich kein Maurer.«

»Nein, jetzt enttäuschst du mich aber«, schnaufte der Ohm. »Die Freimaurer sehen sich als Nachfolger der großen Baumeister aus dem Mittelalter. Diese Schürzen dienten früher dazu, die einfache Stoffbekleidung der Bauleute zu schützen. Steine waren immer schon schwer. Mit dem Schurz ließ sich der Stein enger am Körper tragen, ohne dass seine Kanten die Hosen am Oberschenkel aufschlitzten. Übrigens, die Freimaurer nennen ihren Verein, Loge.«

»Das hast du dir jetzt gerade ausgedacht«, meinte der Detektiv.

»Nicht alles«, grinste der Ohm und fügte ernst hinzu. »Die Freimaurer haben die Schürze als ihr Symbol sozusagen aus der alten Zeit, dem Mittelalter, in die Neuzeit übernommen.«

»Ich habe mich nie mit den Freimaurern beschäftigt«, gestand der Detektiv. »Wusste bis eben nicht einmal, dass wir eine Loge in Siegen haben.«

»Das spricht wohl für die Verschwiegenheit der Loge.« Der Ohm klopfte seinen Parka ab und kramte die angerauchte Zigarre hervor. »Hast du Feuer dabei?«

»Da hast du wohl Recht.« Tristan griff in seine Hosentasche und reichte ihm ein Pfeifenfeuerzeug. »Leider keine Streichhölzer.«

»Wird auch mit Gas gehen«, meinte der Ohm und wenige Augenblicke später glühte die Zigarrenspitze.

»Wir müssen die Polizei rufen«, sagte Tristan ernst.

»Ja, aber kannst du mich da raushalten?!«

Tristan stand in der Schuld des Ohms und deshalb nickte er.

»Wie soll ich das hier erklären?« fragte er.

»Dir fällt schon etwas ein.« Der Ohm reichte ihm ein Handy.

»Seit wann besitzt du denn so etwas?« staunte der Detektiv.

»Gehört nicht mir, hat ihm gehört«, der Ohm deutete auf den Ermordeten.

»Und meine Nummer hast du im Kopf?!«

»Ja, sicher«, antwortete er, »meine Knochen mögen alt sein, aber mein Gehirn funktioniert noch hervorragend.«

Im Osten kündigte ein feiner, heller Streifen die Morgendämmerung an.

»Es wird hell«, bemerkte der Ohm. »Zeit, mich zu verabschieden.«

»Wir bleiben in Verbindung«, mahnte Tristan.

Der Ohm zog einmal kräftig an seiner Zigarre und grinste.

5

Hauptkommissar Norbert Pfeiffer mochte die Nachtschicht nicht. Sie widersprach ganz eindeutig seinem Biorhythmus. Wobei der Hauptkommissar durchaus ein Nachtmensch war. Aus irgendeinem Grund mochte sein Biorhythmus in der Dunkelheit jedoch keine Büroräume. Nachtclubs, Bars und andere verruchte Kaschemmen wirkten auf ihn dagegen stimulierend. Dass er jetzt zusammen mit seinem Partner Werner Holzbaum in Siegen ein Büro bewachte, hing mit der chronischen Unterbesetzung der Polizeibehörden in Südwestfalen zusammen. Eigentlich war er in der Hagener Mordkommission zu Hause. Ein bezirksübergreifender Dienstplan verdonnerte ihn jedoch einmal im Monat dazu, die schöne Stadt an der Sieg vor Bösewichtern und Mördern zu beschützen.

»Wie spät ist es?« fragte der zierliche Hauptkommissar seinen gewichtigen Kollegen Kommissar Holzbaum, der ihm gegenüber saß und im Internet surfte.

Werner Holzbaum blickte mit seinem Bulldoggengesicht über den Flachbildschirm und deutete auf die Wanduhr hinter seinem Chef.

Wieselartig drehte sich Pfeiffer um und blickte auf die Uhr. Er trug eine schmale Nickelbrille, hinter der zwei wache Augen die Zeiger fixierten.

»Mann, die Zeit vergeht aber im Schneckentempo«, schnaufte der Polizist und stand auf. »Was siehst du dir an?«

»Suche einen Ort für die Ferien«, brummte Holzbaum.

»Du planst deinen Urlaub!« Pfeiffer war begeistert. »Das kann man mit dem Ding da machen?«

»Wenn man weiß, wie«, nickte Holzbaum, dem Pfeiffers Abneigung gegenüber Maschinen, insbesondere elektronischen Maschinen, bekannt war.

»Sollte mich irgendwann mal mit dem Computer beschäftigen«, antwortete er und trat hinter seinen Kollegen. »Nette Kühe!«

»Aufnahmen von einem Bauernhof im Allgäu«, kommentierte der Kommissar.

»Du willst Urlaub auf einem Bauernhof machen?« staunte Pfeiffer.

Werner Holzbaum war auf einem Bauernhof im Westerwald aufgewachsen. Pfeiffer wusste um die Affinität, die sein Kollege für die Landwirtschaft hegte und wunderte sich. »Warum bleibst du dann nicht zu Hause?«

»Weil ich zu Hause arbeiten muss«, antwortete Holzbaum gelassen. »Auf einem Bauernhof im Allgäu wäre ich Gast.«

Pfeiffer nickte, dann grinste er und fügte in seiner ganz eigenen Logik hinzu: »Einen Traktor lassen die dich da unten aber nicht fahren.«

»Vielleicht will ich das ja auch gar nicht«, sagte Holzbaum.

Pfeiffer schüttelte den Kopf. »Das ist doch das einzige Gefährt mit Lenkrad, bei dem dir nicht schlecht wird, wenn du draufsitzt. So was lässt du dir doch nicht entgehen.«

Holzbaum hasste hohe Geschwindigkeiten. Sein Blutdruck stieg proportional mit der Geschwindigkeit, mit der Pfeiffer gerne gegen alle Verkehrsregeln verstieß. Doch zu einer Antwort kam er nicht mehr. Das Telefon klingelte.

»Pfeiffer!« bellte der Hauptkommissar in den Hörer.

Er brummelte einige „Ja's" und sagte schließlich: »Wir sind unterwegs.« Dann knallte er den Hörer auf die Telefongabel. »Auf geht's, es gibt Arbeit.«

Ein Streifenwagen mit Besatzung wartete bereits auf die beiden Kommissare auf dem Parkplatz hinter der Kreispolizeibehörde.

»Keine Sirene«, mahnte einer der Kollegen, als Pfeiffer jugendlich frisch die Fahrertür seines Dienstwagens aufriss. »Es reicht um diese Uhrzeit völlig das Blaulicht!«

Pfeiffer brummte etwas Unverständliches und startete den Wagen.

Die Fahrt von der Kreispolizeibehörde bis zum Einsatzort am Lindenberg dauerte nur einige Minuten. Viel zu wenig Zeit, um Holzbaums Kreislauf in gefäßplatzende Höhen zu treiben. Zudem schienen die beiden Polizeiautos die einzigen zu sein, die sich in der Morgendämmerung durch die schlafende Rubensstadt bewegten. Es wurde eine schnelle aber ereignislose Fahrt.

Tristan Irle erwartete sie schon nahe des Parkplatzes der alten Friedhofskapelle. Er saß entspannt auf einer Begrenzungsmauer und paffte eine Pfeife. Kleine, weiße Rauchkringel stiegen langsam in einen milchigblauen Himmel.

»Morgen, die Herren!« rief er den aussteigenden Beamten entgegen und rutschte elegant von der Mauer.

»Irle«, schnaufte der Hauptkommissar und zückte einen dicken, runden, roten Lutscher aus seiner Jacketttasche.

»Was ist das denn?« staunte Tristan, während sich ein breites Grinsen um das Mundstück seiner Pfeife bildete.

»Gewöhne mir gerade das Rauchen ab«, zischte Pfeiffer und riss die Plastikfolie um den Lutscher herunter, dann blickte er zur alten Kapelle und meinte: »Friedhof, Tote und Sie mittendrin.«

»Nun ja«, der Detektiv ließ weitere Kringel aufsteigen, »es ist etwas kompliziert.«

»Hätte ich nicht anders vermutet«, meinte Pfeiffer kalt. »Also, was ist hier geschehen?«

»Das zeige ich Ihnen besser«, antwortete Tristan.

Die kleine Gruppe betrat den Friedhof über den Eingang neben der alten Kapelle. Buntes Vogelgezwitscher empfing sie, das mit jedem Lichtstrahl, der seinen Weg durch die zahlreichen Baumkronen fand, lauter zu klingen schien.

»Echt idyllisch«, meinte Holzbaum, »die ganzen alten Baumalleen und herrlich gepflegten Sträucher.«

»Warten Sie es ab«, antwortete Tristan traurig, »der Schein kann mächtig trügen.«

Der Detektiv führte sie den Gruftenweg entlang tiefer in den großen Friedhof hinein.

»Das wird jetzt langsam unheimlich«, meinte der Hauptkommissar und blieb bei einer besonders alten und sichtlich baufälligen Gruft stehen.

Das Grabmal war mit dichten Azaleensträuchern bewachsen und einige windschiefe Balken stützten eine Wandplatte, die in den Berghang hineingearbeitet war.

»Kommen Sie«, mahnte Tristan, »wir müssen weiter.«

Pfeiffer löste sich von dem morbiden Anblick und folgte dem Detektiv.

Sie kamen jetzt in den Bereich, der nicht mehr so dicht mit Bäumen bepflanzt war. Sie konnten am Horizont die bebauten Berge rund um das Siegtal erkennen.

»Gleich sind wir da«, sagte Tristan und deutete auf eine Grabreihe vor ihnen.

»Ach du meine Güte«, entfuhr es einem der Streifenpolizisten, »was ist denn hier passiert?«

Sie erreichten das ausgehobene Grab. Tristan nahm seine Pfeife aus dem Mund und sagte: »Das nennt man wohl Grabschändung.«

Dann erklärte er den Polizisten was passiert war.

Staatsanwalt Friedrich Büdenbender träumte, er stünde vor der großen Cheopspyramide.

Die Sonne stieg auf und die ersten Sonnenstrahlen funkelten in dem aus goldbeschichteten Schlussstein des majestätischen Bauwerks. Das penetrante Klingeln des Telefons riss ihn jäh von diesem magischen Ort fort. Verwirrt öffnete er die Augen und tastete nach dem Hörer.

Er brauchte einige Augenblicke, bis er verstand, was ihm der Polizist am anderen Ende der Leitung mitteilte, dann war er hellwach. Ohne auf seine Partnerin zu achten, die sich neben ihm regte, sprang er aus dem Bett und nahm die erstbesten Kleidungsstücke, die er finden konnte, zog sie an und eilte in die Garage. Als er auf dem Friedhof ankam, bemerkte er, dass er zwei verschiedene Socken trug, dass er unrasiert war und seine Haare alles andere als adrett wirkten. Der sonst so dandyhaft auftretende Staatsanwalt glich an diesem Morgen einem Zechbruder, der gerade ein Gelage hinter sich gebracht hatte.

Ungeachtet dieses für ihn misslichen Erscheinungsbildes, ließ er sich von einem Polizisten, der am Eingang des Friedhofes wartete, zum Tatort führen.

Pfeiffer, Holzbaum und Tristan standen abseits des Grabes und sahen den Beamten der Spurensicherung zu, als Büdenbender das geschändete Grab erreichte.

»Morgen, die Herren!« rief er der Gruppe zu und las den Namen des Toten auf dem provisorischen Holzkreuz.

Für einen Augenblick schien er zu versteinern.

Eine Plane bedeckte Redeckers Leiche sowie den geöffneten Sarg. Er ließ die Plane entfernen und ein weiterer Schauer lief ihm kalt den Rücken hinunter. Als sich sein Verstand an die bizarre Szenerie gewöhnt hatte, scannten seine Augen jeden Quadratzentimeter des Grabes.

Plötzlich rief er entsetzt: »Man hat den Toten bestohlen!«

Pfeiffer wollte schon fragen, welcher der beiden Toten bestohlen wurde, doch Büdenbenders Gesichtsausdruck glich sehr stark einem Pyromanen, der kurz davor war, eine brennende Fackel in einen Öltank zu werfen.

»Nun ja«, druckste der Detektiv, »das, was da fehlt, das habe ich.«

Büdenbender wandte sich vom offenen Grab ab und ging mit energischem Schritt auf Tristan zu.

»Wo ist er?« donnerte es über den Friedhof.

»In Sicherheit«, antwortete der Detektiv.

Die beiden Kommissare sahen verwirrt zu Tristan.

»Was meint der Staatsanwalt?« hakte Pfeiffer nach, während der Lutscherstiel in seinem Mund hin und her hüpfte.

»Der Grabräuber schien es auf den Schurz abgesehen zu haben«, erklärte Tristan dem Staatsanwalt. »Deshalb habe ich ihn«, er öffnete seine Strickjacke, »mir auf den Rücken gebunden.«

Er reichte das Stück dem Staatsanwalt.

Der nahm den Maurerschurz entgegen, als wäre er eine heilige Reliquie.

»Was ist das?« fragte Pfeiffer ungeduldig.

»Das ist der Maurerschurz des Meisters vom Stuhl der Freimaurerloge „Zu den sieben eisernen Gruben"«, raunte Büdenbender, während sein Gesichtsausdruck wieder diesen irren Blick einnahm. »Was ist hier nur für eine frevlerische Tat begangen worden!«

6

Die Altstadt erwachte langsam, als Tristan seinen Borgward im Hof hinter der Marienkirche parkte. Der kleine, gepflasterte Hof hinter der Kirche wurde durch eine Reihe alter Fachwerkhäuser und die Marienkirche eingerahmt. Zwei Kastanienbäume bewachten den Nebeneingang der Kirche und ein Brunnen, dessen Wasserspender einer stilisierten Blüte nachempfunden war, befand sich im Norden des ruhigen Hofes. Tristans Haus stand gegenüber der Kirche. Er schlenderte nachdenklich über den Hof.

Ihn beschäftigte Büdenbenders Verhalten.

Der Staatsanwalt hatte Tristans Erklärung, warum er sich mitten in der Nacht auf einem Friedhof aufhielt, anstandslos akzeptiert. Der Detektiv schüttelte den Kopf, als er auf dem Weg zur Haustür darüber nachdachte. Er selbst wäre bei seiner eigenen Erklärung, die Sterne besser beobachten zu können, misstrauisch geworden. Und dann hatte er noch von Leoniden geschwafelt, dabei kommt dieser Sternschnuppenschauer hauptsächlich im November vor. Büdenbender hatte alle Erklärungen geschluckt und war sofort zum Wesentlichen gekommen, die Grabschändung vor der Öffentlichkeit geheim zu halten. Alle Beamten waren daraufhin auf absolute Verschwiegenheit eingeschworen worden. Für Tristan, das hatte der Staatsanwalt klargemacht, traf diese Verschwiegenheit ebenfalls zu. Der Presse sollte nur bekannt gegeben werden, dass ein Dr. Niels Redecker, der Tote hatte seine Brieftasche dabei, was eine schnelle Identifizierung möglich machte, in der Nacht auf dem Friedhof gewaltsam ums Leben gekommen war. Daraufhin hatte er den Tatort mit mannshohen Zäunen, die man mit schwarzen Planen bespannte, abriegeln lassen.

Irgendetwas Geheimnisvolles ging vor, das spürte der Detektiv. Dass die Freimaurer daran beteiligt waren, machte die Sache nicht weniger mysteriös, obwohl Tristan von Verschwörungstheorien soviel hielt wie von Durchfall. Was der Grabschänder und schließlich der Mörder des Grabschänders mit diesem Maurerschurz anfangen wollten, blieb ein Rätsel. Jedenfalls war nichts gestohlen worden, und ein zweites Mal würde man den Bestatteten nicht ausgraben, dafür würde der Staatsanwalt sorgen. Wenn nötig mit einer Betonplatte, das hatte Büdenbender wörtlich geschworen. Genau genommen hatte Tristan keinerlei nennenswerte Hinweise, außer, dass der Schurz für den Mörder wie für den Grabschänder von hohem Interesse war. Zudem hatte der Staatsanwalt Tristan unmissverständlich davor gewarnt, seine Nase tiefer in die Sache zu stecken. Faktisch war er damit von weiteren Ermittlungen ausgeschlossen. Was ihn natürlich nicht daran hinderte, sich seine eigenen Gedanken zu machen.

Er öffnete die Haustür.

Marlowe flog ihm in der Diele entgegen und landete auf Tristans ausgestrecktem Arm.

»Na, jetzt wach?« scherzte der Detektiv und trug ihn durchs Wohnzimmer in die Küche.

Die Küche war nicht sehr groß, bot aber genügend Platz für eine traditionelle Eckbank, einen Tisch, um sechs Personen unterzubringen, und eine gut ausgestattete Küchenzeile, die an der Wand zur Diele und an der Innenseite der Hauswand befestigt war. Über der Eckbank befanden sich drei aneinandergereihte Sprossenfenster, die genügend Licht in den Raum ließen. Er setzte Marlowe auf einer der zwei Stuhllehnen ab und machte sich daran die Kaffeemaschine zu füllen, die in der Ecke über der Spüle auf einer Küchenplatte stand. Der Kakadu sah ihm aufmerksam zu und wippte immer mal wieder aufgeregt mit dem Kopf hin und her.

Er bemerkte nicht, wie jemand leise die Haustür öffnete und in die Diele schlich.

In der Küche röchelte der Kaffee durchs Sieb in die Kanne. Das monotone Geräusch wirkte hypnotisierend auf den Detektiv. Er spürte den fehlenden Schlaf und fühlte sich erschöpft.

Der Fremde betrat das Wohnzimmer und zückte einen Totschläger.

Marlowe sträubte seinen Kamm und blickte zur Wohnzimmertür.

»Na, was hast du?« Tristan reagierte mehr aus Gewohnheit auf Marlowes Reaktion, als dass er sich wirklich Sorgen machte.

Er wandte sich wieder der Kaffeemaschine zu und stand nun mit dem Rücken zum Wohnzimmereingang, als der Fremde in die Küche drang.

Marlowe schreckte auf und flog dem Fremden entgegen. Automatisch duckte sich der Angreifer vor Marlowes Krallen, was Tristan für den Bruchteil einer Sekunde Zeit gab, sich umzudrehen. Dann stürzte er auf Tristan und schlug zu. Der Detektiv wehrte den Schlag ab und wandte eine Aikido-Technik an, die den maskierten Angreifer entwaffnete. Tristan sah, wie überrascht der Fremde blickte und griff an. Er hebelte ihn aus und warf ihn auf den Küchentisch. Flink wie eine Katze war der Fremde wieder auf den Beinen. Tristan schnappte sich eine Pfanne, die auf dem Herd stand, und wartete. Der Eindringling taxierte die Situation, fingierte einen Angriff, sprang schließlich über den Tisch auf die Eckbank, riss eines der Sprossenfenster auf und verschwand. Tristan setzte ihm nach, doch als der Detektiv zum Fenster hinaus sah, war der Einbrecher verschwunden.

Er eilte ins Wohnzimmer, wo Marlowe auf dem Kaminsims aufgeregt hin und her watschelte.

»Marlowe, alles in Ordnung?« Tristan nahm ihn auf den Arm und streichelte seine Brust. Langsam beruhigte sich der Kakadu und brabbelte schließlich: »Mit den Krallen, mit den Sporen, / Mit dem Schnabel, scharf gewetzt, / Mit den Flügeln um die Ohren / Hat es Hieb auf Hieb gesetzt.«

Tristan musste grinsen.

»Ich glaube, jetzt haben wir uns einen Kaffee verdient.«

Marlowe nickte, als habe er jedes Wort verstanden.

Lena Lamberti wachte schweißgebadet auf. Ein fürchterlicher Albtraum, in dem sie mit einem Schwert während einer brutalen Schlacht um ihr Leben kämpfen musste, hatte ihr die Nachtruhe verdorben. Sie atmete schwer und brauchte einen Augenblick, bis sie sich sicher in ihrem Schlafzimmer wiederfand. Lena rutschte unter die Bettdecke und stöhnte laut. Dabei fiel lärmend ein Buch aus dem Bett, in dem sie noch bis spät in die Nacht gelesen hatte. Sie krabbelte unter dem Laken hervor, setzte sich eine schwarzumrandete Versace-Brille auf und blickte auf das heruntergefallene Buch mit dem Titel „Die Varusschlacht“.

»Mach nicht so einen Lärm!« rief ihre Mitbewohnerin aus dem Nachbarzimmer.

»Sorry«, antwortete Lena und warf das Buch zurück ins Bett. Sie sah auf ihre schmale Armbanduhr und rief: »Kaffee?«

Es klopfte zwei Mal gegen die Wand, was Lena als ein „Ja“ interpretierte. Sie strich mit ihren Fingern einmal durch ihre kurzen, kastanienfarbenen Haare und schlenderte ins Bad.

Lena Lamberti, groß, schlanke Figur, entledigte sich ihrer spärlichen Nachtbekleidung, legte die Brille zur Seite und sprang unter die Dusche. Sie drehte den Wasserhahn auf Heiß, was dem alten Wasserboiler ein Murren entlockte und war auf einen eher kalten Wasserstrahl gefasst. Wie erwartet, spritzte das Wasser mehr kalt als warm aus dem Duschkopf. Lena genoss das Prickeln auf ihrer Haut. Es fühlte sich lebendig an. Langsam verflüchtigten sich die Erinnerungen an den Albtraum. Schließlich stellte sie das Wasser ab, stieg aus der Dusche und rollte sich in ein großes Badetuch ein. Mit einer groben Bürste strich sie anschließend ihre Haare glatt und trottete in die Küche.

»Kaffee schon fertig?« fragte Marion Riesenberg, ihre Mitbewohnerin.

Marion, einen Kopf kleiner als Lena, entsprach in ihrem Erscheinungsbild voll dem Klischee einer kessen Blondine. Während Lena durch ihre kleineren, weiblichen Rundungen und ihre schmale Taille *Kira Knightley* Konkurrenz machte, hätte Marion als Boxenluder durchgehen können. Die Eine, eine zerbrechlich wirkende Elfe, die Andere der Traum durchschnittlicher Männerphantasien. Dass beide an ihrer Doktorarbeit schrieben, sie in der Wissenschaftsgemeinde bereits durch ihre Magisterarbeiten Aufsehen erregten und beide Mitglieder im Mensaclub der Hochbegabten waren, zeigte Otto-Normalo nur wieder, wie ungerecht die Natur ihre Gaben verteilte. Einzig die Tatsache, dass sie sich wie jedes Arbeiterkind auch das Studium selbst finanzierten, hätte Neider versöhnen können.

»Die Maschine arbeitet noch«, antwortete Lena und schaltete ein altertümliches Radio ein.

Marion seufzte und verschwand ins Bad.

»Mensch Marion«, rief ihr Lena hinterher, »du hast den Sender wieder verstellt.«

Sie drehte den Senderknopf auf eine markierte Stelle ein und grinste zufrieden als sie die vertraute Nachrichtensprecherstimme des Lokalradios erkannte.

Lena stammte nicht aus Siegen, vertrat aber die Auffassung, dass man sich für die Geschehnisse in der Stadt, in der man lebte interessieren sollte.

Sie spülte zwei Kaffeebecher sauber und stellte sie auf den Tisch. Im Hintergrund berichtete der Nachrichtensprecher über einen mysteriösen Mord, den Siegens berühmtester Privatdetektiv nicht hatte verhindern können. Als der Name des Opfers genannt wurde, traf es Lena, als hätte man ihre Brust mit einem Schwert durchbohrt.

Apathisch stand sie vor dem Radio, als Marion zurückkam.

»Lena, was ist los?«

»Niels ist tot«, antwortete Lena leise.

»Was?!« Marion eilte zu ihr.

»Sie haben es gerade in den Nachrichten gebracht«, erklärte sie mit zitternder Stimme.

»Setz dich!« befahl Marion und zog einen Küchenstuhl heran.

Sie füllte einen Becher mit Wasser und reichte ihn Lena. »Trink!«

Lena sah sie mit ausdruckslosen Augen an.

»Soll helfen«, erwiderte sie und füllte sich ebenfalls einen Becher. »Das glaube ich nicht«, zeterte sie weiter, »erst dein Doktorvater Weiland von Stubbe und jetzt auch noch Niels.« Sie trank den Becher in einem Zug aus, knallte ihn auf die Tischplatte und sagte: »Ich sage dir, daran ist nur diese verdammte Doktorarbeit schuld! Du hättest die Finger davon lassen sollen.«

»Marion, da geht es nur um einen lokalen Mythos«, antwortete Lena mit fester werdender Stimme. »Ich muss mit diesem Detektiv reden.«

»Welcher Detektiv?« Marion verdrehte ihre blauen Augen, als wäre Lena jetzt völlig übergeschnappt.

»Sein Name klang irgendwie nach einer Biersorte«, meinte Lena. »Er war am Tatort!«

»Irle, du meinst Tristan Irle?« schoss es aus Marion heraus, die in Siegen geboren war.

»Ja«, nickte Lena. »Kennst du den Mann?«

»Nicht persönlich«, erklärte Marion, »mehr aus der Zeitung. Hat vor Jahren die Kriegskasse Wilhelms des Schweigers auf dem Giller ausgebuddelt.«

Jetzt war es Lena, die ihre Freundin verdutzt ansah.

»Ich muss mit dem Mann reden«, sagte sie entschlossen und stand auf. »Weißt du, wo ich ihn finde?«

»Sieh im Telefonbuch nach«, meinte Marion und blickte zur Kaffeemaschine. »Der ist jedenfalls jetzt durchgelaufen.«

Kaffee schien an diesem Morgen ein verbindendes Element zu sein. Tristan trank bereits seine vierte Tasse, und er war sich nicht mehr sicher, ob die Erinnerung an den Angriff oder der Koffeinschock ihn nicht zur Ruhe kommen ließen. Er stand im Wohnzimmer vor seinem Bücherregal und suchte nach einem bestimmten Buch. Das Bücherregal bedeckte die gesamte Wohnzimmerwand und quoll vor Büchern über. Die, die keinen Platz mehr im Regal fanden, lagen verstreut neben zahlreichen Fachzeitschriften auf dem Boden herum.

Tristan stellte die Tasse ab und rückte seine Halbbrille zurecht. Irgendwo zwischen all den Büchern befand sich eines, das sich mit den Freimaurern beschäftigte.

»Ich sollte langsam anfangen ein Verzeichnis zu führen«, murmelte er, während sein rechter Zeigefinger über eine Buchreihe glitt.

»Ha, da haben wir dich ja«, stieß er schließlich erfreut aus und zog das Buch aus dem Regal.

»Mal sehen, ob du mir weiterhelfen kannst«, flüsterte der Detektiv und ging an den Wohnzimmertisch.

Es war ein schmaler Bildband mit zahlreichen historischen Abbildungen. Ein kleiner Zettel erinnerte den Detektiv, in welchem Antiquariat er den Band gekauft hatte. Tristan las den Zettel und stellte fest, dass der Kauf schon einige Jahre zurücklag. Dann schlug er das Inhaltsverzeichnis auf. Er suchte etwas zur Symbolerklärung der Freimaurer, genauer, was der Maurerschurz bedeutete.

Er fand ein Kapitel und blätterte hastig bis zum Kapitelanfang. Doch als er die ersten Zeilen las, stieß er einen Seufzer aus.

»Es ist wie immer«, sprach er zu Marlowe und stand auf. »Wir Deutsche können es einfach nicht lassen. Wir müssen alles ordnen und in Vereinen unterbringen.« Statt einer einfachen Erklärung fand Tristan erst einmal den Hinweis, dass es unterschiedliche Großlogen gab, die unterschiedliche Symbole hatten. Das reichte dem Detektiv. »Warum steht hier nicht einfach, ein Maurerschurz sieht so und so aus und dient für ...«

Er ging zu einem der alten Fachwerkbalken, die er bei der Renovierung des Hauses sichtbar gelassen hatte. An einem Haken in dem Balken hing ein alter Tabakbeutel. Er nahm den Beutel und öffnete ihn. Darin befanden sich Tabak und eine saubere Pfeife. Bevor er zurück zum Tisch ging, zog er aus einer Kommodenschublade, die Kommode stand neben Marlowes Kletterstange, einen Block und Stift heraus. Zurück am Tisch legte er den Block neben den aufgeschlagenen Bildband und begann den Pfeifenkopf zu füllen.

Wie sich herausstellte, gab es in Deutschland drei Großlogen. Die Große National-Mutterloge „Zu den drei Weltkugeln", in der 1744 König Friedrich II. als Logenbruder aufgenommen wurde, es gab die Großloge der Alten Freien und Angenommenen Maurer von Deutschland, die nach dem Zweiten Weltkrieg in der Frankfurter Paulskirche gegründet worden war, und die Vereinigten Großlogen von Deutschland und jede hatte ihre eigenen kleinen Abweichungen, wenn es um die Symbole ging. So unterschied sich der Maurerschurz bei einem *Gesellen,* dem zweitniedrigsten Grad in der Bruderschaft, durch eine weiße oder blaue Umrandung. Der Meisterschurz bei der Nationalen-Mutterloge hatte eine blaue Klappe, während bei der Großloge der Alten Freien und Angenommenen Maurer von Deutschland der Meister einen Schurz mit einer blauen Umrandung und drei Rosetten (Rosen) trug.

Tristan rief sich das Bild des Schurzes in Erinnerung, den der Verstorbene in seinem Sarg getragen hatte. Er hatte eine blaue Umrandung und war mit drei Rosetten verziert. Die Rosetten waren ein Symbol für Rosen.

»Na, jetzt wissen wir«, notierte der Detektiv, »dass die Siegener Loge zu den Alten Freien und Angenommenen Maurern Deutschlands gehört.«

Er legte den Stift beiseite. Was das aber im Einzelnen bedeutete, das blieb ihm noch ein Rätsel.

Lena besaß kein Auto, dafür reichte das Geld nicht. Doch zusammen mit Marion leisteten sie sich einen kleinen Roller. In einer Gegend, in der die Niederschlagswerte selbst im Sommer dafür sorgten, dass die Talsperren immer gut gefüllt blieben, war das Zweirad nicht unbedingt das bequemste Fortbewegungsmittel, aber immer noch besser, als mit einem Fahrrad die vielen Berge hinaufzustrampeln. Ihre Wohnung befand sich in einem Altbau in der Hammerstraße. Zu Fuß lagen der Haupt- und Busbahnhof nicht mehr als zehn Minuten entfernt, was im Winter, wenn der Roller zu einem Selbstmordgefährt mutierte, eine gute Alternative bot.

Sie holte den Roller aus einem kleinen Schuppen, der zur Wohnung gehörte und setzte den Helm auf. Marion hatte ihr erklärt wie sie am schnellsten in die Altstadt fuhr. Sie wollte keine Zeit verlieren und startete den Zweitakter.

Das Wetter zeigte sich seit einigen Tagen von seiner schönen Seite. Milde Nachttemperaturen und strahlend blauer Himmel am Tag, ideale Bedingungen fürs Rollerfahren. Lena schlängelte sich über die Koblenzer Straße zu Kochs Ecke, bog dort auf die Frankfurter Straße in Richtung Hallenbad ab. Am Hallenbad angekommen quälte sich der Zweitakter das Löhrtor hinauf. Marion hatte ihr erklärt, dass kurz vor der Marienkirche eine Straße von der engen Löhrstraße abbog. Zum Glück war die Altstadt fast überall mit Tempo 30 ausgeschildert, so dass Lena ohne den Verkehr aufzuhalten die Zaunstraße erreichte, die rechts von der Löhrstraße abzweigte. Danach war es nicht weiter schwierig, den Hof hinter der Marienkirche zu finden. Knatternd fuhr sie in den gepflasterten Hof und hielt an. Ein Zwei-Meter-Mann, ganz in Schwarz gekleidet, schlenderte gerade in Richtung Kirche. Lena zog den Helm vom Kopf und rief dem Mann zu: »Entschuldigung, können Sie mir sagen, in welchem Haus der Detektiv Irle wohnt?«

»Guten Morgen«, begrüßte sie der Mann mit einer angenehmen Baritonstimme. »Es ist das Haus gleich da vorne.«

Sie nickte ihm dankend zu und lenkte den Roller bis vor die Tür des alten Fachwerkhauses. Eine kleine Holzbank stand neben der Eichentür. Vor den Sprossenfenstern hatte der Hausbesitzer Blumenkästen befestigt, in denen die roten und gelben Blüten des Goldlacks in der Morgensonne leuchteten. Lena öffnete einen Transportkoffer, der am Ende des Rollers befestigt war und nahm eine Tasche heraus, dann legte sie den Helm in den Koffer und schloss ihn ab.

»Also dann!« Sie wandte sich der Haustür zu und suchte vergeblich nach einem Klingelknopf.

»Sie müssen gegen die Tür klopfen«, rief der Mann über den Hof.

Lena winkte verlegen, dann klopfte sie kräftig gegen die Eichentür.

7

»Da haben wir ja ein Menge Scheiße am Hals«, knurrte Hauptkommissar Pfeiffer.

Holzbaum rümpfte seine dicke Nase. Er mochte Fäkalsprache nicht, schließlich wusste der Bauernsohn, wie mörderisch tierische Verdauungsprodukte riechen konnten.

»Chef, nicht diese Ausdrücke!« mahnte er deshalb.

Pfeiffers Aufregung lag zum einen in seinem temperamentvollen Wesen und zum anderen in den zahlreichen Empörungsnachrichten begründet, die sich auf seinem Schreibtisch eingefunden hatten.

»Wieso müssen wir uns hiermit beschäftigen«, zischte er und schob die Schreiben quer über den Schreibtisch.

»Weil wir die eingesetzte Mordkommission sind!?« bemerkte Holzbaum trocken.

»Dann sollten wir uns auch um den Mord kümmern«, stieß der Hauptkommissar aus, »und nicht darum, dass da eine Persönlichkeit ausgebuddelt wurde.« Das Wort „Persönlichkeit" sprach er aus, als hätte er auf etwas wirklich Widerliches gebissen.

»Beides scheint zusammenzugehören«, gab Holzbaum zu bedenken.

Pfeiffers Fähigkeiten glichen denen eines Großwildjägers, der sich im wilden Dschungel bestens zurechtfand. Diese Fähigkeiten waren weniger für das feine Parkett der Diplomatie oder für die subtile Vorgehensweise einer komplexen Geheimoperation geeignet. Der Hauptkommissar neigte dazu, dem gut sichtbaren Pfad einer Büffelherde zu folgen und bei Sichtung der Herde den erstbesten Büffel abzuknallen. Die hohe Kunst, an kleinen, umgeknickten Zweigen, an feinen Haarbüscheln oder hauchdünnen Fußspuren die Fährte aufzunehmen, das war nicht sein Ding.

Er riss eine Schublade seines Schreibtisches auf und wühlte in einer Tüte Lutscher herum, bis er einen mit der richtigen Geschmacksrichtung fand.

»Also, was haben wir?« Er löste sorgfältig die Plastikfolie ab und steckte sich den Lutscher in den Mund.

»Wir haben einen Toten und einen Verstorbenen«, begann Holzbaum.

»Als ob beide nicht verstorben wären«, kommentierte Pfeiffer.

»Der Tote, Dr. Niels Redecker, Dozent an der Universität Siegen im Fachbereich Geschichte, wurde mit einem Spaten erschlagen. Der verstorbene Professor Weiland von Stubbe starb vor vier Tagen an einem Herzinfarkt.«

Pfeiffer gähnte demonstrativ.

»Warte, jetzt wird es interessant«, grinste Holzbaum. »Der Tote, also Redecker, war Mitarbeiter des Verstorbenen, also von Stubbe, an dessen Lehrstuhl für Regionalgeschichte.«

»Der im Sarg«, Pfeiffer nahm den Lutscher aus dem Mund, »war der Chef von dem auf dem Sarg.«

»Wenn du es so ausdrücken willst«, nickte Holzbaum.

»Und wer zum Teufel, war dann der Mörder? Vielleicht der Rektor?«

»Das sollten wir herausbekommen«, meinte Holzbaum.

Es klopfte an der Bürotür.

»Herein!« bellte Pfeiffer und steckte den Lutscher wieder in den Mund.

Zwei distinguierte Herren traten ein. Der eine war schlank und groß, der andere eher rundlich und klein. Der Lange trug einen feinen Anzug mit Weste und hätte in jedem Rosamunde-Pilcher-Film einen Gutsherren spielen können. Der andere wäre als wohlgenährter Kaufmann durchgegangen.

»Guten Tag die Herren«, begann der Lange zu sprechen. »Mein Name ist Dr. Hans-Martin Brühl und der Herr neben mir ist Meister Lothar Knipp. Wir sind hier, weil uns Herr Staatsanwalt Büdenbender über die abscheuliche Grabschändung informiert hat. Weiland von Stubbe war unser Bruder. Wir gehören der Loge „Zu den sieben eisernen Gruben“ an.«

»Und, äh, wie können wir Ihnen weiterhelfen?« Pfeiffer fühlte sich, als hätte er als erster Mensch Kontakt mit einer fremden Spezies.

»Wir haben großes Interesse daran«, sprach der Lange ruhig, »dass diese Tat so schnell wie möglich aufgeklärt wird.«

Der Kleine sah kurz zu seinem Partner und fügte hastig hinzu: »Und wir möchten Ihnen unsere volle Unterstützung anbieten, damit Sie diese Tat schnell aufklären können.«

»So?!« staunte der Hauptkommissar.

»Ja«, sagten beide gleichzeitig und nickten mit dem Kopf.

»Das ist gut«, antwortete Pfeiffer und deutete auf Holzbaum. »Das ist mein Partner Kommissar Werner Holzbaum, mein Name ist Norbert Pfeiffer, Hauptkommissar. Dann fangen wir doch gleich an. Können Sie uns sagen, warum ...« Pfeiffer grapschte nach den zuvor durcheinander gewirbelten Papieren und hielt schließlich eine Fotografie den beiden entgegen. »... der Grabschänder dieses Stück so wertvoll fand, dass er eine Tonne Erde bewegte, um an das gute Stück zu kommen?«

Die beiden rissen synchron die Augen auf und schwiegen.

»Das habe ich mir gedacht«, knurrte Pfeiffer am Lutscher vorbei.

8

Lena wartete einen Augenblick, dann hörte sie wie jemand mit einem „Marlowe“ redete. Interessanter Name dachte sie und wippte nervös auf den Fußballen. Schließlich öffnete sich die Haustür und ein Mann sah zu ihr hoch.

»Guten Tag«, grüßte sie und sah dabei in Tristans lindgrüne Augen. »Sind Sie der Detektiv?«

»Ja, der bin ich«, schoss ihr die Antwort entgegen. »Und mit wem habe ich das Vergnügen?«

»Oh, verzeihen Sie, mein Name ist Lena Lamberti«, sie reichte ihm etwas ungeschickt die Hand, dabei rutschte ihr die Tasche fast zu Boden. »Ich muss Sie unbedingt sprechen, es geht um Dr. Niels Redecker.«

Tristan hatte den Namen des Erschlagenen bis jetzt noch nicht erfahren, deshalb blickte er die junge Frau vor seiner Haustür etwas verdutzt an.

»Sollte ich diesen Doktor kennen?« fragte er vorsichtig.

Lenas Gesichtsausdruck wechselte vom freundlichen Mädchenlächeln in die Abteilung Zickenalarm. Sie hatte das starke Gefühl auf den Arm genommen zu werden.

Wie so oft bei überdurchschnittlich intelligenten Menschen, die plötzlich unter emotionalen Stress gerieten, setzte Lena einfach voraus, dass Tristan, der ja schließlich die Leiche gefunden hatte, auch den Namen des Toten kannte. Zudem handelte es sich bei Tristan Irle nicht um irgendeinen Detektiv, der in dunklen Kaschemmen seiner Arbeit nachging, wie ihr Marion mitgeteilt hatte. Es handelte sich bei Tristan Irle um den besten Detektiv der Stadt. Daher übersah sie erstens, dass Leichen im Allgemeinen und in diesem speziellen Fall ganz sicher, nicht mehr mit den Lebenden sprechen konnten, und zweitens, dass Tristan Profi genug war, keine Spuren zu vernichten, nur weil er den Toten nach seiner Brieftasche befummelte. Hätte sie drittens gewusst, unter welchen Umständen der Wissenschaftler ums Leben gekommen war, dann hätte sie Tristan jetzt nicht mit ihren zusammengekniffenen dunklen Augen hinter der Versace-Brille anfixiert, als wollte sie ihm jeden Moment eine runterhauen.

Sie fing sich, atmete einmal tief durch und meinte: »Sie sind doch der Mann, der heute Nacht auf dem Friedhof einen toten Mann gefunden hat?!«

»Ja«, murmelte Tristan. »Der Mann hieß also Redecker.«

»Ja«, stieß sie erleichtert aus. »Ich muss unbedingt deswegen mit Ihnen reden.«

»Dann kommen Sie mal rein«, lächelte Tristan, dem sein Instinkt sagte, dieser jungen Frau nicht gleich wieder die Tür vor der Nase zuzuschlagen, nur weil sie in ihrer Aufregung etwas unhöflich geworden war.

Lena folgte dem Detektiv ins Wohnzimmer.

»Ganz schön niedrige Decken haben Sie hier.« Lena war die großzügigen Räume der alten Jugendstilvilla so gewohnt, dass ihre ganze Aufmerksamkeit der Decke galt.

»Sie haben ja noch Platz da oben«, scherzte Tristan und deutete auf seinen Kopf. »Meinem besten Freund, er ist über zwei Meter lang, geht es da etwas schlechter.«

»Oh, ich habe eben da draußen einen Riesen in die Kirche gehen sehen.« Sie wirkte jetzt deutlich entspannter.

»Das war er«, nickte Tristan. »Erich Roth, so sein Name, ist Diakon der Marienkirche.«

Tristan bat Lena Platz zu nehmen. Sie setzte sich auf das angebotene Sofa und nahm langsam den Raum vollends wahr. Überall lagen Bücher verstreut, was ihr den Raum und dessen Besitzer mehr und mehr sympathisch werden ließ. Dann entdeckte sie Marlowe.

»Da sitzt ein großer, weißer Vogel«, sagte sie verdutzt und zeigte auf den Kakadu.

»Das ist Marlowe, mein Haustier«, grinste Tristan. »Sie müssen keine Angst haben.«

Marlowe sträubte seinen Kamm und flatterte mit den Flügeln. »Das Rösslein, welches sehr erschrocken, / Fängt an zu trappeln und zu bocken.«

»Er spricht?!«

»Sie haben eine ausgezeichnete Auffassungsgabe«, nickte Tristan. »Aber nun. Weshalb möchten Sie unbedingt mit mir sprechen?«

Lena fasste sich wieder und begann leise: »Ich schreibe an einer Doktorarbeit. Niels, Dr. Redecker, hat mich betreut. Mein Doktorvater war Professor Weiland von Stubbe. Der gute Mann ist vor ein paar Tagen an einem Herzinfarkt verstorben.«

Tristan blickte besorgt über den Rand seiner Halbbrille.

»Entschuldigung, wenn ich Sie unterbreche«, sagte der Detektiv, der plötzlich fragte: »Woher stammen Ihre Informationen? Ich meine, woher wussten Sie, dass ich Ihren Bekannten gefunden habe?«

»Das kam übers Radio«, antwortete sie ein wenig zurückhaltend, als ahnte sie, dass die Nachrichtenleute vielleicht ein paar wichtige Details nicht wussten. »Es wurde vor einer knappen Stunde im Lokalradio berichtet, dass Sie einen Mord nicht verhindern konnten. Dann wurde noch erwähnt, dass der Schauplatz dieser Tragödie der Lindenberg-Friedhof gewesen sei. Und weil dort auch Professor von Stubbe begraben liegt, da habe ich mir, nun ja ... deshalb bin ich hier.«

Sie kramte in ihrer Tasche und holte einen Stapel dichtbedruckter Blätter heraus.

»Das ist meine Doktorarbeit«, sie legte die Blätter auf den kleinen Sofatisch, »sie lautet „Mythen und deren Auswirkungen auf das regionale Geschichtsbild eines Dorfes".«

Tristan runzelte die Stirn. Es war das Runzeln einer Stirn, deren dahinterliegender Verstand –

nun sagen wir mal – gerade in den glühenden Schlund eines Vulkans blickte, in dem Zitronenfalter munter ihren Balztanz praktizierten. Irgendwie passten die Bilder nicht zueinander. Lenas Informationen konnten nach den Tagesereignissen durchaus als das Tanzen der Falter betrachtet werden.

»Ich sehe, Sie sind etwas verwirrt«, seufzte Lena.

»Oh, bin ich das?« Tristan rückte seine Lesebrille ungeschickt zurecht.

Die Historikerin ließ sich nicht beirren und begann ein paar Fakten zu vermitteln.

»In meiner Doktorarbeit beschäftige ich mich mit dem hiesigen Mythos von Wieland dem Schmied. Der Ort Wilnsdorf wird im Jahre 1185 unter dem Namen *Willelmesdorf* erstmals urkundlich erwähnt. Es gab allerdings noch einen anderen Namen für den Ort: *Wielandisdorf*. Man nimmt an, dass in der Nähe des Dorfes der legendäre Schmied Wieland gelebt hat. Ausgehend von diesem Mythos, denn das ist er, solange keine wissenschaftlichen Beweise dafür gefunden werden, habe ich mich mit „Wieland der Schmied" intensiver beschäftigt.«

Lena machte eine Pause.

Die brauchte Tristan auch dringend, denn alles, was Lena bis jetzt erklärte, führte in seinem Verstand nur dazu, dass, um im Bild zu bleiben, das Zitronenfaltermännchen einen besonders fetzigen Tanz hinlegte.

»Hätten Sie vielleicht ein Glas Wasser?« fragte die junge Frau.

»Sicher«, Tristan stand auf und ging in die Küche. Mit einer Flasche Wasser und zwei Gläsern kam er zurück.

»Bitte verzeihen Sie mir, wenn ich etwas irritiert blicke«, er füllte ihr ein Glas, »aber Sie müssen verstehen, dass das alles etwas seltsam klingt. Ich meine, im Zusammenhang mit dem Mord.«

Tristan war versucht ihr etwas von Stubbes Engagement bei den Freimaurern zu verraten, ließ es aber vorerst bleiben. Er reichte ihr das Glas.

Sie nahm einen kräftigen Schluck und sagte: »Das kann ich verstehen, aber was ich Ihnen jetzt sage, das klingt ganz und gar nicht nach einer wissenschaftlichen Arbeit. Ich habe bis jetzt noch mit keinem fremden Wissenschaftler darüber gesprochen. Also gehen Sie bitte davon aus, dass ich mir hier nichts zusammenspinne.«

Lena musterte den Detektiv. Erst, als sie das Gefühl hatte, dass ihr Gegenüber bereit war, sprach sie weiter: »Wieland schmiedete nach der Legende das Schwert *Mimung*. Es war so scharf, dass es ein drei Fuß breites Wollbüschel zerschnitt, das in einem Bach gegen das Schwert trieb. König Nidung wollte es haben, doch Wieland verbarg es vor dem König und schmiedete ihm ein anderes Schwert. *Mimung* gab er seinem Sohn Wittich. Der wurde dann in die üblichen

Schicksalswendungen einer Saga verwickelt; er wurde ermordet und verstümmelt. Das Schwert verschwand.«

Sie trank einen weiteren Schluck, dann sah sie wieder Tristan ernst an und sagte: »Ich habe in zweijähriger Forschungsarbeit herausgefunden, dass es dieses Schwert wirklich gegeben hat und vielleicht heute noch existiert.«

2. Sie meinen ...

Dienstagvormittag

»Sie meinen, Wieland hat es tatsächlich gegeben?« rief Tristan überrascht.

»Nicht Wieland«, korrigierte Lena, und drehte das Wasserglas nervös in ihrer Hand, »das Schwert, *Mimung*!«

Tristan schüttelte den Kopf.

»Das verstehe ich nicht«, brummte er. »Wenn es das Schwert geben soll, dann muss doch auch der Schmied vorhanden sein, ich meine, gelebt haben!«

»Nicht unbedingt«, erwiderte Lena und stellte das Glas auf den Sofatisch. »Das ist etwa so wie mit den zehn Plagen aus der Bibel.«

»Plagen?!« wiederholte Tristan und dachte, dass der bisherige Tag als elfte Plage problemlos an die andere Plagengeschichte angehängt werden könnte.

»Sie wissen schon«, Lena gestikulierte mit ihren Händen, »der Nil verfärbt sich blutrot, die Fische sterben, dann kommen Frösche und Seuchen über die Menschen. Heute weiß man, dass bei einer bestimmten Wetterlage die sogenannte Rotalge im Nil vermehrt auftritt. Diese Alge färbt das Wasser des Nils rot und entzieht ihm Sauerstoff, was zur Folge hat, dass die Fische sterben. Gleichzeitig reagieren die Kaulquappen im Nil auf diesen Stresszustand mit einem beschleunigten Entwicklungszyklus. Die Folge: schlagartig schlüpfen Abertausende kranker Frösche. Da das Wasser durch die Algen vergiftet ist, fliehen die Frösche an Land. Dort suchen sie einen feuchten und schattigen Platz, den sie in den Lehmbauten der Nilbewohner finden und dort sterben sie dann. Die Kadaver locken schließlich Mücken und Fliegen an, was bei den Menschen zu Krankheiten führt.

Das alles ist wissenschaftlich bewiesen. Aber ob es wegen dieser Plagen zu einem Auszug der Israeliten aus Ägypten gekommen ist, das bleibt Hypothese. Diese Plagen-Geschichte dient wohl eher dazu, dem Leser der Geschichte die Herrlichkeit des einen Gottes klarzumachen.«

»Und?«

»Na ja, Sie müssen die Sage um Wieland als eine Geschichte verstehen, die ein sagenhaft scharfes Schwert erklärt, das technologisch seiner Zeit um Meilen voraus war.«

»Sie meinen, die Sache mit den Gänsen, in deren Kot der Schmied das Metall nitrierte, um es härter zu machen.«

»Genau«, nickte die Historikerin. »Wir wissen heute, dass im Kot Substanzen sind, die den Stahl an der Oberfläche härten, ohne ihm seine Biegsamkeit zu nehmen. Den einfachen Menschen war dies vor tausend Jahren nicht klar.

Niels brachte mich auf diesen Gedanken.

Also habe ich mich, und das obwohl es nicht mein Fachgebiet ist, in der Alten Geschichte umgeschaut. Da bin ich auf Achilles, genauer Achilleus gestoßen. Sie wissen schon, Homer und die Ilias.«

Tristan nickte. Ihm war die Geschichte vom sagenhaften Helden Achilles bekannt.

»Achilleus erschlug mit einem Schwert, das ihm Hephaistos geschmiedet hatte, Hektor, den Prinzen von Troja. Hephaistos ist in der griechischen Mythologie der Gott des Feuers und der Schmiede.«

»Das ist eine Menge Geschichte«, stöhnte der Detektiv. »Aber wo besteht der Zusammenhang zu *Mimung*?«

»Ich vermute, dass *Mimung* das Schwert des Achilleus ist«, lächelte Lena. »Sehen Sie, die Saga um Achilleus und sein Schwert ist die älteste bekannte Quelle in der Geschichte.«

»Sollten Sie Recht haben«, sagte Tristan nachdenklich, »und dieses Schwert existiert tatsächlich, dann dürfte das Stück eine Menge wert sein.«

»Rein vom Materialwert wohl weniger«, erwiderte sie ernst.

»Aber«, der Detektiv stand auf und ging zu Marlowes Fressnapf, »das ist sehr wenig, um es genauer zu formulieren: das ist eine gewagte Vermutung.«

»Herr Irle, ich schreibe keine phantastischen Romane«, sie griff erneut zum Wasserglas. »Sie können davon ausgehen, dass ich mehr Beweise gefunden habe, die diese These bestätigen. Und ich vermute, dass diese Beweise für den Tod von Menschen verantwortlich sind.«

Tristan hielt inne.

»Wie meinen Sie das?«

»Nun, einiges deutet darauf hin, dass das Schwert von den Freimaurern entdeckt und dann wieder versteckt wurde. Niels war fest davon überzeugt. Ich selbst bin mir noch unsicher.«

Tristan sah sie einen Augenblick nachdenklich an.

»Wussten Sie, dass Ihr Doktorvater ein Freimaurer war?«

»Bis zu seiner Beerdigung wusste ich es nicht«, gestand sie.

»Er war nicht nur ein einfacher Bruder«, ergänzte der Detektiv. »Er war der Meister vom Stuhl.«

Es war an der Zeit, ihr von den Ereignissen der Nacht zu berichten.

2

Pfeiffer musterte die beiden *Brüder* genau. Jede Bewegung der Herren nahm er wie eine Speicherkarte in seinem Gehirn auf.

Staatsanwalt Büdenbender war kurz nach dem Eintreffen der Freimaurer ebenfalls in Pfeiffers Büro gestolpert. Da diese Grabschändung, für Pfeiffer aus unverständlichen Gründen, mehr im Mittelpunkt der allgemeinen Aufmerksamkeit stand, als der tote Grabschänder, war man in ein Besprechungszimmer umgezogen, in das jetzt auch noch Polizeidirektor Friedrich Flender kam.

»Herr Dr. Brühl, das ist Herr Flender, der Chef der Kreispolizeibehörde.«

»Oh, angenehm«, lächelte Brühl, »aber ist nicht der Landrat der oberste Dienstherr?«

»Richtig«, polterte Flender mit einem Stimmorgan, das Elefanten hätte neidisch werden lassen. »Aber wie Sie sehen, ist unser lieber Landrat nicht anwesend. Und so lange bin ich der Chef.«

»Sie sind ein Scherzbold«, erwiderte Brühl, immer noch mit einem breiten Lächeln im Gesicht. »Das gefällt mir!«

Flender setzte sich und fragte dann: »Also, meine Herren, wie können wir Ihnen weiterhelfen?«

»Sie könnten dafür sorgen, dass das Grab so schnell wie möglich wieder verschlossen wird«, forderte Brühl.

Flender sah zu Pfeiffer und dann zum Staatsanwalt.

»Gibt es Probleme, diesem Wunsch nachzukommen?«

»Ja, erhebliche«, brummte Pfeiffer, dem die ganze Versammlung ziemlich auf die Nerven ging. »Wir haben einen Ermordeten und einen Täter, die beide das gleiche Ziel verfolgten«, erklärte Pfeiffer. »Sie wollten den Schurz des dahingeschiedenen Meisters vom Stuhl. Bis jetzt haben wir noch keine plausible Erklärung dafür, was so wertvoll an dem Stück ist.« Der Hauptkommissar blickte wieder zu den Freimaurern.

»Nehmen Sie diesen Schurz heraus und dann begraben Sie den Mann wieder.« Für Flender war das kein Problem.

»Beim Allmächtigen Baumeister aller Welten«, empörte sich Lothar Knipp, der bis jetzt ruhig dagesessen hatte. »Das ist nicht zu akzeptieren.«

Pfeiffer zuckte mit den Schultern und stöhnte laut.

»Verstehen Sie doch!« Knipps Stimme überschlug sich fast. »Dieser Schurz gehört zu dem Verstorbenen, wie ein Körperteil.«

»Dieser Schurz ist ein Beweisstück«, knurrte Pfeiffer.

»Aber Sie haben keine Fingerabdrücke darauf gefunden«, warf Brühl ein. »Wissen Sie, als Rechtsanwalt sehe ich keinen Grund, dieses Teil weiter als Beweisstück zu sehen.«

»Das dürfen Sie wohl uns überlassen«, erwiderte Pfeiffer und wunderte sich, dass Staatsanwalt Büdenbender so ruhig blieb.

»Pfeiffer, die Spurensicherung hat nichts auf diesem Schurz gefunden?« hakte der Polizeidirektor nach.

»Bis jetzt noch nicht«, antwortete Pfeiffer, »wir sind dabei nach DNA-Spuren zu suchen.«

»Dann schlage ich vor«, sprach Flender und stand auf, »dass wir diese Untersuchung noch abwarten. Sollte nichts gefunden werden, können Sie diesen Schurz samt Ihrem toten Vereinskameraden wieder begraben.«

»Wie lange kann diese Untersuchung dauern?« fragte Knipp besorgt.

»Solange es eben dauert«, antwortete Pfeiffer schnippisch.

»Beschleunigen Sie die Sache«, mahnte Flender. »Wenn Sie mich jetzt bitte entschuldigen würden.«

Flender verließ den Raum.

»Meine Herren!« Pfeiffer stand ebenfalls auf. Eine dunkelblaue Arterie wölbte sich auf seiner Stirn. Das Blutgefäß machte die unangenehme Erfahrung gegen einen erhöhten Blutdruck kämpfen zu müssen, den Pfeiffers viel zu schnell schlagendes Herz erzeugte. »Dann will ich mal beschleunigen«, ächzte er.

Mit viel Beherrschung schaffte es der Polizist die Tür des Besprechungsraums sanft ins Schloss gleiten zu lassen. Doch ganz sicher würde er jetzt nicht ins Labor gehen. Er musste mit Holzbaum sprechen. Im Büro fand er ihn nicht. Pfeiffer steckte die Fotografie mit dem Schurz in die Innentasche seines Jacketts, versorgte sich mit einer Handvoll Lutscher und begann seinen Kollegen zu suchen. Er fand ihn schließlich zusammen mit einer jungen Kollegin in der Schießanlage.

»Du hier?« staunte Pfeiffer, „blutdrucktechnisch“ immer noch auf über 200. Er zückte seine Dienstwaffe. »Wenn ich schon mal da bin.« Er zwinkerte der jungen Kollegin zu und ballerte ein ganzes Magazin auf einen simulierten Gegner, danach fühlte er sich ein wenig besser.

»Was hat die Besprechung ergeben?« fragte Holzbaum, als Pfeiffer seine Dienstwaffe sicherte.

»Wortsalat«, antwortete der Hauptkommissar. »Wir behalten den Schurz, bis die DNA-Untersuchung abgeschlossen ist.«

»Und bis dahin tun wir was?«

»Keine Ahnung«, seufzte Pfeiffer. »Jedenfalls muss ich hier erstmal raus.«

»Dieser Redecker war an der Uni beschäftigt«, sagte Holzbaum, »wir sollten uns da mal umsehen.«

»Gute Idee, aber ich habe das Gefühl, dass uns Irle nicht alles erzählt hat«, zischte Pfeiffer. »Und seit wann ist er unter die Astronomen gegangen?!«

Damit war das Ziel festgelegt.

Holzbaum kannte seinen Chef gut genug, um zu wissen, dass er in einer solchen Stimmung nicht zu bremsen war. Und dies galt im übertragenen wie auch realen Sinn. Der Kommissar hoffte nur, dass Pfeiffer sich bis zum Parkdeck soweit beruhigte, dass die kurze Strecke von der Kreispolizeibehörde bis zu Tristans Haus sich nicht zu einer Amokfahrt entwickeln würde.

Sie entwickelte sich nicht zu einer Amokfahrt. Erschreckend diszipliniert lenkte der Hauptkommissar den Dienstwagen durch den Stadtverkehr. Holzbaum stellte plötzlich fest, dass es noch etwas Entsetzlicheres gab, als mit 180 Sachen durch die Innenstadt zu rasen: einen schweigenden Pfeiffer, der sich an die Geschwindigkeitsbeschränkungen hielt.

Sie erreichten den Hof hinter der Marienkirche als die Kirchenglocke zehnmal schlug.

»Seit wann fährt Irle einen Roller?« staunte Holzbaum und hegte die kleine Hoffnung, mit dieser Frage Pfeiffer aus seinem momentanen Zustand zu reißen.

Doch Pfeiffer reagierte nicht. Stattdessen steckte er sich einen Lutscher in den Mund und schritt entschlossen auf Tristans Haustür zu.

Der Detektiv schien nicht überrascht, als er die beiden Polizisten ins Haus bat.

»Hatte eigentlich schon viel früher mit Ihnen gerechnet«, lächelte Tristan freundlich.

»Wir wurden aufgehalten«, knurrte Pfeiffer.

Sie gingen ins Wohnzimmer wo die Polizisten zum ersten Mal auf Lena trafen. Die Wissenschaftlerin stand auf und begrüßte schüchtern die Neuankömmlinge. Holzbaum beobachtete seinen Chef, wie der durch Lenas Anwesenheit endlich aus seiner Wutstarre befreit wurde. Innerlich dankte er dem Schöpfer für die Schönheit, die seine Schöpfung hervorbringen konnte.

»Darf ich Ihnen Lena Lamberti vorstellen,« sagte Tristan.

»Hauptkommissar Pfeiffer«, erwiderte der Polizist und reichte der schlanken großen Frau die Hand. »Das ist Kommissar Holzbaum.«

Holzbaum nickte ihr zu.

»Frau Lamberti hat ein paar sehr interessante Anmerkungen«, sprach Tristan weiter. »Die dürften Sie interessieren.«

»Anmerkungen?« wiederholte Pfeiffer und ihm wurde plötzlich bewusst, dass er mit einem Lutscher im Mund sprach. Er nahm ihn hastig in die Hand und sagte entschuldigend: »Versuche mir gerade das Rauchen abzugewöhnen.«

»Und, hilft es?« fragte Lena.

»Bis jetzt schon«, nickte Pfeiffer und sah zu ihr auf. »Es stört Sie doch nicht?«

Ein leichtes Grinsen bildete sich in ihrem Gesicht. »Nein, es passt zu Ihnen.«

Das nahm der Hauptkommissar als Kompliment und steckte den Lutscher wieder in den Mund.

Holzbaum begrüßte unterdessen Marlowe, der die beiden Polizisten neugierig beobachtet hatte.

»Er kennt Sie?« staunte Lena, als Marlowe sich bereitwillig die Brust von Holzbaum streicheln ließ.

»Holzbaum kann gut mit Tieren«, erklärte Pfeiffer mit einem Hauch von Neid, »er ist auf einem Bauernhof aufgewachsen. Ich hab's leider nicht so mit den Tieren.«

»Was sind das für Anmerkungen?« fragte Holzbaum, der das Thema nicht weiter verfolgen wollte.

»Setzen Sie sich doch bitte«, bat Tristan, »ich erkläre es Ihnen.«

Dann fasste er das Gespräch, unterstützt von Lena, zusammen.

»Das ist ja ein Ding«, schnaufte Pfeiffer. Mysteriöse Verschwörungen fanden in Pfeiffers Kopf einen fruchtbaren Boden.

Holzbaum reagierte vorsichtiger.

»Das hört sich alles, unter gewissen Umständen, sehr plausibel an«, gab er zu bedenken, »aber richtige Beweise, Frau Lamberti, die sehen anders aus.«

»Hören Sie nicht auf ihn«, warf Pfeiffer verstimmt ein. »Was benötigen Sie, damit Sie Ihre Theorie beweisen könnten?«

»Na ja«, Lena blickte nachdenklich zu Pfeiffer, »wir müssten das Schwert finden.«

»Sie haben keine Ahnung, wo Sie suchen müssen?« fragte Holzbaum.

»Es gibt einige Hinweise, die ich in einer alten Festschrift der Siegener Freimaurer gefunden habe.« Sie griff nach ihrer Tasche. »Warten Sie, ich zeige Ihnen eine Kopie.«

Sie nahm einen Stapel Kopien heraus und blätterte darin herum.

»Ah, hier ist es«, sie zeigte den Männern das Blatt, auf dem ein rundes Siegel abgebildet war.

In der Mitte des Siegels stand eine Siegfried-Figur auf dem Kopf eines erschlagenen Drachens. Siegfried hielt ein langes Schwert in den Händen, dessen Spitze auf dem Kopf des Drachens ruhte. Im Hintergrund waren drei Berge sowie in einem Dreieck das sehende Auge abgebildet. Ein Schriftzug umrandete das Siegel.

»Ist dies das Siegel der Siegener Loge?« fragte Pfeiffer.

»Nein, das ist ein altes Siegel«, erklärte sie. »Die Siegener Loge nennt sich „Zu den sieben eisernen Gruben“, das hier ist die Loge „Siegfried zu den drei Bergen“- nach altem schottischem Ritus.«

»Aber wenn dies nicht das Siegener Logensiegel ist«, überlegte Holzbaum laut, »was hat das dann mit unserem Fall zu tun?«

»Kennen Sie die Saga von den Nibelungen?« Lena rückte ihre Brille zurecht.

»Grob«, musste Pfeiffer gestehen. »Ich weiß, dass in der Nibelungensage Siegfried einen Drachen erschlägt und in seinem Blut badet und damit unverwundbar wird.«

»Nun ja, nicht ganz«, ergänzte Tristan, »ein Lindenblatt bedeckt den Rücken des Helden, während er badet, und an dieser Stelle ist er verwundbar.«

»Richtig, aber bevor er den Drachen töten konnte, musste er was machen?« Lena war jetzt in ihrem Element.

»Ihn erschlagen«, sagte Pfeiffer gelangweilt.

»Aber mit was erschlägt man einen schuppenbespickten Drachen?« erklärte Lena weiter. »Natürlich mit einem besonders scharfen Schwert. Der kunstfertige und zauberkundige Schmied *Regin* schmiedete Siegfried das *Schwert*

Gram. Mit diesem Zauberschwert gelang es Siegfried, den Drachen *Fafnir* zu töten. Der Schmied *Regin* ist der Schlüssel für Siegfrieds Erfolg.«

»Ich verstehe«, sagte Tristan, »ohne die Hilfe eines besonderen Schmiedemeisters hätte Siegfried nicht gewinnen können. Sie glauben: Schmied *Regin* ist gleich *Wieland der Schmied*.«

»Richtig. Die Freimaurer haben bewusst das Symbol *Siegfried* gewählt, weil es vordergründig um einen deutschen Helden geht. Nur Eingeweihte verstehen Siegfried mit dem *Schwert Gram* als Chiffre für *Mimung*. Bloß«, sie machte eine Pause, »das ist der einzige Hinweis, den ich finden konnte. Niels reichte das völlig aus. Er glaubte damit einen ersten realen Beweis gefunden zu haben. Ich allerdings bin noch skeptisch.«

Holzbaum verhielt sich, seit er das Siegel gesehen hatte, auffällig still.

»Chef«, sagte er plötzlich, »mir ist da etwas aufgefallen. Hast du das Foto mit dem Meisterschurz dabei?«

Pfeiffer nickte und fasste in seine Jackettinnentasche.

»Sie haben den Meiserschurz fotografieren können!« staunte Lena.

»Wir vermuten, dass Redecker deshalb Ihren Professor ausgegraben hat«, erklärte Holzbaum.

»Hier ist es.« Pfeiffer reichte das Foto Lena.

»Oh, mein Gott!« stieß Lena aus und hielt mit zitternden Händen das Foto. »Niels hatte Recht!«

Das Foto zeigte einen handwerklich bestens hergestellten Maurerschurz. Wie Tristan schon herausbekommen hatte, schmückten den Schurz ein blaues Band und drei Rosetten, die links, rechts und zentriert am oberen Rand angebracht waren. Diese Symbole standen für den Logengrad des Trägers. Im Hintergrund waren sieben Grubeneingänge dargestellt. Unter der oberen Rosette befand sich das Dreieck mit dem sehenden Auge. Doch was Lena so erregte, war die Abbildung eines silbernen Schwertes, das in der Mitte zu finden war. Der Schwertgriff wurde umrandet von einem flammenden Stern.

»Damit haben Sie jetzt wohl den Beweis«, staunte Pfeiffer, während der Stil seines Lutschers aufgeregt hin und her wackelte, »dass dieser Redecker auf der richtigen Fährte war.«

Lena sah den Hauptkommissar erschrocken an. Ihr wurde ganz schwindelig, bei dem Gedanken, dass der Polizist Recht hatte.

»Es bedeutet aber auch«, warf Tristan ernst ein, »dass noch jemand anderes hinter *Mimung* her ist.«

»Richtig«, nickte Pfeiffer, »Redeckers Mörder!«

»Aber das ist unmöglich«, sagte Lena laut. »Niemand außer dem Prof und Redecker wusste von meiner Recherche.«

»Sind Sie sich da ganz sicher?« fragte Tristan eindringlich. »Sie sagten mir doch, dass Ihr Fachgebiet die Regionalgeschichte sei.«

»Ja, sicher«, bestätigte Lena und blickte erneut auf das Foto.

»Aber Ihre Recherchen führten doch tief ins Altertum zurück«, meinte Tristan, »das gehört doch nicht zur Regionalgeschichte.«

»Nein, das ist Alte Geschichte«, antwortete Lena und sah Tristan an, als hätte er gerade die Büchse der Pandora geöffnet. »Sie haben Recht, ich hatte Hilfe.«

»Von wem?« hakte Pfeiffer nach. Seine Spürnase roch eine Fährte.

»Meine Mitbewohnerin Marion Riesenberg, ihr Freund Dr. Patrick Palatin und Professor Holger Narres«, antwortete sie leise.

»Freunde können sich schnell zu Rivalen entwickeln«, sagte Holzbaum, »besonders dann, wenn es sich um eine große Sache handelt, die Ruhm und Reichtum verspricht.«

»Wo finden wir die drei?« fragte Pfeiffer.

»Sie dürften an der Uni zu finden sein.« Lena reichte Pfeiffer das Foto.

»Behalten Sie es, Lena. Sie können es sicher besser gebrauchen.« Pfeiffer stand auf. »Dann sollten wir uns auf den Weg machen.«

Lena gab den beiden noch eine Wegbeschreibung mit, dann verabschiedeten sich die Kommissare.

3

»Ich kann's immer noch nicht glauben« murmelte Lena und starrte zum wiederholten Male auf das Foto.

Tristan stand in der Küche und schmierte Brotscheiben. Marlowe saß auf der Kletterstange und behielt die Fremde im Auge.

»Kann ich Ihnen wirklich nicht helfen«, rief Lena aus dem Wohnzimmer.

»Nein, danke«, antwortete Tristan, »bin gleich fertig. Sie essen doch Wurst?«

»Ja, momentan könnte ich ein Steak verdrücken.« Lena legte das Foto beiseite und sah Marlowe an. »Und du, hast du auch Hunger?«

Marlowe sträubte seinen Kamm und fand es an der Zeit, die Fremde genauer unter die Lupe zu nehmen. Er flatterte los und landete auf dem Tisch.

»Bringen Sie Ihre Papiere in Sicherheit«, rief Tristan. »Marlowe liebt es, an den Rändern zu knabbern.«

»Geben Sie ihm nicht genug zu fressen?« scherzte sie und streckte die Hand nach Marlowe aus.

Der Kakadu watschelte ihr entgegen. Vorsichtig streichelte Lena seine Brust.

»Er ist so flauschig«, lachte sie.

Tristan kam mit einem Tablett belegter Brote zurück.

»Wenn er Sie ins Herz schließt«, warnte Tristan, »werden Sie ihn nicht mehr los.«

»Wie lange haben Sie ihn schon?« fragte Lena und zog langsam ihre Hand zurück. Dann blickte sie hungrig auf die Brote.

»Greifen Sie zu«, sagte Tristan. »Ich habe ihn als Jungvogel von meinem damaligen Pfarrer geschenkt bekommen. Das ist schon ein paar Jahre her.«

Marlowe verfolgte neugierig, wie Lena eine Brotscheibe in die Hand nahm.

Er wippte aufgeregt mit dem Kopf und krächzte dann: »Was die alte Sage kündet, / Hat sich öfter schon bewährt: / Dem, der solche Ähren findet / Wird ein Doppelglück beschert.«

»Wie macht er das?«

»Ich weiß es nicht«, antwortete Tristan, brach ein Stück von seinem Käsebrot ab und gab es Marlowe. »Aber irgendwie trifft er immer ins Schwarze.«

»Haben Sie diese Fähigkeit mal in einem Ornithologieforum veröffentlicht?«

»Ganz die Wissenschaftlerin, was?« antwortete Tristan und bemerkte, dass etwas zum Runterspülen auf dem Tisch fehlte. »Was möchten Sie trinken?«

»Haben Sie Wein?«

»Jetzt werden Sie mir langsam richtig sympathisch.« Tristan stand auf. »Ein leichter Roter, wäre der nach Ihrem Geschmack?«

»Absolut«, nickte Lena.

Die kleine Brotmahlzeit gab neue Kräfte und lenkte den Kopf von den schrecklichen Ereignissen der vergangenen Nacht ab. Sie plauderten über Persönliches. So erfuhr Tristan, dass Lena gerne Zweirad fuhr. Tristan erzählte ihr von seinem Oldtimer und wie er ihn seit Jahren pflegte.

»Leben Sie allein?« fragte Lena während sie sich in der Wohnung umsah. »Man erkennt hier nirgends eine Frauenhand.«

»Ja und Nein«, antwortete Tristan und schenkte sich noch etwas Wein nach. »Ich habe eine feste Freundin. Sie heißt Helga und ist im Moment in ihrer Pension auf dem Giller.«

»Giller, davon habe ich gehört«, nickte die Wissenschaftlerin. »Liegt bei Lützel im Rothaargebirge.«

»Richtig, möchten Sie auch noch etwas Wein?«

»Danke, nein. Ein Glas reicht um diese Uhrzeit.« Sie leerte ihr Glas. »Marion, meine Freundin, erwähnte, dass Sie dort die nassauische Kriegskasse gefunden haben.«

»Ja, obwohl das nicht der eigentliche Schatz war, den ich dort gefunden habe«, schmunzelte Tristan. »Ich habe dort oben auch Helga kennen gelernt.«

»Sie sind ein Romantiker«, meinte Lena.

»Danke, aber um Ihre Frage zu dieser Wohnung zu beantworten«, Tristan griff zu seinem Tabakbeutel. »Helga hat sich hier sofort wohlgefühlt. Wie Sie sehen, ist das Wohnzimmer ja nicht besonders groß. Und die Wände, na ja, an der einen steht das große Bücherregal. Dann haben wir hier die Fensterreihe und dahinten ist der Kamin. Was will man da gestalten? Allerdings hat sie die

Teppiche und die Kissen auf dem viktorianischen Sofa ausgesucht. Außerdem ist Helga für den Blumenschmuck vor den Fenstern verantwortlich. Das Bad und das Schlafzimmer hat sie ebenfalls ein wenig umdekoriert.«

»Sie leben schon lange zusammen?« fragte Lena und hoffte, nicht zu persönlich zu werden.

»Ja, wir haben bald etwas zu feiern«, brummte Tristan, dem plötzlich wieder einfiel, dass er noch ein Geschenk brauchte. »Wie ist es mit Ihnen?« lenkte er sich schnell ab, »haben Sie einen Verehrer?«

»Die halbe Fakultät«, antwortete Lena frech, »ich kann mich nur noch nicht entscheiden.«

»Dieser Niels«, Tristans Stimme wurde sanft, »war der mehr als ein Betreuer für Sie?«

»Er war ein guter Freund.« Lena blickte auf ihre Unterlagen, die unter ihrer Tasche vor Marlowe geschützt auf dem Tisch lagen. »Ich konnte ihn aufsuchen, wann immer ich ein Problem hatte. Niels war in Ordnung, nicht mein Typ, aber ansonsten ein anständiger Mensch.«

»Sieht man mal von der Grabschändung ab«, ergänzte Tristan.

»Ja, ich kann immer noch nicht verstehen, was ihn dazu gebracht hat«, sagte Lena nachdenklich.

»Ruhm und Anerkennung sind mächtige Antriebskräfte«, meinte Tristan und steckte sich eine Pfeife in den Mund. »Stört es Sie, wenn ich rauche?«

»Es ist Ihre Gesundheit«, antwortete sie mit einem leicht warnenden Unterton.

Der Detektiv nickte und zündete die Pfeife an.

»Wenn es dieses Schwert tatsächlich gibt«, sagte Lena und rückte das Essgeschirr beiseite, »dann gibt es Hinweise, um es zu finden.«

Sie griff zu ihrer Tasche und breitete einige Blätter auf dem Tisch aus.

»Die Siegener Loge wurde 1822 gegründet«, murmelte sie, »die Hinweise müssen also nach 1822 versteckt worden sein.«

»Warum gerade in Siegen?« fragte sich Tristan.

»Die Region ist perfekt geeignet«, antwortete Lena ohne von den Blättern aufzuschauen. »Sie ist weit genug von den großen Metropolen entfernt. Die Menschen hier hatten bewiesen, dass sie Geheimnisse für sich behalten konnten. Schließlich hüteten sie seit Jahrhunderten die Kunst der Erzgewinnung und der Eisenverarbeitung vor Fremden.«

Tristan nickte. »Ja, da haben Sie Recht.«

»Zudem waren die Logenbrüder handverlesen«, erklärte Lena. »Die meisten Mitglieder der Anfangszeit waren – wie sagen Sie hier: *Usswaerdije*. Leute, die von Berlin nach Siegen geschickt wurden, um hier eine preußische Verwaltung aufzubauen. Vergessen Sie nicht, dass das Siegerland und Wittgenstein nach der Restauration 1815 Preußen zugeordnet wurden. Die neuen Mitbewohner waren meistens unter sich, was den damaligen preußischen Bergwerks- und Hüttenverwalter Ludwig Birnbaum dazu veranlasste, die Siegener Loge zu gründen. Da lässt sich ein Geheimnis gut schützen.«

»Und wir haben die regionale Legende, dass Wieland der Schmied in Wilnsdorf zu Hause war«, ergänzte Tristan. »Aber wie finden wir die Hinweise?«

»Die Freimaurer arbeiten mit Symbolen und pflegen ihre eigene Zahlenmystik«, antwortete Lena und rückte zwei Blätter nebeneinander. »Hier das Siegel mit Siegfried und hier das Siegel der Loge. Beide haben nichts gemein.« Sie legte das Foto dazu und tippte auf das Schwert, das den Meisterschurz schmückte. »Hier ist die Verbindung zu dem alten Siegel. Nur Freimaurerbrüder haben den Schurz des Meisters gesehen. Und ich wage zu behaupten, dass den meisten lebenden Logenbrüdern dieses alte Siegel ebenfalls unbekannt ist. Drei hammerführende Beamte leiten die Loge, der Meister vom Stuhl sowie zwei Aufseher, die dürften das alte Siegel kennen.«

»Das heißt, diese beiden Aufseher tragen das Geheimnis weiter«, schloss Tristan aus Lenas Ausführungen.

»Ja, und es sagt uns, dass dieses alte Siegel wahrscheinlich der erste Hinweis ist«, seufzte Lena.

»Weshalb drei?« fragte Tristan.

»Die Drei ist eine der heiligen Zahlen bei den Freimaurern«, Lena lehnte sich zurück. »Fünf,

Sieben und Elf sind weitere heilige Zahlen. Die Drei steht für die drei Hauptsymbole. Das sind: das Buch des Heiligen Gesetzes, die Bibel zum Beispiel, das Winkelmaß und der Zirkel. Es waren drei Großmeister, die den Salomonischen Tempel bauten, Salomo, Hiram von Tyrus und Hiram Abif. Drei Lichter brennen um den Teppich, die Lichter der Weisheit, der Schönheit und der Stärke.«

»Teppich?« staunte Tristan.

»In der Mitte der Loge liegt gewöhnlich der sogenannte Arbeitsteppich, der die bildliche Vereinigung aller Symbole enthält - warten Sie, ich habe eine Abbildung von so einem Teppich.« Sie kramte in ihrer Tasche und zog eine Farbkopie heraus. »Sehen Sie, hier finden Sie noch viel mehr Symbole.«

»Sieht sehr mystisch aus«, sagte Tristan.

»Ja, die Symbole sollen geheimnisvoll sein. Dennoch dürfen Sie nicht vergessen, dass jeder Freimaurer das Verlangen in sich spürt, ein besserer Mensch zu werden. Sie streben nach Weisheit, sie möchten Schönheit in die Welt bringen und sie brauchen innere Stärke, um gegen das Übel in der Welt bestehen zu können. Symbole helfen dabei, abstrakte Begriffe fühlbar und erkennbar zu machen. Die Christen nutzen das Kreuz, um Jesus Leiden zu verdeutlichen.«

»Wofür steht die Drei?« fragte Tristan.

Sie tippte auf das Foto. »Es gibt drei Rosetten, die den Meisterschurz kennzeichnen. Und die

Drei steht für das Dreieck, das Symbol des Unendlichen, der göttlichen Vollkommenheit.« Ihre Augen starrten auf das Dreieck, das im alten Siegel abgebildet war.

»Was ist?« Tristan beugte sich zu ihr hinüber und blickte ebenfalls auf das Blatt mit dem alten Siegel.

»Ich habe eine Idee«, sagte sie hastig und wühlte in der Tasche. »Mist«, stöhnte sie und klappte die Tasche zu. »Haben Sie zufällig ein Lineal?«

Tristan nickte, stand auf und ging zur Kommode neben Marlowes Kletterstange.

»Reicht das?« Er zog ein dreißig Zentimeter langes Lineal aus der Schublade.

»Perfekt«, lächelte sie und nahm das Lineal entgegen.

Sie lehnte es an den Seitenkanten des Dreiecks an und zog drei lange Linien. Das runde Siegel war am Rand mit einem Schriftzug versehen. Dort stand „SCHOTTENLOGE SIEGERLAND ZU DEN DREI BERGEN OR SIEGEN". OR stand für Orient. Die Linien durchschnitten das O in SCHOTTENLOGE, das I in SIEGFRIED und das I in DREI sowie das D in DEN. Sie berührten das D in DREI, das B in BERGEN und das S in SCHOTTENLOGE.

»Und, was jetzt?« fragte Tristan erstaunt.

»Wir haben vier Buchstaben, die von den Linien durchschnitten werden und drei Buchstaben, die von den Linien berührt werden.« Lena notierte sich O I D I sowie B D S.

»Oidibds«, sagte Tristan. »Was kann das bedeuten?«

»Das ist Kauderwelsch«, grübelte Lena und begann mit dem Stift auf die Tischplatte zu klopfen. »Natürlich, die DREI«, rief sie erregt. »Sehen Sie, es gibt nur ein Wort, dessen Buchstaben von zwei Linien geschnitten oder berührt werden. Das ist das Wort DREI. Wie schon erwähnt hat die DREI eine besondere Bedeutung. Es ist eine heilige Zahl. Es hat etwas zu bedeuten.«

»Ja, aber was?« brummte Tristan.

»Nun«, murmelte sie, »wenn ich die beiden Wörter nehme, an denen die Anfangsbuchstaben nur von den Linien berührt werden, dann erhalten wir, das hier.«

Lena notierte die drei ersten Buchstaben des Wortes BERGEN - also BER und dann die drei ersten Buchstaben von SCHOTTENLOGE - also SCH.

»Jetzt haben wir BER und SCH«, meinte Tristan. »Das ist auch nicht gerade sinnvoll; und was ist mit O I D I?«

»Lassen Sie uns systematisch vorgehen«, mahnte Lena und versuchte so zu denken wie ein Freimaurer. »Es kommt zwei Mal das I vor. Das I kann auch für die römische Zahl 1 stehen und das D für 500.«

Sie notierte 1.

»Es sind zwei Einsen«, warf Tristan ein.

Sie notierte eine 11 und 500.

»Das sind wieder heilige Zahlen«, staunte Lena und schrieb die 11 und die 5 gesondert hin.

»Was ist mit den zwei Nullen?« fragte Tristan.

Instinktiv schrieb sie die beiden Nullen neben das O. Jetzt stand auf dem Papier OOO.

»Drei Nullen oder drei O's. Wieder die Drei.«

»Das ist unheimlich«, stöhnte Tristan.

»Jedenfalls ist das kein Zufall«, sagte Lena entschlossen. Sie nahm ein neues Blatt und begann wieder mit dem Stift auf die Tischplatte zu klopfen.

»Die Drei steht für Unendlichkeit, also für Beginn und Ende in Einem.« Sie notierte: OOO gleich Anfang/Ende gleich Buchstabe O. Dann schrieb sie neben dem O die Buchstaben B E R. Nun stand da O B E R und daneben schrieb sie S C H.

»Jetzt haben Sie sieben Buchstaben«, zählte Tristan. »Wieder eine heilige Zahl.«

Lena nickte, sie spürte, dass sie auf dem richtigen Weg war. Ihre Deutungen ließen sich mit der speziellen Logik der Freimaurer erklären, aber was bedeutete jetzt O B E R S C H ?

»Ich hab's!« rief sie plötzlich aufgeregt. »Es heißt O B E Res S C Hloss. Es ist genial.«

Dann sprudelte es aus ihr heraus: »Die Buchstaben I I D weisen den Suchenden auf die heiligen Zahlen 11 und 5. Jedem Eingeweihten ist klar, dass man die beiden Nullen, die auch zwei O's sein könnten, nicht umsonst erwähnt hat. Mit dem O aus SCHOTTENLOGE ergeben sich drei

O's. Damit wird die Bedeutung dieses Buchstabens O über alle anderen gekennzeichneten Buchstaben gestellt. Ich schließe also daraus, dass dies der Anfangsbuchstabe sein könnte. Da nur ein Wort von zwei Linien gleichzeitig geschnitten wird, die DREI, interpretiere ich das als Aufforderung, nur drei Buchstaben aus den Wörtern zu benutzen, die von den Linien berührt werden. Mit dem O werden es sieben Buchstaben, was wieder eine heilige Zahl ist. Das I steht für eins, ich vermute für den ersten Hinweis. Und damit man das auch nicht übersieht, durchschneidet nur eine Linie gleich zwei Mal das I und kennzeichnet damit eine weitere heilige Zahl, die 11.«

»Aber warum das Obere Schloss?« fragte Tristan verwirrt.

»Im Oberen Schloss«, sagte Lena aufgeregt, »befand sich 62 Jahre lang der Sitz der Siegener Loge.«

4

Pfeiffer lenkte den Dienstwagen bis vor eine Schranke, die die Zufahrt zum Hauptgebäude der Universität Siegen sperrte. Schranken hasste der Hauptkommissar wie ein Anarchist staatlichen Einfluss. Er ließ kurz das Blaulicht aufflammen, das sich in der Linse einer Überwachungskamera spiegelte, dann öffnete sich das Hindernis wie von Geisterhand. Langsam fuhr er die Zufahrt entlang, bis er vor dem Haupteingang des Uni-Gebäudes stehen blieb.

»Wo sollten wir nach den Historikern suchen?« fragte Pfeiffer, während er ausstieg.

»Gebäudetrakt B«, antwortete Holzbaum. »Der muss hinter der Bibliothek liegen.«

»Die spinnen, die Profs«, stöhnte Pfeiffer, »B sollte doch eigentlich für Bibliothek stehen, oder!?«

Holzbaum zuckte mit seinen breiten Schultern und deutete auf ein großes Gebäude neben ihnen. »Das ist die Bibliothek.«

Sie gingen los.

»Eine Menge junger Leute hier«, stellte Pfeiffer fest und meinte: Eine Menge scharfer Schnecken.

»Chef, das ist eine Universität«, schüttelte Holzbaum den Kopf, »kein Frischfleischmarkt.«

»Was du immer denkst«, entrüstete sich Pfeiffer und hätte gerne einer langbeinigen Brünetten nachgepfiffen. Der Lutscher in seinem Mund verhinderte diese peinliche Situation.

Sie fanden den Gebäudetrakt B und fragten sich nach den Büros von Marion Riesenberg und Patrick Palatin durch.

In dem Bürogang standen die Türen offen und einige studentische Hilfskräfte rauschten zwischen den Büros hin und her.

Pfeiffer hielt eine junge Frau an.

»Entschuldigung, können Sie uns sagen, wo wir Herrn Palatin und Frau Riesenberg finden können?«

»Oh, der ist gerade in sein Büro gegangen. Das letzte auf der rechten Seite«, antwortete sie schnell und schob sich an beiden Kommissaren vorbei, hin zum nächsten Kopierer.

»Na, dann los!« murmelte Pfeiffer und ließ den Stiel seines Lutschers im Mund tanzen.

»Da vorne ist es«, sagte Holzbaum.

Die Bürotür stand offen. Marion und Patrick saßen zusammen vor einem Computer und diskutierten über eine Formulierung.

»Guten Tag«, störte Pfeiffer, »wir sind von der Polizei und haben einige Fragen an Sie.«

Patrick Palatin stand auf und trat auf die beiden Beamten zu. Die Statur und das Aussehen des Mannes machte seinem Nachnamen alle Ehre. Als Palatin wurden im Mittelalter Pfalzgrafen bezeichnet. Patrick, Anfang Dreißig, grüßte die Polizisten freundlich, während Marion über die Störung sichtlich ungehalten war.

»Es geht um den Mord an einem Ihrer Kollegen«, begann Pfeiffer zu erklären.

Patrick grinste verlegen und meinte: »Wovon reden Sie?«

Jetzt sahen sich Pfeiffer und Holzbaum überrascht an.

»Sie haben noch nichts gehört?« Pfeiffer nahm den Lutscher aus dem Mund.

»Natürlich, ich bin ja nicht taub«, antwortete Patrick, der bei Machogehabe auf stur schaltete.

Ein Schlauberger dachte Pfeiffer und wandte sich zu Marion. »Sie dürften die Mitbewohnerin von Frau Lamberti sein. Frau ...«

»Frau Riesenberg«, Marion stand auf und trat zu Patrick. »Heute Nacht wurde Niels tot auf dem Lindenberger Friedhof gefunden.«

»Du wusstest das?« echauffierte sich Patrick. »Warum hast du nichts gesagt?«

»Der Artikel«, entschuldigte sich Marion und fasste Patrick an der Hand, »er muss heute fertig werden. Wir können doch sowieso nichts mehr am Tod von Niels ändern.«

Patrick schüttelte wütend den Kopf. Er sah einen Augenblick auf die kleinere Marion hinunter und meinte dann zu Pfeiffer: »Wie können wir Ihnen weiterhelfen?«

Der Hauptkommissar, wieder ganz Großwildjäger, fackelte nicht lange und fragte: »Was wissen Sie über Frau Lambertis Doktorarbeit?«

»Nicht viel«, antwortete Patrick selbstbewusst. »Niels betreute Lena. Wir haben wissenschaftlich nichts miteinander zu tun.«

»So?!« Pfeiffers erster Schuss ging daneben. »Sie sagt etwas anderes.«

Marion fuchtelte mit ihren Händen umher und meinte schließlich: »Wir haben Lena bei ein paar Recherchen geholfen. – Ihr Quellen genannt, die sie mal durchforsten sollte. Das ist keine direkte wissenschaftliche Zusammenarbeit.«

»Wir?!« wiederholte Pfeiffer.

Holzbaum zog langsam ein Notizbuch aus seinem Jackett.

Patrick schien sich plötzlich zu erinnern und fügte hinzu: »Sie meinen die Wielandsaga?«

Der Hauptkommissar nickte und steckte sich den Lutscher wieder in den Mund.

»Es geht da um eine verrückte Theorie«, begann Patrick zu dozieren. »Lena hat ein paar Fakten zusammengetragen und sie völlig unwissenschaftlich in Verbindung gesetzt. Als Hypothese ganz interessant, aber für eine Doktorarbeit? Nun ja, das geht mich nichts an, schließlich hatte sie einen Doktorvater, der diese Arbeit anscheinend akzeptierte.«

»Professor Weiland von Stubbe«, warf Holzbaum ein.

»Ja, leider ist der Prof letzte Woche verstorben. Ich glaube nicht, dass Lena einen neuen Doktorvater findet, der diese Theorie als Doktorarbeit akzeptiert.«

»Und was wäre«, grinste Pfeiffer, »wenn sie Beweise für diese Theorie finden würde?«

Patrick schaute hämisch zu Pfeiffer und schüttelte den Kopf. »Wissen Sie, das ist unmöglich!«

»Dr. Redecker schien anderer Meinung«, sagte Holzbaum trocken.

»Niels war ein Fantast«, antwortete Patrick etwas abfällig. »Sehen Sie, wir befinden uns hier im Fachbereich Geschichte mit dem Schwerpunkt „Alte Geschichte". Niels und Lena arbeiten im

Fachbereich Geschichte mit dem Schwerpunkt „Regionalgeschichte".«

Pfeiffer zuckte mit den Schultern.

»Lassen Sie es mich anders erklären«, stöhnte Patrick. »Das ist etwa so wie bei den Autobauern. Da gibt es Fahrgestellingenieure und Motoringenieure. Und der Unterschied zwischen Alter Gesichte und Regionalgeschichte ist ähnlich. Bloß würde ein Fahrgestellingenieur nie dem Motoringenieur sagen, was er zu tun hat. Niels sah das anders, deshalb hatte er aber noch lange nicht das Wissen, das wir in der Alten Geschichte haben.«

»Und wenn doch«, grinste Pfeiffer, »dann wären Sie mächtig angeschissen.«

»Sie sind wohl auch ein Fantast, was«, antwortete Patrick amüsiert.

»Können Sie uns sagen«, fragte Holzbaum, ohne auf die Beleidigung von Patrick zu reagieren, »wo Sie letzte Nacht waren?«

»Ich war zu Hause bei Lena«, beeilte sich Marion zu sagen.

»Ich war ebenfalls zu Hause«, antwortete Patrick.

5

»Die Freimaurer hatten ihren Tempel im Oberen Schloss?« wiederholte Tristan immer noch ungläubig.

»Nicht direkt im Oberen Schloss«, Lena blätterte in ihren Unterlagen, »sie hatten Räume im

Torgebäude von 1870 bis 1932 – Herr Irle, wir müssen uns dort umsehen.«

»Sie glauben, dass wir dort einen weiteren Hinweis finden?« Tristan räumte das Geschirr in die Küche.

Lena stand auf und half ihm.

»Ich bin fest davon überzeugt. Außerdem ist es doch gleich um die Ecke. Wenn ich mich irre, finden wir nichts und es ist gut.« Lena sah ihn flehend an.

Tristan füllte die Spülmaschine und dachte nach. Da draußen war ein Mörder, und der glaubte auch an die Existenz des Schwertes. Lena war in Gefahr, wenn sich ihre neuen Erkenntnisse herumsprachen. Durch die gefundenen Informationen hatten sie einen Vorteil, den sie nutzen mussten.

»Wissen Sie was«, Tristan schloss die Spülmaschine, »ich habe heut sowieso nichts anderes vor.«

Sie fiel ihm um den Hals.

»Ich packe meine Sachen«, sagte sie verlegen und eilte ins Wohnzimmer.

Tristan ging zu den offenen Fenstern, um sie zu schließen, als ein Schatten vorbeihuschte. Als er nach draußen schaute, war niemand zu sehen. Ein Kribbeln überkam ihn, und plötzlich schien der Vorsprung vielleicht gar nicht so groß.

Als alle Fenster geschlossen waren, nahm er Marlowe auf den Arm. Der Kakadu kletterte auf seine Schulter und machte es sich bequem.

»Sie sehen aus wie ein Pirat aus der Schatzinsel«, scherzte Lena. »Sie nehmen ihn mit?«

»Ja, er fliegt nicht weg«, antwortete der Detektiv und ging voraus. »Er hat es bei mir viel zu gut. Außerdem sind Kakadus monogam, soll heißen, er hat mich als seinen Partner ausgesucht.«

Sie grinste frech.

»Was gibt es da zu grinsen?« Tristan schloss die Haustür.

»Nun, er ist doch ein ER«, fragte sie.

»Ja, sicher«, nickte Tristan.

»Sie sind auch ein ER«, sprach Lena zweideutig.

»Oh, jetzt verstehe ich«, schmunzelte Tristan. »So habe ich meine Beziehung zu Marlowe noch nicht betrachtet.«

Sie gingen schweigend die Barstewende hinauf in Richtung Nikolaikirche.

»Wie sind Sie eigentlich auf das Ganze gestoßen?« fragte Tristan schließlich und genoss den warmen Sommertag.

»Die ersten Hinweise fand ich in Unterlagen der Nazis«, antwortete Lena. »Um ihre perverse Ideologie zu begründen, suchte Himmler nach allen möglichen nordischen Artefakten. Damit wollte er die Überlegenheit der nordischen Rasse beweisen. Die Suche begann gleich nach der Machtübernahme. Man hat auch hier in Siegen gesucht. Das machte mich stutzig und so fand ich heraus, dass man der Sage um Wieland den

Schmied mehr Bedeutung gab, als es eigentlich Sinn machte.«

»Aber die Nazis haben auch nach dem Heiligen Gral gesucht«, scherzte Tristan.

»Ja richtig«, antwortete Lena, grinste und meinte: »Aber den hat ja schon Indiana Jones gefunden.«

Tristan schüttelte den Kopf und sagte: »Sie sind mir eine Wissenschaftlerin.«

Sie erreichten die Nikolaikirche und folgten der Burgstraße bis zum Oberen Schloss.

»Wissen Sie, die Nazis haben die Freimaurer verboten und verfolgt, als sie an der Macht waren.« sagte Lena. »Die tolerante Einstellung der Freimaurer zu Andersdenkenden und die Wertschätzung des Lebens bildeten für die Nazis eine Gefahr. Und ich kann mir schlecht vorstellen, dass ein Hitler das Streben nach transzendentaler Erleuchtung verstanden haben würde.«

»Sie wären wohl gerne eine Freimaurerin«, bemerkte Tristan. »Die sind jedoch ein eingefleischter Männerclub.«

»Es gibt auch Frauenlogen«, antwortete sie wissend.

»So!?« staunte Tristan und blieb stehen.

Sie standen vor dem mächtigen Torgebäude. Zwei schwere Burgtore hingen in gusseisernen Angeln, die in das Mauerwerk eingelassen waren. Die Burgmauer und das Tor waren gute zwei Stockwerke hoch. Auf die Burgmauer hatte man das Torgebäude gesetzt, das mit zahlreichen Sprossenfenstern und den davor angebrachten Blumenkästen sehr einladend wirkte und so gar nichts von einer Festungsanlage hatte.

»Dann lassen Sie uns mal reingehen«, sagte Tristan.

Sie durchschritten den mächtigen Burgeingang und kamen in den Vorhof. Geradeaus ging es durch ein zweites, kleineres Tor in den eigentlichen Burghof. Links hatte man vor Jahren ein Gaststättengebäude errichtet. Der Eingang zum Torgebäude befand sich gleich rechts.

»Glauben Sie, dass man uns reinlässt?« fragte Lena besorgt.

»Keine Angst«, antwortete Tristan, »man kennt mich.«

Tristan drückte den Klingelknopf, der mit einer Gegensprechanlage verbunden war.

»Hallo, wie kann ich weiterhelfen?« krächzte eine freundliche Frauenstimme aus einem kleinen Lautsprecher.

»Guten Tag, mein Name ist Irle«, antwortete Tristan, »ich würde mich gerne mit einer Freundin in Ihrer Bibliothek umsehen.«

Das elektronische Türschloss summte. Tristan drückte die Eingangstür auf.

»Bitte, treten Sie ein«, bat der Detektiv und ließ Lena den Vortritt.

Gleich neben der Eingangstür führte eine alte Holztreppe ins erste Geschoss. Dort wartete eine junge Museumsangestellte auf die beiden.

»Hallo, Herr Irle«, grüßte sie freundlich. »Mein Name ist Gisela Becker.«

Tristan gab ihr die Hand und stellte Lena vor.

»Wenn Sie die Museumsleiterin sprechen wollen, die ist leider nicht da«, erklärte Frau Becker.

»Nein, wir wollen uns eigentlich nur mal in der Siegerlandbibliothek umsehen«, antwortete Tristan.

»Suchen Sie ein bestimmtes Buch?« hakte die Angestellte nach und betrachtete Marlowe, der ruhig auf Tristans Schultern saß.

»Nein«, sagte Tristan, »wir interessieren uns mehr für die Räumlichkeiten. Und wegen des Kakadus brauchen Sie sich keine Sorgen zu machen.«

»Tiere sind eigentlich in der Siegerlandbibliothek nicht gestattet«, mahnte Frau Becker. »Aber wenn Sie versprechen, dass den Büchern nichts geschieht, mache ich bei Ihnen gerne eine Ausnahme.«

Tristan versicherte ihr, dass den Beständen nichts geschehen würde, das reichte der Angestellten.

»Was interessiert Sie an den Räumlichkeiten?« fragte sie neugierig und führte sie zu einer verzierten zweiflügeligen Eichentür.

»Wir recherchieren«, antwortete Tristan mehrdeutig.

»Verstehe«, nickte Frau Becker und schloss die Tür auf. »Dann sehen Sie sich mal um. Wenn

Sie dennoch Hilfe brauchen, dann rufen Sie nach mir.«

»Danke, das werden wir.«

Tristan und Lena betraten einen mit Regalreihen vollgestellten Raum. Die Dielen knarrten unter jedem Tritt, der sie tiefer in die Bibliothek führte. Ellbogenbreite Stützbalken ragten aus dem Boden und massive Eichenschwellen, auf denen die freiliegenden Deckenbalken ruhten. Sie trugen das Stockwerk über ihnen. Nur spärlich fielen Sonnenstrahlen durch kleine Sprossenfenster und tauchten die Bibliothek in ein warmes, schummriges Licht. Es roch nach altem Papier und Leder, mit denen eine Vielzahl der historischen Bücher eingebunden waren.

Lena war fasziniert.

»So schön hätte ich mir den Raum nicht vorgestellt«, raunte sie.

»Zu wenig Spinnweben!« scherzte Tristan, der auf Marlowe achtete. Der Kakadu schaukelte munter seinen Kopf hin und her.

»Das ist nichts für dich«, mahnte Tristan und fragte: »Wie gehen wir jetzt vor?«

»Einen Moment!« Lena kramte wieder mal in ihrer Tasche und zauberte einen kleinen Kompass hervor.

»Sie überraschen mich«, staunte der Detektiv. »Haben Sie vielleicht noch einen Flammenwerfer in Ihrer Tasche?«

»Wozu sollte ich den gebrauchen können?« lächelte Lena und entriegelte die Kompassnadel.

»Wenn dieser Platz einmal von den Freimaurern genutzt wurde«, begann sie zu erklären, während sie den Kompass flach auf ihrer Hand hielt, »dann war dieser Raum ihr Tempel. Und jeder Tempel der Freimaurer wird nach dem Vorbild von Salomons Tempel errichtet. Die Freimaurer halten es für ihre Aufgabe, sozusagen den „moralischen" Tempel Salomons wiederaufzubauen. Wenn man dann noch weiß, dass Salomons Tempel in Ost-West-Richtung ausgerichtet war, und sich die Bundeslade im östlichen Teil befand,« sie begann sich langsam um die eigene Achse zu drehen, »dann findet man im Osten eines Logenraums den Standort des Altars. – Da haben wir Osten!« Sie legte vorsichtig den Kompass auf den Boden. »Der Altar muss dahinten im Raum gestanden haben.«

»Nur gut, dass die ganzen Regale aus Holz sind«, bemerkte Tristan nachdenklich, »sonst müssten Sie noch die Abweichungen errechnen.«

»Ich habe einen Taschenrechner dabei«, erwiderte sie trocken.

Tristan zuckte mit den Schultern und sagte zu Marlowe: »Das hätte ich jetzt aber wissen müssen!«

»Wir sollten uns in diese Richtung umsehen.« Sie deutete auf die östliche Wand.

»Was suchen wir genau?«

»Ich weiß es nicht«, antwortete Lena, »irgendein Zeichen, das die Zeit überdauerte. Die Logenbrüder haben dieses Gebäude nicht umsonst ausgewählt. Es ist historisch von Bedeutung, und sie konnten davon ausgehen, dass es auch in Zukunft, nun sagen wir, einer Stadtsanierung nicht zum Opfer fallen würde.«

Sie schlichen um die Regale in Richtung Osten, bis sie von der Gebäudewand gestoppt wurden.

»Haben Sie was gefunden?« fragte Tristan und sah sich die Wand genauer an.

»Nein«, stöhnte Lena und drehte sich um. »Vielleicht ist etwas auf dem Boden eingraviert.«

Sie begann den Boden abzusuchen.

Die Gebäudewand war erst kürzlich neu verputzt worden, wenn sich dort ein Hinweis befunden hätte, dann war er jetzt zerstört. Tristan kämpfte gegen aufkeimende Enttäuschung an und konzentrierte sich. Wo würde er einen Hinweis verstecken, der Jahre später wieder gefunden werden sollte? Eine Wand schloss er sofort aus. Sie konnte zugestellt oder, wie geschehen, bearbeitet werden. Ein Zeichen auf dem Boden kam auch nicht in Frage. Es wäre zu offensichtlich und könnte schnell bei Renovierungsarbeiten gefunden oder zerstört werden. Wenn in diesem Raum etwas die Zeit überdauern sollte, dann könnte ein Hinweis nur an tragenden Teilen angebracht werden. Tristan blickte auf die dicken Eichenbalken, die überall in der Bibliothek zu finden waren.

»Lena«, fragte er aufgeregt, »haben Sie an den Balken irgendwelche Verzierungen oder Schnitzwerk gesehen?«

Die Wissenschaftlerin blickte auf und schüttelte den Kopf.

»Suchen wir danach!« Tristan begann die Stützbalken abzusuchen.

Lena schloss sich ihm an. »Suchen Sie auf der östlichen Seite der Stützbalken.«

Nach einer halben Stunde hatten sie die Stützbalken abgesucht und nichts gefunden.

»Vielleicht habe ich mich geirrt«, seufzte Lena und ließ sich auf einen Hocker nieder, der zwischen den Regalen stand.

Tristan hatte Feuer gefangen und seine Erfahrung lehrte ihn, nicht gleich nach dem ersten Rückschlag aufzugeben. Er trat zu Lena.

»Wenn es einfach wäre«, sagte er nachdenklich, »dann hätten andere den Hinweis schon gefunden. Und das hätten Sie bei Ihrer Recherche sicherlich in einem schlauen Aufsatz entdeckt.« Er hielt Marlowe eine Hand hin, auf die der Kakadu sprang. »Nehmen Sie Marlowe mal eine Weile für mich.«

Lena streckte ihren rechten Arm aus und Marlowe sprang neugierig von der Hand auf den Arm.

»Er ist schwerer als ich dachte«, stellte sie überrascht fest.

»Er frisst zu viel«, scherzte der Detektiv. »Ich sehe mir jetzt die Deckenbalken an. So schnell geben wir nicht auf!«

Er begann mit dem ersten Balken über der Flügeltür. Zuerst suchte er nach Zeichen, die man auf dem Balken angebracht haben könnte. Zudem strich er jeden Balken mit der Hand ab, um feine versteckte Unebenheiten oder Vertiefungen zu finden. Dort, wo ein Regal die Sicht versperrte, zog er sich einen zweiten Hocker heran und kletterte auf das Regal. Staub wirbelte auf, wenn er sich zwischen Deckenbalken und Regalboden zwängte. Konsequent nahm er sich einen Balken nach dem anderen vor. Langsam näherte er sich der östlichen Wand. Schließlich blieb nur noch ein Deckenbalken übrig.

Während die anderen Balken relativ frei zugänglich waren, lag der letzte Balken nur eine Handbreit von der Wand entfernt. Eine Seite, die nach Westen, war gut zu erkennen, dort befand sich nichts Auffälliges, die andere Seite, die nach Osten, konnte er nur abtasten. Er rückte den Hocker zurecht und stieg darauf. Geduldig strich seine Hand über die Innenseite des Balkens, bis er etwas fühlte, das nicht zum Balken gehörte.

»Lena«, raunte er, »ich glaube, ich habe etwas gefunden.«

Aufgeschreckt eilte sie mit Marlowe sofort zu ihm.

»Was fühlen Sie?« fragte die Historikerin aufgeregt.

»Zwei lange, dünne Erhebungen, die sich am Ende treffen«, erklärte Tristan, der sich mühte, die Balance zu halten.

»So wie bei einem Zirkel?« fragte Lena.

»Ja, das trifft zu«, nickte der Detektiv. »Warten Sie, da lässt sich etwas bewegen.«

Tristan rüttelte an den Erhebungen. Es knarrte hinter dem Balken.

»Oh«, stieß er plötzlich aus.

»Was ist geschehen?« rief Lena erschreckt.

»Ich glaube, ich hab's kaputt gemacht.« Dann zog er langsam die Hand hinter dem Balken hervor.

Eine rechteckige, flache Holztafel kam zum Vorschein. Sie schien intakt zu sein. Auf der einen Seite war ein verzierter Zirkel angebracht, auf der Rückseite waren die Worte „WOHL DENEN, DIE IN DEINEM HAUSE WOHNEN, DIE LOBEN DICH IMMERDAR. SEELA" eingraviert.

6

Das Gespräch verlief nicht sonderlich erfolgreich, musste sich Pfeiffer eingestehen. Die beiden Historiker beantworteten artig die Fragen der Polizisten, und brachten es fertig, bandwurmlange Sätze zu formulieren, ohne dabei eine nennenswerte Information zu liefern. Der Hauptkommissar war sich nicht sicher, ob das mit Absicht geschah, oder ob die beiden gar nicht anders konnten.

»Sie sagen also«, versuchte Pfeiffer zusammenzufassen, »dass Frau Lamberti die Idee ihrer Doktorarbeit von Ihnen hat.«

»Sie haben es verstanden«, lobte Patrick den Hauptkommissar, ohne dabei seinen angefressenen Gemütszustand zu kaschieren. »Sehen Sie, Lena bezieht sich auf den Mythos von Hephaistos. Er gehört zu den zwölf olympischen Gottheiten. In der griechischen Mythologie ist er der Gott des Feuers und der Schmiede und entspricht dem römischen Gott Vulcanus. Die Römer haben in der Götterwelt mächtig bei den Griechen geklaut.« Er sprach jetzt zu Pfeiffer, als wäre der Polizist ein Kleinkind. »Jedenfalls habe ich Lena darauf aufmerksam gemacht, dass Hephaistos die Waffen des Achilles oder korrekt ausgesprochen, des Achilleus geschmiedet hat.«

»Das hat uns Frau Lamberti ebenfalls berichtet«, merkte Holzbaum an. »Allerdings verstehe ich nicht, was daran so wichtig ist.«

»Die Quelle«, schnaufte Patrick, der Kinder immer schon für lästige Zeitgenossen hielt.

»Hab Geduld mit ihnen«, mahnte Marion und klopfte ihrem wissenschaftlichen Betreuer auf die Schulter. »Wissen Sie, die Quelle stammt aus der Ilias, dem Epos von Homer über den Trojanischen Krieg. Achilles erschlug Hektor, Prinz von Troja und Trojas bester Kämpfer. Zuvor hatte Hektor Patroklos, Achilles Cousin getötet. – Vielleicht haben Sie den Film „Troja“ von Wolfgang Petersen gesehen. Allerdings geht Petersen mit der Geschichte ziemlich schlampig um. Den Kampf der beiden Giganten schildert er richtig, aber der Film erzählt die Geschichte streckenweise völlig falsch, aber das gehört jetzt nicht hierher. Jedenfalls, Achilles tötete noch die Königin der Amazonen, Penthesileia und den König der Äthiopier, Memnon. Ja, und dann kommt es auch für Achilles ganz dicke! Obwohl er ein ausgezeichneter Kämpfer war, wurde er dennoch von Prinz Paris, Hektors Bruder, am Skäischen Tor mit einem Pfeil in die Ferse getroffen und so niedergestreckt. Nach seinem Tod nahm Memnons Waffengefährte Liopes die Waffen des Achilles an sich.«

»Wow, eine Menge Namen«, pfiff Pfeiffer, dem der Kopf bei all dem Input zu explodieren drohte. »Und was hat das jetzt mit dem Fall zu tun?«

»Ich denke nichts«, grinste Patrick frech, »aber Sie wollten doch wissen, woher Lena ihre Informationen hat. Jeder Student des Erstsemesters könnte das recherchieren.«

Ein elegant gekleideter Mann klopfte an den Türrahmen. Er war schlank und fast so groß wie Patrick. Seine graumelierten Haare verrieten, dass er älter als die beiden Historiker war.

»Hallo Leute«, sagte er jovial, »wer hält euch hier von der Arbeit ab?«

»Hallo Professor«, grüßte Patrick und erklärte: »Das sind Leute von der Polizei. Es geht um den Mord an Redecker.«

»Guten Tag, die Herren«, der Mann reichte Pfeiffer die Hand, »mein Name ist Professor Holger Narres. Die beiden hier gehören zu meinem Team. Mit wem habe ich das Vergnügen?«

»Mein Name ist Hauptkommissar Pfeiffer und das ist Kommissar Holzbaum«, erwiderte Pfeiffer.

»Konnte man Ihnen weiterhelfen?« Der Professor schlängelte sich an den beiden Beamten vorbei und nahm ein Blatt Papier von Marions Schreibtisch.

»Wir haben keine weiteren Fragen«, antwortete Pfeiffer, dann fiel ihm ein, dass Lena auch den Professor erwähnt hatte.

Narres nickte und fragte: »Wie weit seid ihr mit dem Artikel?«

»Fast fertig«, antwortete Marion. »Wir müssen noch den Schlussabsatz formulieren.«

»Schön«, sagte er zufrieden, dann wandte er sich wieder den Polizisten zu. »Wenn Sie keine weiteren Fragen mehr haben, würden Sie uns dann bitte entschuldigen, wir haben hier zu arbeiten.«

Die beiden Beamten verstanden den Rauswurf und verabschiedeten sich. Auf der Türschwelle blieb Pfeiffer stehen, drehte sich zu Narres um und fragte: »Eine Frage hätte ich noch. Wo waren Sie, Herr Professor, gestern Abend?«

»Ich weiß zwar nicht, was Sie das angeht«, knurrte Narres. »Aber ich befand mich auf einem Symposion in Kassel.«

»Danke«, nickte der Hauptkommissar, »das lässt sich doch sicherlich nachprüfen!«

»Sicher«, nickte Narres, sichtlich irritiert.

»Noch einen schönen Tag!« grinste Pfeiffer und verließ das Büro.

Auf dem Gang hörten die Beamten, wie der Professor fragte: »Nun mal von vorne, was wollten die wirklich?«

Dann schloss jemand die Bürotür.

»Eine nette Sippschaft«, knurrte Pfeiffer. »Ich hoffe nur, dass wir nicht noch diese Ilias lesen müssen, um den Fall zu lösen.«

»Das glaube ich weniger«, meinte Holzbaum, der sich Stichpunkte in sein Notizbuch schrieb.

»Fahren wir zu Irle«, stöhnte Pfeiffer und warf den abgelutschten Stiel seines Lutschers in einen Mülleimer. »Vielleicht haben die etwas herausgefunden.«

7

Lena und Tristan hatten etwas gefunden, aber noch nicht herausbekommen, was es bedeutete. Nachdem sie die Holztafel aus der Bibliothek geschmuggelt hatten, waren sie zurück in Tristans Wohnzimmer geeilt. Das Fundstück lag auf dem Tisch und wurde von zwei bebrillten Augenpaaren angestarrt.

»WOHL DENEN, DIE IN DEINEM HAUSE WOHNEN, DIE LOBEN DICH IMMERDAR. SEELA«, las Tristan laut vor.

»Was ist das?« grübelte Lena. »Vielleicht ein Bibelvers?«

»Könnte zutreffen«, nickte Tristan.

»Haben Sie einen Computer hier?« Lena sah sich um.

»Ja, einen Laptop«, antwortete der Detektiv. »Aber es ist schon ein älteres Modell, ich benutze nicht gern Maschinen, sie mögen mich nicht.«

»Haben Sie vielleicht noch einen DSL-Zugang?« lächelte Lena.

»Was ist DSL?« Tristan sah sie über den Rand seiner Halbbrille an.

»Digital Subscriber Line – eine Breitband-Internetverbindung oder kurz, eine schnelle Internetverbindung«, erklärte sie und ahnte, dass der Detektiv so etwas nicht hatte.

»Ach so«, antwortete Tristan, »nein, damit kann ich nicht dienen, habe eine einfache ISDN-Verbindung, reicht völlig. Wozu brauchen Sie diese Verbindung?«

»Damit hätte ich den Spruch in eine spezielle Datenbank einfüttern können«, sagte sie niedergeschlagen, »so hätten wir schnell herausgefunden, ob das wirklich ein Spruch aus der Bibel ist.«

»Oh, dafür brauchen wir kein Internet«, grinste Tristan und stand auf. »Dafür haben wir Erich.«

»Wer ist Erich?!« staunte Lena.

»Unser Bibelinternet«, grinste Tristan. »Warten Sie hier, bin gleich zurück.«

Der Detektiv eilte zur Haustür, während Lena nichts anderes übrig blieb, als zu warten. Sie griff in ihre Tasche und holte ihr Handy heraus.

Mit schnellen Daumenbewegungen bediente sie das mobile Telefon und sah ihre Kurznachrichten durch. Eine Nachricht erregte ihre Aufmerksamkeit. Die Nachricht stammte von Marion. Sie drückte die Schnellwahltaste und wartete.

»Hi, Marion, was gibt es Dringendes?«

»Die Polizei war hier«, erklärte Marion aufgeregt. »Das hat den Prof und Patrick nervös gemacht.«

»Wieso?!« wunderte sich Lena.

»Keine Ahnung, aber pass auf dich auf«, flüsterte Marion. »Muss Schluss machen, die beiden kommen zurück.«

»Marion warte ...«, rief Lena, doch die Verbindung wurde getrennt.

Sie legte das Handy nachdenklich auf den Tisch.

Was war am Campus los? fragte sie sich.

Kurze Zeit später kam Tristan mit dem Diakon Erich Roth zurück.

»Lena, das ist mein langjähriger Freund Erich Roth«, stellte Tristan den Zwei-Meter-Mann vor.

Erich, der sich wegen der niedrigen Deckenbalken in Tristans Wohnzimmer leicht bückte, reichte Lena die Hand. »Sie sind die junge Frau von heute Morgen«, lächelte er.

»Ja«, nickte Lena von Erichs Erscheinung ein wenig eingeschüchtert.

Der Diakon der Marienkirche bevorzugte schwarze Kleidung. Seine athletische Figur, die

Körpergröße und ein makelloses, römisches Gesicht, als wäre eine Marmorbüste lebendig geworden, wirkten imposant. Der Kirchenmann war durch Schwarzafrika gewandert und kannte die Wirkung seines Erscheinungsbildes.

»Sie sind Historikerin?« fragte er mit einer sanften Baritonstimme.

»Ja, ich versuche eine zu werden«, lächelte sie. Lenas Vorbehalte zerstreuten sich nur zögerlich. »Momentan schreibe ich an meiner Doktorarbeit.«

»Tristan hat mich auf dem Weg von der Sakristei hierher kurz in Ihr Vorhaben eingeweiht.« Er setzte sich. »Das geht doch in Ordnung?«

Sie schaute zu Tristan, der nickte und setzte sich ebenfalls an den Tisch.

»Wenn Sie ein Freund von Tristan sind«, antwortete sie und rückte ihre Brille zurecht, »dann geht es wohl in Ordnung.«

»Schön«, Erich klopfte auf den Tisch, »Sie sind aber keine Freimaurerin?«

»Nein«, schüttelte Lena den Kopf. »Ich weiß aber, dass die römisch-katholische Kirche ihre Probleme mit den Freimaurern hat.«

»Ja, da haben Sie wohl Recht«, nickte Erich und meinte sarkastisch, »muss wohl an der alten Tradition der Hexenverbrennung liegen.«

»Die evangelische Kirche hat auch ihre Hexen verbrannt«, ergänzte Lena freundlich, »dennoch haben die Protestanten keine Probleme mit den Idealen und Werten der Freimaurer.«

»Die haben ja auch keinen Papst«, antwortete Erich ehrfurchtsvoll, »der Christi Stellvertreter auf Erden ist. Mit so einer Aufgabe übernimmt man Verantwortung.«

»Sicherlich«, nickte Lena, der Erichs Diskussionsstil gefiel, »aber Katholiken, die sich für die Ideale und Ziele der Freimaurer interessieren, wie zum Beispiel eine tolerante Weltanschauung, insbesondere gegenüber Andersdenkenden, gleich mit der Exkommunikation zu drohen, wenn sie in die Bruderschaft aufgenommen werden, obwohl die Betreffenden nur einen Weg suchen, bessere Menschen zu werden, das ist doch albern.«

»Nun, wenn der Boss in Rom das so sieht«, Erich zuckte mit den Schultern, »dann gilt das für uns bescheidene Diener in Gottes Weinberg als Gesetz!«

»Es hindert dich aber nicht daran, uns zu helfen?« fragte Tristan ernst.

»Keineswegs«, lächelte der Diakon, »oder habt ihr ein Pentagramm unter der Tischplatte versteckt?«

»Das Pentagramm ist ein Symbol, das die fünf Wundmale Christi und die Tugenden Großzügigkeit, Bruderschaft, Reinheit, Höflichkeit und Gnade symbolisieren«, erklärte Lena schnippisch. »Sir Gawain aus der Artussage soll es auf seinem Schild getragen haben. – Es hat nur im Aberglauben eine teuflische Bedeutung.«

»Nun, der christliche Ritter ist dahingeschieden«, mahnte Tristan, »können wir uns jetzt unserem Problem zuwenden?«

»Sicher!« nickte Lena, und als Erich den kleinen Disput ebenfalls als beendet betrachtete, zeigte sie ihm die kleine Holztafel.

Vorsichtig nahm er das Fundstück in seine großen Hände.

»Ein Freimaurer-Zeichen, was auch sonst«, brummte er, dann las er den Spruch auf der Rückseite. Vorsichtig legte er schließlich die Tafel wieder auf die Tischplatte.

»Und?« fragte Tristan, »kennst du den Spruch?«

»Natürlich!« Der Diakon sah seinen Freund ernst an. »Es ist ein Vers aus einem Psalm.«

»Ja und!?« drängte Tristan.

»Psalm 84. Freude am Haus Gottes«, erklärte Erich. »Wahrscheinlich Vers 5.«

Tristan stand auf, ging an das Bücherregal und kam mit einer Bibel zurück.

»Treffer!« freute sich der Detektiv. »Du bist ein Genie!«

»Na ja«, wehrte Erich das Kompliment ab, »mich wundert es nur, dass die Freimaurer einen solchen Spruch wählten.«

»Sie akzeptieren die Bibel als weises und heiliges Buch«, sagte Lena spöttisch. »Überrascht?«

»Wahrscheinlich auch den Koran«, entgegnete Erich lapidar.

»Richtig, sie sind tolerant«, antwortete Lena trocken.

»Aber wie hilft uns das jetzt weiter«, grübelte Tristan, der bemüht war, keine religiöse Grundsatzdiskussion aufkommen zu lassen.

Lena sah sich den Vers in der Bibel genauer an.

»Wissen Sie noch, welche heiligen Zahlen die Freimaurer verwenden?« fragte Lena.

»Ja, die Drei, Fünf, Sieben und Elf«, zählte Tristan auf.

»Primzahlen«, meinte Erich unbeeindruckt.

»Beides richtig«, nickte die Historikerin, »aber, es gibt fünf Planeten: Jupiter, Mars, Venus, Merkur und Saturn. Es gibt fünf Tonintervalle, Terz, Quinte, Prime, Sekunde und Sexte. Es gibt fünf Grundpfeiler der Freimaurerei: Freiheit, Gleichheit, Brüderlichkeit, Toleranz und Humanität.«

»Schön und gut«, stöhnte der Detektiv, »aber wie ist das Ganze zu deuten?«

»Der Hinweis soll uns zu einem Ort führen«, überlegte Lena. »Also müssen wir in die Richtung denken. Wo finden wir Freiheit, Gleichheit, Brüderlichkeit, Toleranz und Humanität?«

»In der Kirche, wenn es gut läuft, und ganz sicher im Himmel«, meinte Erich.

»Kirche?« wiederholte Lena und griff zur Holztafel. »WOHL DENEN, DIE IN MEINEM HAUSE WOHNEN. Meinem Haus wohnen?!« wiederholte sie. »Ja, es ist eine Kirche.«

»Aber welche Kirche soll das sein?« warf Tristan ein.

»Herr Roth, kennen Sie eine Kirche, die mit diesem Spruch geschmückt ist?« fragte Lena.

»Nein«, schüttelte er den Kopf.

Tristan sah aus dem Fenster. Der Blick war ihm seit Langem vertraut. Das Fachwerk des Nachbarhauses, seine Strukturen hätte er im Schlaf zeichnen können. Dann blickte er auf die Holztafel, die Lena in der Hand hielt.

»Natürlich!« rief er plötzlich. »Es ist keine Kirche, sondern eine Kapelle, genauer eine Kapellenschule. Ein Gotteshaus und eine Schule.«

Lena überlegte. »Ein Ort, an dem man etwas lernt, an dem man sich weiterbilden kann, um ein besserer Mensch zu werden und der ein heiliger Ort ist. Ja, das passt!«

»Im Siegerland sind Kapellenschulen verbreitet«, sagte Tristan. »In vielen kleineren Ortschaften wurden die Kapellen auch als Schulen genutzt. Und noch etwas, wir pflegen die Tradition der Hausschriften. Sprüche, die ins Fachwerk geschnitzt wurden.«

»Du meinst«, überlegte Erich, »es gibt eine Kapellenschule, die mit diesem Psalmvers geschmückt ist?«

»Darauf würde ich wetten!« Tristan stand auf.

»Wie wollen wir diese Kapelle finden?« seufzte Lena. »Es muss davon Dutzende geben. Es dauert ja ewig, sie alle abzuklappern.«

»Nicht unbedingt«, lächelte der Detektiv, der wieder vor seinem Bücherregal stand. »Ich sage nur Heimatliteratur.«

Lena sah zu Erich, aber auch der verstand nicht was Tristan meinte.

Mit einem schmalen Bildband kam er zurück.

»Es hat schon etwas Gutes, wenn man in der Provinz lebt«, grinste er. »Dort gibt es eine Menge Menschen, die sich mit ihrer Heimat auseinandersetzen und alles niederschreiben.«

»Ja, und eine Menge davon ist ...«, schnaufte die Historikerin.

»... sagen Sie jetzt nichts Falsches«, mahnte Tristan freundlich. »Sehen Sie hier!«

Tristan schob ihr den schmalen Bildband rüber. Lena las den Titel, es war eine Dokumentation von Hausschriften im Siegerland, wissenschaftlich zusammengetragen von zwei Historikern.

»Das glaube ich jetzt nicht«, strahlte sie und schlug das Buch auf.

Im vorderen Teil des Buches waren alle Sprüche nach Orten sortiert. Lena begann sofort die Seiten professionell quer zu lesen. Ihre Übung im Umgang mit viel Text kam ihr dabei zu Hilfe. Sie las immer nur die ersten zwei Wörter der Inschriften. Schnell hatte sie einige Seiten durchgearbeitet. Dann hielt sie inne.

»Ich habe sie gefunden«, flüsterte Lena. »Es ist eine Kapellenschule in der Gemeinde Neunkirchen im Ortsteil Wiederstein.«

3. Das Quecksilber im ...

Dienstagnachmittag

Das Quecksilber im Thermometer stieg langsam aber unaufhaltsam. Pfeiffer schaltete die Klimaanlage seines Dienstwagens an, aber das kühlte sein aufgebrachtes Gemüt auch nicht ab.

»Diese Uni-Fritzen können einem schon mächtig auf den Geist gehen«, knurrte er. »Was denken die sich eigentlich, wer ihnen die Arbeit bezahlt!«

»Die gleichen Leute, die unsere Arbeit bezahlen«, antwortete Holzbaum gelassen.

Sie fuhren den Haardter Berg hinunter.

»Weißt du, Holzbaum, was mich irritiert?« überlegte Pfeiffer und schaltete dabei hart in den nächsten Gang, »dass die alle so tun, als wären wir Idioten, die an den Weihnachtsmann glauben.«

»Sieh es mal so«, beschwichtigte Holzbaum. »Sie werden sich in den Hintern beißen, wenn diese Lena Recht hat.«

»Das wird ein Stalingrad für die werden«, zischte Pfeiffer.

»Chef, man sagt, das wird ihr Waterloo werden«, korrigierte Holzbaum.

»Was?!« schnaufte der Hauptkommissar.

»Napoleon, die Schlacht bei Waterloo«, erklärte Holzbaum. »Der Preuße Blücher und der Engländer Wellington, die den Franzosen Napoleon bezwangen.«

»Mir doch egal«, erregte sich Pfeiffer. »Hauptsache, den Eierköpfen zeigt man's.«

Der Hauptkommissar jagte über die doppelspurige Hauptstraße in Richtung Innenstadt.

»Weißt du«, überlegte Holzbaum, der sich von der rasanten Fahrt ablenkte, »das hat es schon mal gegeben.«

»So?!« Pfeiffer bremste scharf vor einer Ampel.

»Ja, Schliemann«, nickte Holzbaum, wobei nicht klar wurde, ob die Fliehkraft oder Holzbaums Wille diese Kopfbewegung auslöste. »Ein Kaufmann aus dem 19. Jahrhundert, zu Hause in Norddeutschland. Hat Troja ausgebuddelt. Wurde von den damaligen Wissenschaftlern für verrückt erklärt, bis er mit einem Schatz zurückkehrte.«

»Da hat wohl keiner mehr gelacht«, meinte Pfeiffer teuflisch grinsend.

Sie erreichten den Hof hinter der Marienkirche.

Erich Roth verließ gerade Tristans Haus.

»Ich lasse die Haustür offen«, rief er den Beamten zu. »Einen schönen Tag noch!«

»Schönen Tag noch! - Diese Kirchenleute«, motzte Pfeiffer, »müssen endloses Gottvertrauen haben.«

Lena und Tristan saßen noch am Wohnzimmertisch, als die beiden Beamten zu ihnen stießen.

Tristan kannte Pfeiffer jetzt schon einige Jahre, und so sah der Detektiv am Gesichtsausdruck des Hauptkommissars, dass der sich über etwas aufgeregt hatte. Er begrüßte die beiden Polizisten freundlich und dachte daran, Pfeiffer zur Beruhigung etwas anzubieten, doch Lena schien das aufgebrachte Gemüt des Polizisten wieder durch ihre bloße Anwesenheit zu beruhigen.

»Herr Pfeiffer, wir sind auf der richtigen Spur«, schoss es aufgeregt aus ihrem Mund.

»So«, Pfeiffer setzte sich, »schießen Sie los. Ich kann gute Nachrichten gebrauchen.«

Lena fasste kurz die Geschehnisse zusammen.

»Das hier ist die Holztafel«, stolz reichte sie Pfeiffer das Fundstück.

»Hm«, brummte Pfeiffer, der die Tafel langsam in der Hand drehte. »Sie haben das ohne die Erlaubnis des Museums entwendet?«

»Was ich nicht weiß«, sagte Tristan freundlich, »macht mich nicht heiß.«

»Verstehe«, brummte Pfeiffer lauter und legte das Stück auf den Tisch. »Ihre Kollegen an der Uni, die halten Sie für eine Spinnerin, wussten Sie das?«

Lena nickte.

»Besonders dieser Dr. Palatin machte sich über Ihre Arbeit lustig«, berichtete Holzbaum.

»Ich weiß«, Lena sah zu Holzbaum. »Patrick kann es nicht leiden, wenn jemand wie ich in seinem Fachgebiet der Alten Geschichte rumstöbert. Es ist für ihn nicht wissenschaftlich genug.«

»Das hat er uns auch erklärt«, zischte Pfeiffer. »Sehr arrogant erklärt.«

»So ist seine Art«, meinte Lena. »Marion, Sie haben sie kennen gelernt?«

Die beiden Beamten nickten. Holzbaum berichtete ihnen, was Marion über das Schwert des Achilleus gesagt hatte.

»Ja, das ist richtig. Achilleus ist der Beginn der Geschichte. Und noch was: Marion hat ein Verhältnis mit Patrick, und weil wir gute Freundinnen sind, hat sich Patrick bisher zurückgehalten.«

»Und jetzt braucht er das nicht mehr?« fragte Tristan überrascht.

»Ja, ich denke, so wie es jetzt für mich aussieht«, antwortete Lena nachdenklich, »werde ich meine Doktorarbeit an der Uni nicht fertig stellen können.«

»Weil Ihr Doktorvater und Ihr Betreuer tot sind«, stellte Holzbaum fest.

»Ja!«

»Das hat dieser Schnösel ebenfalls vorhergesagt«, schnaufte Pfeiffer. »Können Sie keinen neuen Doktorvater finden?«

»Wenn wir das Schwert finden«, lächelte Lena verlegen, »wären mir akademische Würden sicher.«

»Na, so wie es aussieht«, rief Pfeiffer aufmunternd, »sind Sie ja auf dem richtigen Weg.«

»Einem sehr steinigen und gefährlichen Weg«, mahnte Tristan. »Wir dürfen nicht vergessen, dass da draußen noch ein Mörder rumläuft.«

»Da hat der Privatdetektiv Recht,« meinte Holzbaum und zog sein Notizbuch hervor. »Was ist mit diesem Professor Holger Narres?«

»Sie haben den Prof gesprochen?« staunte Lena.

»Ja, ist das was Besonderes?« fragte Pfeiffer überrascht.

»Narres ist wie ein Geist«, erklärte Lena, »seit er sein Sabbatjahr angetreten hat.«

»Was ist ein Sabbatjahr?« staunte Pfeiffer.

»Oh, das müssten Sie als Beamter eigentlich wissen«, antwortete Lena. »Es handelt sich dabei um eine besondere Form der Teilzeitbeschäftigung. Beamte erhalten 2/3 ihres Gehaltes für die Dauer von 2 – 6 Jahren. Dann werden sie für ein Jahr freigestellt und können sich ihren eigenen Zielen widmen. Sie erhalten weiterhin 2/3 ihrer Bezüge. Der Begriff „Sabbatjahr" stammt aus dem traditionellen jüdischen Kalender: Es bezeichnet das siebte Jahr, in dem das Land nicht bebaut und keine Schulden eingetrieben werden durften. Professoren nutzen dieses Jahr für persönliche Forschungsobjekte. Narres forscht an einem Projekt, das er allerdings streng geheim hält.«

»Selbst seine Mitarbeiter wissen nicht, woran er arbeitet?« wunderte sich Tristan.

»Marion sagt, sie wisse es nicht«, antwortete Lena, »wie weit Patrick eingeweiht ist, kann ich nicht sagen.«

»Wann haben Sie mit Ihrer Doktorarbeit angefangen?« hakte Tristan nach.

»Vor zwei Jahren.«

»Wann ist dieser Narres in sein Sabbatjahr gegangen?« fragte jetzt Pfeiffer, der Tristans Gedankengang ahnte.

»Vor einem halben Jahr«, sagte sie.

Pfeiffer nickte Tristan zu.

»Warten Sie mal«, Lena schüttelte den Kopf. »Sie glauben doch nicht, dass Narres an der gleichen Geschichte dran ist wie ich!«

»Wie sagten Sie eben«, Tristan nahm seine Halbbrille ab, »wenn wir das Schwert finden, wären Ihnen akademische Würden sicher!«

»Ruhm und Ehre«, flüsterte Holzbaum, »können mächtige Motive sein.«

In dem Moment klingelte Pfeiffers Handy.

2

Professor Narres wollte genau wissen, was die Beamten seine Mitarbeiter gefragt hatten.

»Also«, er hob den Zeigefinger, »wenn ich euch richtig verstanden habe, dann waren die Polizisten hier, weil Dr. Niels Redecker, der Primus meines kürzlich so überraschend verstorbenen Kollegen, jetzt ebenfalls im Hades weilt.«

»Ja«, nickte Patrick.

»Dann wollen wir hoffen, dass Niels genügend Münzen für den Fährmann bei sich hatte«, scherzte Narres.

»Das ist nicht witzig«, sagte Marion pikiert.

»Es hat doch etwas Tragikomisches, wenn der Schüler im gleichen Grab endet wie sein Meister.« Narres fuhr sich eitel durchs Haar. »Jedenfalls ist diese dramatische Dezimierung unserer Fakultät besorgniserregend. Allerdings hat diese Tragödie auch etwas Positives.«

»So?!« staunte Patrick, der begierig war, von seinem Meister zu lernen.

»Ja, es bleibt uns jetzt mehr an Forschungsgeldern«, grinste Narres.

Der Professor konnte so ein Arsch sein, dachte Marion.

»Was machen die Recherchen?« fragte er und sein Gesichtsausdruck sagte deutlich, dass die Zeit zum Plaudern vorbei war.

»Der Artikel ist fast fertig«, antwortete Marion. »Ich habe alle wichtigen Fakten und Meinungen gesammelt. Es fehlt nur noch eine Zusammenfassung.«

»Schon gut«, nickte Narres, »druck das aus, was du hast. Ich nehme es gleich mit. Und wie geht die andere Sache voran, Patrick?«

»Es ist schwer, an einen tragbaren Magnetograph heranzukommen«, murmelte Patrick. »Ich habe schon mehrere Universitäten angerufen, von denen bekannt ist, dass sie so ein Gerät besitzen, aber alles Absagen.«

Narres ballte seine Faust. »Bleib an der Sache dran.«

»Ich verstehe nicht«, sagte Marion gereizt, »wozu du so einen Magnetographen brauchst. Wir sind doch keine Archäologen.«

»Schätzchen, das geht dich nichts an.« Sein Grinsen war so schmierig, damit hätte man alle Eisenbahnachsen der Drei-Länder-Bahn fetten können.

Marion wandte sich ab und startete den Drucker.

»Ich habe eine neue Handynummer«, sagte Narres. »Ich möchte, dass ihr euch die aufschreibt. Ich werde in der nächsten Zeit nur unter dieser Nummer erreichbar sein.«

Er nahm einen Zettel und notierte die neue Nummer.

Unterdessen hatte der Drucker Marions Artikel ausgespuckt. Sie nahm die Blätter, heftete sie zusammen und reichte den Stapel ihrem Chef.

»Gut, dann wäre das für die nächsten Tage alles.« Er ging zur Bürotür, blieb stehen und sagte in einem warnenden Ton: »Und gebt in Zukunft keine Informationen über Lenas Arbeit heraus, ist das ebenfalls klar!«

»Verstanden«, antwortete Patrick diensteifrig, Marion nickte leicht.

Narres hob salopp die rechte Hand, bewegte kurz die Finger und verschwand.

»Ich hasse es, wenn er mich Schätzchen nennt«, brach es aus Marion heraus. »Was denkt er sich eigentlich dabei?«

»Er denkt sich gar nichts dabei«, antwortete Patrick nachdenklich. »Der eitle Fatzke ist aber unser beider Ticket in eine wissenschaftliche Karriere, vergiss das nicht.«

Marion nickte, sie wusste Bescheid. Ihre Zukunft lag gewissermaßen in Narres' Händen.

»Dennoch wüsste ich gerne, an was Holger eigentlich forscht?«

»Besser, du weißt es nicht!« Er sah auf seine Armbanduhr. »Lass uns in die Mensa gehen, ich habe Hunger.«

»Gerne, ein Ortswechsel tut mir jetzt auch gut«, nickte Marion und schnappte sich ihre Geldbörse.

»Du hast verstanden, was der Prof gesagt hat?« fragte Patrick. Seine Stimme wirkte kalt und bösartig. »Keine weiteren Infos über Lenas Arbeit herausgeben, mit niemandem darüber sprechen, klar!«

»Mensch Patrick«, schüttelte sich Marion, »jetzt werde du ja nicht auch noch so ein Arsch!« Sie traten aus dem Unigebäude in die Sonne. »Ich warne dich«, mahnte sie, »sonst ist Schluss mit unseren Reiterspielchen.«

3

Die Sonne strahlte über dem Kreisgebiet, als wollte sie sich für irgendetwas bedanken. Blauer Himmel wölbte sich von Girkhausen bis nach

Holzhausen über Felder, Wälder und Städte. Die Menschen suchten Schutz vor den hellen Strahlen unter breiten Sonnenschirmen. Eiscafés wurden belagert, als würden sie biblisches Manna verteilen. Wanderer auf dem Rothaarsteig dankten dem Schöpfer für einen dichten, grünen Baumbestand, in dessen Schatten es sich aushalten ließ.

In der Krönchenstadt hatten Tristan und Lena das Wohnzimmer verlassen und Platz auf einer kleinen Bank genommen, die im Schatten vor dem Haus stand. Sie sahen Pfeiffers Dienstwagen nach, wie er gerade den Hof hinter der Marienkirche verließ. Die beiden Polizisten waren vom Staatsanwalt zu einer Besprechung gerufen worden.

»Also, was nun?« fragte Lena auffordernd und streckte ihre langen Beine aus. »Machen wir weiter?«

»Ja, natürlich«, antwortete Tristan und stopfte sich eine Pfeife. »Sobald meine Freundin Helga angerufen hat.«

Lena runzelte die Stirn. Dabei traten zwei kleine blaue Äderchen zum Vorschein, die man sonst nicht sah.

Tristan fiel diese kleine Eigenart an der Historikerin schon zum zweiten Mal auf. Sie schien immer dann die Stirn zu runzeln, wenn etwas Offensichtliches in Frage gestellt wurde. Neugierig fragte er: »Was ist?«

»Ich fragte mich, ob Sie ein Handy besitzen?«

»Ja, so etwas besitze ich«, nickte Tristan.

»Und warum müssen Sie dann hier warten?« Lena war sichtlich unruhig, sie wollte weitermachen.

»Weil Helga mich auf dem Festnetzanschluss anruft«, antwortete Tristan gelassen.

Dieses Mal zuckte Lenas linke Augenbraue. Ein Zeichen, dass ihr Tristans Antwort zu wenig war.

»Ich habe so meine Schwierigkeiten mit der Technik«, begann Tristan zu erklären. »Vergesse zum Beispiel gerne mal das Handy aufzuladen. Das kann nervig für einen Anrufer werden, wenn ständig diese Mailbox anspringt. Deshalb haben wir verabredet, den einfacheren Weg zu gehen.«

»Festnetzanschluss«, wiederholte Lena. Ihr Tonfall hätte nicht anders geklungen, wenn Tristan ihr zwei Holzstöcke zum Feuermachen gegeben hätte.

»Ja, Festnetzanschluss«, grinste Tristan. »Wissen Sie, ich habe schon gelebt, bevor es diese mobilen Telefone gab. Damals sind wir gut klargekommen.«

»Kann ich mir nicht vorstellen«, meinte Lena gelangweilt.

»So?!« wunderte sich der Detektiv. »Eine angehende Historikerin sollte sich doch in vergangene Zeiten einfühlen können, oder?«

Jetzt grinste Lena spitzbübisch. »Sie sind ein ganz Schlauer, was?«

»Ja, das bin ich«, nickte Tristan übertrieben, »deshalb sind Sie ja hier bei mir.«

Ein helles Klingeln unterbrach das Gespräch.

»Ihr Festnetzanschluss, vermute ich mal«, sagte Lena und zog ihre Beine ein, als Tristan aufstand.

»Ihre Wahrnehmung trügt sie nicht«, antwortete Tristan und verschwand im Haus.

Die Hitze kroch langsam über das Pflaster in den Schatten. Lena zog sich ihren Pullunder aus. Darunter trug sie ein enges T-Shirt mit einem chinesischen Zeichen als Aufdruck. Langsam stand sie auf und ging zu ihrem Roller, der gleich neben der Bank stand. Sie öffnete den Koffer in dem der Helm lag und legte den Pullunder dazu. Sie wollte sich wieder setzen, als sie einen Mann am Ende des Hofes bemerkte. Der Mann saß auf einer der Sitzbänke, die man um den Brunnen aufgestellt hatte und beobachtete sie.

Lena konnte sein Gesicht nicht genau erkennen, doch als er bemerkte, dass er entdeckt wurde, drehte er sich von ihr weg. In dem Moment kam Tristan mit Marlowe auf der Schulter und Lenas Tasche in der Hand wieder aus dem Haus.

Die Historikerin wandte sich Tristan zu.

»Wir können los«, sagte er voller Tatendrang.

»Klasse«, erwiderte Lena verwirrt.

»Was ist?« fragte der Detektiv und sah sich instinktiv um.

»Der Mann dort bei dem Brunnen«, flüsterte Lena, »der beobachtet uns.«

Tristan blickte zum Brunnen und lächelte.

»Welcher Mann?«

Lena drehte sich um. Der Kerl war verschwunden.

»Ich schwöre, dass dort ein Typ gesessen hat«, sagte sie aufgeregt.

»Er ist weg«, stellte Tristan nachdenklich fest. »Ich bringe Marlowe rüber in die Kirche zu Erich, dann können wir los.«

Lena sah sich auf dem Hof nach einem Auto um.

»Ist das Ihrer?« staunte sie und deutete auf das Oldtimer-Cabriolet.

»Ja, mein mobiles Schätzchen«, antwortete der Detektiv.

Tristan brachte Marlowe in die Kirche zu Erich, der öfter auf den Kakadu aufpasste, wenn Tristan unterwegs war.

Lena setzte sich unterdessen in das Cabriolet und wartete. Vorsorglich nahm sie ihr Handy aus der Tasche und sah nochmals ihre SMS-Nachrichten durch. Sie hoffte auf eine Nachricht von Marion, doch keine neue SMS war eingetroffen.

Der Detektiv kam wenige Augenblicke später zurück.

»Das Wetter ist wie geschaffen für eine schöne Fahrt oben ohne«, freute sich Tristan und startete den Borgward.

Sie verließen die Krönchenstadt über die Leimbachstraße, durchfuhren den Ortsteil Eisern, um von dort über eine enge Straße zur Schränke zu gelangen, die zwischen Eiserfeld und Neunkirchen lag. Lena hatte seit der Abfahrt kein Wort gesprochen. Sie saß entspannt in dem alten, bequemen Beifahrersitz und genoss die Fahrt. Tristan beschäftigte etwas anderes. Bis jetzt hatte er noch mit niemandem über den Überfall in seiner Wohnung gesprochen. Dass Lena nun einen Mann gesehen hatte, der kurz darauf einfach verschwand, beunruhigte den Detektiv. Er hatte das unbestimmte Gefühl, dass die beiden Unbekannten ein und derselbe Mann waren. Tristan würde jetzt noch aufmerksamer die Umgebung beobachten.

Sie erreichten Neunkirchen und bogen Richtung Burbach ab. Das offene Oldtimer-Cabriolet zog alle Blicke auf sich. Vorbeifahrende Autofahrer nickten anerkennend und Kinder winkten am Straßenrand.

»Passiert Ihnen das öfters?« fragte die Historikerin und winkte einer Horde Kinder zurück, die an einem Fußgängerüberweg warteten.

»Nein, das muss an Ihnen liegen«, antwortete der Detektiv charmant und blickte kurz in den Rückspiegel, in dem sich ein alter, verbeulter roter Fiat zeigte.

»Was glauben Sie, was wir finden werden?« fragte Tristan laut gegen den Fahrtwind.

Lena blickte zu ihm herüber und zuckte mit den Schultern.

»Wahrscheinlich einen weiteren Hinweis«, sagte sie.

»Nicht das Schwert?«

»So einfach werden es die Hüter des Schwertes nicht gemacht haben«, überlegte sie. »Ich denke, es wird fünf oder sieben Hinweise geben.«

»Ach ja, die heiligen Zahlen«, nickte Tristan und fragte: »Was ist aus dem Schwert geworden, nachdem es Liopes an sich genommen hatte?«

»Liopes kehrte nach Äthiopien zurück«, berichtete Lena. »Dort ging das Schwert in den Besitz der Königsfamilie. Gaius Sallustius Crispus, ein römischer Geschichtsschreiber fand heraus, dass das Schwert in die Hände des numidischen Königs Jugurtha übergegangen war. Dieser König besiegte 109 vor Christus die Römer in einer verheerenden Schlacht. Daraufhin wird der Feldherr und Politiker Gaius Marius beauftragt, die Schmach zu tilgen. In einer weiteren Schlacht, 107 vor Christus, bezwingt er den numidischen König und nimmt das Schwert in seinen Besitz. Marius wird schließlich 102 vor Christus gegen die Kimbern und Teutonen geschickt. Bei Aquae Sextiae in Südgallien treffen die Heere aufeinander und fast wäre Marius gefallen. Er verliert in dieser Schlacht das Schwert. Interessant zu wissen ist, dass Marius mit Julius Caesars Tante verheiratet war.«

Sie durchfuhren Zeppenfeld und waren jetzt kurz vor ihrem Zielort. Der alte Fiat folgte ihnen.

»Aber wie ist es möglich, dass die Spur dort nicht verloren ging?« wunderte sich Tristan und warf einen Blick in den Rückspiegel. Der alte Fiat war immer noch hinter ihnen.

»Nun, der Geschichtsschreiber Gaius Sallustius Crispus war ein Parteigefährte von Julius Caesar. Es ist anzunehmen, dass Marius dem Geschichtsschreiber von dem Schwert erzählt hat.«

»Aber wer hat das Schwert nach der Schlacht an sich genommen?«

»Die Teutonen flohen nach der Niederlage gen Nordosten nach Germanien« erklärte Lena, »und sie haben es mitgenommen.«

Sie erreichten Wiederstein.

»Irgendwo muss es jetzt rechts abgehen«, sagte Lena und deutete nach vorne.

Tristan drosselte die Fahrt und wurde von dem alten Fiat überholt.

»Na endlich«, flüsterte der Detektiv und bog in die Langenholzstraße ein.

»Da vorne ist sie«, rief Lena aufgeregt, die von Tristans Sorge nichts mitbekam.

Die Kapellenschule besaß zwei Stockwerke und einen gemauerten Sockel. Die Ostseite zeigte das typische Fachwerk der Region. Die anderen Seiten waren bis auf den Sockel mit Schiefer bedeckt. Jedes Stockwerk war mit mehreren Sprossenfenstern versehen worden. Die weiß gestrichenen Fensterrahmen leuchteten in der Mittagssonne. Auf dem spitzen Giebeldach thronte nach Osten ausgerichtet ein schmaler Glockenturm. Er wurde von der Straße aus von einer hohen Birke verdeckt. Der Baum säumte eine Treppe, die zum Eingang hinauf führte. Vor der Kapelle hatte man mehrere Parkplätze mit alten Pflastersteinen angelegt. Ein grünes Band von Sträuchern umrandete den kleinen Parkplatz.

»Kaum zu glauben, dass dieses Gebäude mehr als 200 Jahre alt ist«, staunte Lena und stieg aus.

»Sie nutzen die Kapelle als Heimatstube«, stellte Tristan fest.

Ein Schild war über dem mit einem kleinen Giebeldach beschirmten Eingang angebracht.

»Sehen Sie«, Lena war jetzt nicht mehr zu halten, »dort über der Eingangstür!«

Sie sprang die Treppenstufen hinauf und blieb vor der Tür stehen. Beschützt durch das kleine Dach befand sich über der Tür ein Holzbrett. Dort stand „WOHL DENEN, DIE IN DEINEM HAUSE WOHNEN, DIE LOBEN DICH IMMERDAR. SEELA. PSALM 84 V 5 ANNO 1759 DEN 21ten MAY."

Und noch etwas entdeckte Lena. Ein Zeichen, das ihr ganz deutlich sagte, du bist hier richtig. Eine weiße Fünf leuchtete ihr auf einem blauen Hausnummernschild entgegen.

4

Pfeiffer stand neben seinem Wagen und blickte auf ein Gebäude, das sich an den Hang des Fischbacherberges schmiegte.

»Das ist jetzt nicht Büdenbenders Ernst«, giftete er an dem Stängel seines Lutschers vorbei. »Oder?!«

Holzbaum sah in seinem Notizbuch nach, dann nickte er entschlossen.

»Die Freimaurer haben hier ihr Hauptquartier«, murrte der Hauptkommissar. »Na dann mal los!«

»Chef, die sagen Tempel oder Bauhütte zu ihren Räumlichkeiten«, erklärte Holzbaum, der ein kleines Büchlein aus den Tiefen seiner großen Jacketttaschen zog.

»Wo hast du denn das Buch her?« staunte Pfeiffer.

»Als du unbedingt mit dem Auto in die Fußgängerzone zu diesem Schnellrestaurant musstest, habe ich einen Buchladen aufgesucht und dieses Buch „Freimaurer in 60 Minuten" erstanden.«

»Und, hilft es den Orden zu verstehen?« ätzte der Hauptkommissar, während sie der Beschilderung zum Eingang der Loge folgten.

»Die Freimaurer sind kein Orden«, korrigierte Holzbaum, »eher eine Vereinigung und in Deutschland ein eingetragener Verein.«

»Jedenfalls haben sie hübsche Wegweiser«, der Polizist deutete auf ein kleines Hinweisschild mit sieben stilisierten Grubeneingängen. Das Schild führte sie vor den Eingang der Loge. Die Tür stand offen, so dass die beiden Beamten problemlos eintreten konnten. Der Staatsanwalt wartete bereits im Flur auf sie.

»Da sind Sie ja endlich«, schnaufte er. »Wo haben Sie denn so lange gesteckt?«

»Der Verkehr«, meinte Pfeiffer.

Büdenbenders Augen wurden zu schmalen Schlitzen.

»Ist etwas mit Ihrem Wagen?« fragte er kalt.

Der Staatsanwalt mochte es gar nicht, wenn man ihn auf den Arm nahm. Und ihm war Pfeiffers Drang, den Geschwindigkeitsrekord innerhalb geschlossener Ortschaften aufzustellen, durchaus bekannt.

»Nein, alles in Ordnung«, antwortete Pfeiffer mit dem nötigen Respekt, um den Staatsanwalt zu beruhigen. »Was können wir hier in diesen Räumlichkeiten für Sie tun?«

In diesem Moment traten die beiden Herren Brühl und Knipp aus einem benachbarten Raum.

»Ich dachte mir«, sagte Büdenbender, »dass Sie sich nochmals mit den beiden Herren unterhalten sollten.«

Pfeiffer stieß einen hörbaren Seufzer aus.

»Herr Dr. Brühl ist Rechtsanwalt«, sprach Büdenbender ruhig weiter, »Herr Knipp ist ein angesehener Elektromeister aus dem Netpherland.« Der Staatsanwalt machte eine Pause, so dass die beiden Freimaurer die Beamten begrüßen konnten. »Ich weiß, Sie hatten keinen guten Start, aber bitte, hören Sie sich an, was die *Brüder* zu sagen haben.«

Während Pfeiffer mit seinen Gefühlen zu kämpfen hatte, zuckte Holzbaums linke Augenbraue kurz. Hatte Holzbaum das gerade richtig verstanden?

Pfeiffer unterdrückte den juckenden Reiz, seine Finger um den Pistolengriff zu legen und nickte.

»Na schön«, stieß er aus, »aber dieses Mal keine Ausflüchte und so etwas!«

Brühl wollte schon fragen, was der Hauptkommissar unter „so etwas" verstand, wurde aber von Knipp daran gehindert. Der Elektromeister übernahm das Wort und führte die Gäste in den Versammlungssaal. Er trat jetzt viel selbstbewusster auf, als noch auf der Wache.

Der Raum besaß keine Fenster wirkte ansonsten eher nüchtern. Eine Reihe von Tischen und Stühlen standen in zwei langen Geraden ausgerichtet auf eine Wand, die von einem schwarzen Samtvorhang verdeckt wurde. An den dunkelgrünen Wänden hingen Männer-Porträts, manche davon in Öl mit einer gewissen Patina.

Pfeiffer warf sofort einen Blick darauf.

»Das sind die Meister vom Stuhl seit Beginn der Einbringung des Lichts«, erklärte Knipp.

»Einbringung des Lichts?« wiederholte der Hauptkommissar und sah sich einige der besonders alten Abbildungen genauer an.

»So nennt man einen rituellen Vorgang«, erklärte Knipp, bemüht freundlich zu klingen, »der aus diesem Raum einen Tempel macht, in dem der Meister vom Stuhl seine Arbeit aufnehmen kann.«

»Ah, so was wie eine Einweihungsparty«, meinte Pfeiffer und grinste.

»Wenn Sie es so sehen möchten«, nickte Knipp, es fiel ihm sichtlich schwer, nicht aus der Haut zu fahren.

»Möchten Sie etwas trinken?« fragte Brühl, der sich nützlich machen wollte.

»Nein danke«, wehrte Pfeiffer ab.

»Wenn Sie ein Wasser hätten«, antwortete Holzbaum.

»Selbstverständlich«, nickte Brühl. »Und Sie Herr Büdenbender?«

»Ich nehme auch ein Wasser«, lächelte der Staatsanwalt.

»Setzen wir uns doch«, bat Knipp, während Brühl aus dem Raum verschwand.

»Was befindet sich hinter dem Vorhang«, fragte Pfeiffer und deutete mit einem Lutscher darauf.

»Dort lagern wir rituelle Gegenstände«, antwortete Knipp kurz angebunden.

»Wie zum Beispiel«, lächelte Pfeiffer, »eine Axt, Dolch oder Opferschalen?«

»Beim Allmächtigen Baumeister aller Welten«, rief Knipp übertrieben, um ein wenig Dampf abzulassen. »Bitte, vergessen Sie alles, was Sie über die Freimaurer zu glauben wissen.«

»Da brauche ich nichts zu vergessen«, grinste Pfeiffer provozierend.

»Noch besser«, nickte Knipp. »Wir betreiben keine Menschenopfer. Wir sind eine Gruppe von

Gleichgesinnten, die ihr Dasein auf eine höhere Stufe erheben möchten. Wir streben nach Weisheit, Gelassenheit und Schönheit, um nur ein paar Dinge zu nennen.«

»Und was ist nun hinter dem Vorhang?« wiederholte der Hauptkommissar seine Frage.

»Zum Beispiel der Arbeitsteppich«, antwortete der Elektromeister, »oder die Säulen Jachin und Boas.«

»So, hier haben Sie Ihr Wasser!« Der Rechtsanwalt kam beladen mit einer Wasserflasche und mehreren Gläsern zurück in den Raum.

Er verteilte die Gläser und schenkte dann seinen Gästen ein. Pfeiffer lutschte derweil genüsslich an seinem Lutscher.

»Sie gewöhnen sich das Rauchen ab! Habe das bereits hinter mir.« Brühl reichte Büdenbender ein Glas.

»Haben Sie auch Lutscher zur Ablenkung benutzt?« fragte der Staatsanwalt.

»Nein, mir reichte mein Wille«, lächelte Brühl, ein wenig arrogant, wie Pfeiffer fand.

»Also«, schnaufte Pfeiffer, »wenn jetzt alle versorgt sind, würde ich gerne ein paar Fragen loswerden. Und bitte, keine Ausflüchte mehr.«

Die Freimaurer nickten.

»Als erstes möchte ich von Ihnen wissen«, begann Pfeiffer mit seiner Verhörstimme zu fragen, »haben Sie jemals etwas über Wieland dem Schmied gehört?«

Mit dieser Frage schienen die Herren nicht gerechnet zu haben, verstört sahen sie sich an.

»Nun ja«, fing sich Knipp als erster. »Wir sind hier im Siegerland, da kennt man natürlich die Sage von Wieland.«

»Dem kann ich nur zustimmen«, ergänzte Brühl.

Pfeiffer sah erst Knipp, dann Brühl genau an.

»Was soll diese Frage?« platzte es schließlich aus Büdenbender heraus. Sein rechtes Bein wippte nervös unter der Tischplatte. Das hatte der Hauptkommissar beim Staatsanwalt noch nicht erlebt.

»Herr Staatsanwalt, diese Frage ist sehr wichtig«, antwortete Pfeiffer ruhig. »Wir haben Indizien, dass der Tote ...«

»... Sie meinen den Grabschänder«, vergewisserte sich Knipp.

»Ja«, nickte der Hauptkommissar und fuhr unbeirrt fort. »Wir vermuten, dass der tote Wissenschaftler Redecker Ihren Kollegen ausgrub, um an den Meister-Schurz zu gelangen. Nach Rücksprache mit einer Historikerin wurde festgestellt, dass dieser Schurz einen versteckten Hinweis enthält.«

»Das ist doch wieder so ein Blödsinn, den man uns anhängt«, schnaufte Brühl.

Der Elektromeister lehnte sich zurück und musterte nun Pfeiffer ausgiebig. Schließlich sagte er: »Sie haben diesen Hinweis entschlüsseln können?«

Pfeiffer nickte.

»Was?!« rief jetzt Büdenbender und starrte den kleinen runden Mann an. »Pfeiffer hat mit seiner Vermutung Recht?«

5

»Sehen Sie, die Fünf!« Lena deutete auf die Hausnummer, die in der Mitte über dem Eingang angebracht war.

»Ich sehe sie«, nickte Tristan. »Ich denke, dann sind wir hier richtig.«

Sie gingen die Treppe hinauf zur Eingangstür. Dort starrten sie auf das beschriftete Holzbrett, das gut zwei Meter über dem Boden angebracht war.

»Wie kommen wir daran?« Lena sah sich um. »Eine Leiter haben Sie nicht zufällig im Auto?«

»Nein«, schüttelte Tristan den Kopf, »aber wenn ich Ihnen eine Räuberleiter mache, dürften Sie bis an die Tafel reichen.«

Lena musterte den Detektiv skeptisch.

»Keine Angst, ich halte Sie schon.«

Tristan stellte sich mit dem Rücken zum Eingang und faltete seine Hände. »Na los!«

»Wie Sie meinen«, nickte sie und setzte ihren rechten Fuß in die Räuberleiter.

Geschickt verlagerte sie ihr Gewicht nach vorn und richtete sich dann auf.

»Ich komme noch nicht dran«, rief sie und stützte sich mit den Händen an der Tür ab.

»Steigen Sie auf meine Schulter«, befahl Tristan.

Lena fackelte nicht lange und trat mit dem linken Fuß auf die linke Schulter. Dann zog sie den rechten Fuß nach und setzte ihn auf die rechte Schulter. Sie befand sich jetzt auf Augenhöhe mit dem Brett. Tristan balancierte ihr Gewicht aus.

»Es ist angeschraubt«, fluchte sie.

»Okay«, stöhnte der Detektiv unter ihrer Last. »Kommen Sie langsam herunter.«

Lena stieg vorsichtig herab. Als sie wieder festen Boden unter den Füßen hatte, griff Tristan in seine Hosentasche und zog ein Pfeifenbesteck heraus.

»Was denken Sie«, fragte der Detektiv, während er das Besteck auffaltete, »könnten Sie die Schabe als Schraubenschlüssel benutzen?«

Lena sah sich das Besteck genauer an.

»Könnte funktionieren!«

»Dann rauf mit Ihnen«, grinste Tristan und stellte sich wieder in Position.

»Wenn uns hier jemand beobachtet«, meinte Lena, die das Besteck zwischen die Zähne steckte, »dann ruft er die Polizei.«

»Mit denen werden wir schon fertig«, antwortete der Detektiv und dankte seinem Körper für seine Fitness.

Dieses Mal kletterte sie direkt auf Tristans Schultern und begann die Schrauben zu lösen. Es war mühevoll, da sie die Schraubenköpfe erst von Farbe befreien musste. »Können Sie noch?« fragte sie zwischendurch.

»Für Ihre Größe«, scherzte Tristan, dem bereits Schweißperlen auf der Stirn wuchsen, »hätten Sie schwerer sein können.«

»Danke«, stöhnte Lena und beeilte sich, so gut es eben ging.

Schließlich hatte sie es geschafft.

Vorsichtig reichte sie das Brett herunter. Tristan nahm es mit einer Hand entgegen, während die andere Lena zu halten versuchte. Dann stieg Lena herab und Tristan setzte sich schnaufend auf die Türschwelle.

»Sie sind gut in Form«, lobte die Historikerin, reichte ihm das Pfeifenbesteck zurück und griff nach dem beschrifteten Brett. »Betreiben Sie Sport?«

»Aikido«, antwortete Tristan um Atem ringend. »Und was steht auf der Rückseite?«

Lena drehte es herum, aber dort war nichts angebracht.

»Scheiße«, fluchte sie und reichte Tristan die Tafel. »Da ist nichts!«

Der Detektiv brauchte noch einen Moment, bis er wieder voll bei Kräften war. Dann sah er sich das Brett genauer an.

»Wissen Sie«, murmelte er und deutete unter das kleine Vordach, »wenn ich hier einen Hinweis verstecken wollte, dann müsste er vor Wind und Wetter sicher sein. Zudem mussten die Freimaurer davon ausgehen, dass man irgendwann das Brett neu streichen würde.«

Er drehte es langsam in seinen Händen herum. Es war ein dickes Brett, das sich leicht halten ließ. Mehrere Anstriche waren in den vergangenen Jahren aufgebracht worden. Die Farbschicht blätterte bereits erneut ab. Die Rückseite war nur mit einer dünnen Lackschicht bedacht worden, damit das Holz nicht vermoderte.

»Für ein so dickes Brett«, brummte der Detektiv, »ist es erstaunlich leicht.«

»Wahrscheinlich der Holzwurm«, zischte Lena niedergeschlagen und dann krochen wieder Zweifel in ihr Bewusstsein. »Was machen wir hier eigentlich?«

»Jetzt bleiben Sie ruhig«, antwortete Tristan im Ton des Pferdeflüsterers.

Lena besaß eindeutig zu viel Energie, die mal in Euphorie und dann in Niedergeschlagenheit mündete. Es wurde Zeit, dass diese Energie kanalisiert wurde.

»Überlegen wir mal«, forderte Tristan sie auf. »Was für ein Geheimnis könnte dieses Brett haben?«

»Na, keins!« seufzte Lena. »Vielleicht müssen wir in der Kapelle suchen.«

Tristan schüttelte den Kopf.

»Zu kompliziert mit zu vielen Unwägbarkeiten«, antwortete er. »So einen Schriftzug, den erhält man und damit auch das Brett.«

Er tippte das Brett mit der kurzen Stirnseite auf. Farbe blätterte ab und bedeckte wie Pulverschnee den Boden.

Lena sah ihn mit großen Augen an, doch dann begann sie zu verstehen, was Tristan ihr sagen wollte und sofort veränderte sich ihr Gesichtsausdruck. Jetzt leuchteten ihre Augen wieder und ihre Hände begannen wild hin und her zu wirbeln, als wollten sie jeden störenden Gedanken vertreiben.

»Auf dieses Psalmbrett wurden wir hingewiesen durch eine Nachricht, die fast hundert Jahre alt ist«, sagte sie leise aber bestimmt. »Entweder verrät uns dieses Brett, wo das Versteck des nächsten Hinweises ist oder es ist selbst das Versteck.«

Tristan tippte erneut das Brett auf den Boden.

»Was machen Sie da?!« Lena blickte Tristan amüsiert an.

»Ich wecke damit hoffentlich alte Geister«, scherzte der Detektiv und wiederholte den Vorgang.

»Na ja, Sie sollten fester schlagen, dann hören Ihre Geister das vielleicht«, meinte Lena.

Tristan untersuchte das Brett nochmals.

»Na, was haben wir denn hier«, grinste er zufrieden.

Ein feiner gerader Riss hatte sich in der Mitte der Seitenkanten gebildet.

Lena trat zu ihm und sah ihn fragend an.

»Das Brett ist das Versteck?!« stieß sie aus.

Der Detektiv nickte, griff in seine Hosentasche und zückte das Pfeifenbesteck. Dieses Mal nutzte er die Schabe als Keil und quetschte sie in den Riss. Plötzlich knirschte das Holz und das Brett teilte sich.

»Sie sind ein Genie«, rief Lena und drückte ihm spontan einen Kuss auf die Wange.

»Danke«, stotterte Tristan und rückte seine verschobene Halbbrille zurecht.

Vorsichtig lösten sie die beiden Bretthälften voneinander. Schließlich lagen zwei Bretter von der gleichen Größe vor ihnen. Das eine enthielt den Psalmspruch, das andere war mit einem Reim versehen:

Was einst der Mönch trennte,
Durch Baukunst neu vereint,
Im Mittelpunkt ruht die Tangente,
Beschattet wohl - und weint!

»Wieder ein Rätsel«, meinte Tristan und sah sich um. Seine Intuition riet ihm, den Ort schnell zu verlassen. »Wir lösen das später. Jetzt müssen wird das Brett mit dem Psalm wieder anbringen.«

»Sie wollen keine Spuren hinterlassen?« grinste Lena und musterte ihn. »Und, sind Sie wieder bei Kräften?«

»Los Frau«, befahl er, ein wenig von der Jugend herausgefordert, »steig auf!«

Lena schnappte sich das Brett mit dem Psalmspruch, das jetzt deutlich dünner war und stieg erneut auf Tristans Schultern. Die Schrauben, die nun zu lang waren, drehte sie mit der Hand lose fest. Es reichte, wenn das Brett nicht vom Wind auf die Straße geweht wurde. Nachdem der Psalmspruch wieder über dem Eingang hing, war von der Aktion nichts mehr zu sehen. Einzig die Farbkrümel vor dem Eingang hätten verräterisch wirken können, doch eine aufkommende Brise wehte sie in die nahen Sträucher.

Das Fundstück verstaute Tristan im Kofferraum seines Borgward, dann machten sie sich auf den Weg nach Hause.

Sie fuhren zurück nach Neunkirchen. Tristan blickte instinktiv in den Rückspiegel, und da war wieder der alte, verbeulte rote Fiat zu sehen.

»Wir fahren einen anderen Weg zurück«, entschied er.

»Wieso?«

»Ich glaube, wir werden verfolgt!«

Lena sah in den rechten Außenspiegel.

»Der alte Fiat?!« fragte sie.

»Ja, kennen Sie vielleicht den Wagen?«

»Nein!« schüttelte sie den Kopf.

»Er ist uns schon auf der Hinfahrt gefolgt«, erklärte der Detektiv. »Ich möchte nicht die schmale Straße von der Schränke nach Eisern hinunterfahren. Zu gefährlich! Wir fahren über Wilden, Wilnsdorf und Rödgen zurück.« Tristan beschleunigte den Borgward. »Wissen Sie, man hat mich schon einmal von der Straße gedrängt, das war nicht lustig.«

Lena nickte und Furcht zeigte sich in ihren Augen.

Um sie abzulenken fragte Tristan: »Wie ging die Reise des Schwertes weiter?«

»Nachdem Marius das Schwert an die Teutonen verloren hatte?« fragte Lena.

»Ja!« nickte Tristan.

»Der Geschichtsschreiber Gaius Sallustius Crispus vermutete als erster, dass dieses Schwert einst Achilleus gehört haben musste. Ich habe Textstellen in seinen Werken gefunden, die darauf hindeuten.« Sie lächelte stolz. »Das haben die von der Alten Geschichte völlig übersehen. Können Sie sich das vorstellen?«

»Ich denke schon«, nickte Tristan.

Sie passierten gerade das Ortsschild Wilden.

»Kennen Sie Publius Quinctilius Varus?« fragte sie.

»Varus«, überlegte Tristan. »Der Varus?«

»Ja, der Feldherr Varus!« Sie klopfte auf ihren Schenkel. »Das war kaum zu glauben, aber Varus hat als Kind die Geschichte von Achilleus' Schwert erzählt bekommen.«

»Von diesem Sallustius«, sagte Tristan.

»Genau, Sallustius gehörte zum engeren Bekanntenkreis der Familie. Sie erinnern sich, dass Sallustius zu Caesars Parteifreunden zählte. Nun, jetzt kommt eine neue wichtige Figur ins Rennen: Kaiser Augustus. Zur Erinnerung, das war Julius Caesars Großneffe, der nach dem Tod Caesars und der Auseinandersetzung mit Marcus Antonius die Macht gewann. Kaiser Augustus schickte Varus nach Germanien. Das ist ja allgemein bekannt, was ich aber in anderen Quellen gefunden habe, ist weniger bekannt. Varus und auch Augustus vermuteten das Schwert tatsächlich in Germanien. Und nun raten Sie mal, wo das Schwert wieder auftauchte?«

Sie verließen gerade Wilden und steuerten den Geburtsort der Saga an, Wilnsdorf.

»In der Varusschlacht!« rief Tristan. »Das kann doch nicht sein!«

»Und ob«, nickte Lena. »Arminius oder Hermann, wie Sie wollen, hat es in dem Kampf gegen die Römer geführt. Wissen Sie, was das Beste daran ist, ich kann es mit historischen Quellen beweisen.«

Tristan steuerte den Oldtimer nach Wilnsdorf, der alte, rote Fiat hing ihnen an der Stoßstange.

»Nur leider hat es Arminius nicht viel gebracht«, sagte Tristan nachdenklich.

»Ja, er wurde von seinen eigenen Leuten später ermordet.« Lena bemerkte ebenfalls, dass der Fiat noch hinter ihnen fuhr. »Wissen Sie, ich glaube, das Schwert bringt Unglück. Alle, die es führten, kamen dabei um. Nur Marius verlor es rechtzeitig, sonst hätte er wahrscheinlich ebenfalls sein Leben verloren.«

»Sie glauben, das Schwert bringt Unglück!?« staunte Tristan.

»Ja, das denke ich«, antwortete sie entschieden.

6

»Sie sollten die Finger davon lassen«, warnte Knipp.

Seine Stimme klang ruhig und überlegt. Dennoch hatte Holzbaum plötzlich das Gefühl, dass die Temperatur im Tempel der Freimaurer spürbar anstieg.

»Also wussten Sie, was Redecker in dem Grab suchte?« fragte Pfeiffer, dem so etwas wie Feingespür leider nicht in die Wiege gelegt wurde.

»Wir ahnten es«, nickte Knipp, dabei ließ er den Hauptkommissar nicht aus den Augen.

»Könnte mir bitte jemand erklären«, donnerte Büdenbender, »über was ihr hier redet?«

Hätte Holzbaum nicht bereits seinen obersten Hemdknopf geöffnet, dann wäre es jetzt der richtige Zeitpunkt gewesen.

»Herr Büdenbender«, begann Knipp ohne dabei weiter auf den Hauptkommissar zu achten. »Es geht um eine alte Legende, wonach unsere Loge von höchster Stelle beauftragt worden sein soll, einen besonderen Gegenstand zu verbergen.«

»Bitte was!?« Büdenbender riss seine Augen so weit auf, dass Holzbaum befürchtete, sie würden dem Staatsanwalt abhanden kommen. Man konnte mit Recht behaupten, dass der Kommissar den Staatsanwalt noch nie so hatte „glotzen" gesehen.

»Es tut mir leid, aber mehr kann ich Ihnen nicht zu der Angelegenheit sagen«, wehrte

Knipp ab. »Aber seien Sie versichert, dass wir nichts mit dem Tod dieses Grabschänders zu schaffen haben.«

Aus irgendeinem Grund schluckte der Staatsanwalt diese Erklärung und lehnte sich beruhigt zurück.

»So?« knurrte Pfeiffer, der sich nicht ablenken ließ. »Nach meinen Informationen geht es hier um ein höchst bedeutendes Artefakt.«

Knipps Augen suchten kurz den Kontakt mit seinem Vereinsbruder. Dem Staatsanwalt blieb das nicht verborgen. Pfeiffer grinste ebenfalls. Der Hauptkommissar spürte, dass er noch etwas mehr bohren musste, dann würde die Quelle schon fließen.

»Wir hatten noch keine Gelegenheit, Herr Büdenbender«, sprach Pfeiffer langsam, »Ihnen unsere bisherigen Ermittlungsergebnisse vorzutragen. Holzbaum, würdest du bitte *kurz* zusammenfassen.«

Holzbaum nickte, er hatte die Betonung auf *kurz* verstanden. Ein interner Code, der ihm sagte, möglichst keine Namen bei der Berichterstattung zu nennen. Für Holzbaum nicht weiter schwierig. Er berichtete von Wieland und dessen Schwert Mimung. Dass der Ermordete glaubte, die Freimaurer hätten das Schwert versteckt und von einem Hinweis, der diese Vermutung bestätigte.

»Das ist ja unglaublich!« Büdenbender schüttelte den Kopf. »Das ist ja fast wie bei den Illuminaten.«

»Nur, dass das hier echt ist«, meinte Pfeiffer.

»Hören Sie, Herr Büdenbender«, Knipp sah den Staatsanwalt eindringlich an. »Wir wissen nichts von diesem Schwert.«

»So?« Holzbaum fummelte das kleine Büchlein aus seiner Jacketttasche. »Wenn dieses Buch nicht lügt, dann dürfte der Meister vom Stuhl über alle Dinge, die seine Loge betreffen, informiert sein. Zudem sollten seine zwei Vertreter ebenfalls eingeweiht sein.«

»Darf ich raten«, warf Pfeiffer ein. »Sie beide sind diese *Vertreter*.«

»Ja, das sind wir«, nickte Knipp. »Herr Dr. Brühl ist zweiter Vertreter und ich bin erster Vertreter.«

»Also auch der wahrscheinliche Nachfolger von Professor von Stubbe und damit neuer Meister vom Stuhl«, sagte Holzbaum.

»Wenn ich von meinen Brüdern gewählt werde«, antwortete Knipp.

»Sehen Sie, Herr Büdenbender«, Pfeiffer lutschte genüsslich an seinem Lolli, »deshalb war ich die ganze Zeit so misstrauisch. Die Herren haben ein schönes Mordmotiv.«

»Herr Pfeiffer«, Knipp stand auf, »ein Mord würde all unsere Prinzipien und unseren Glauben verraten. So etwas tun wir nicht.«

Er ging zum Vorhang.

Pfeiffer stand ebenfalls auf und legte seine Hand an die Waffe.

»Keine Angst, ich verschwinde nicht«, lächelte Knipp selbstsicher. »Ich möchte Ihnen nur etwas zeigen.«

Er verschwand hinter dem Vorhang und kam mit einer großen Holztafel zurück.

»Das ist ein alter Arbeitsteppich«, erklärte er und lehnte die Holztafel gegen die Wand. »Wenn wir unsere Tempelarbeit durchführen, dann liegt dieser Teppich in der Mitte der Loge. Er zeigt die bildliche Vereinigung aller wichtigen Symbole.«

Die Holztafel war mit zahlreichen Symbolen bemalt. Die Farbe war hie und da bereits verblasst, was das Alter des Teppichs bestätigte.

»Sehen Sie, dieser Arbeitsteppich soll den Suchenden auf dem Weg zur Erkenntnis leiten.« Knipp sprach in einem sakralen Tonfall als stünde er auf einer Kanzel. »Sie sehen zwei Säulen, *Jachin* und *Boas*, die bereits im Tempel Salomons standen, das musivische Pflaster, welches für Ausgewogenheit und Toleranz steht, einen Tempel in der Mitte, und Stufen, die zum Tempeleingang führen. Die Stufen versinnbildlichen die notwendige Entwicklung jedes Maurers und zeigen den Weg vom irdischen in den transzendenten Bereich. Innerhalb des Giebelfeldes des bildlich dargestellten Salomonischen Tempels befindet sich ein mit Strahlen versehenes und Liebe verströmendes Gottesauge im Dreieck als Symbol für den Allmächtigen Baumeister aller Welten.«

Knipp hielt inne.

Die Beamten blickten auf den Arbeitsteppich. Seine Ausstrahlung hatte etwas Rätselhaftes. Wer nach Höherem strebte fand hier einen Wegweiser.

Pfeiffers Psyche besaß jedoch eine natürliche Gewichtskraft, die ihn fest mit der Erde verband. Schwebende oder transzendente Bewusstseinserfahrungen waren ihm so fremd wie einer Meereskrabbe Gletschereis aus dem Himalaja.

»Und?!« brummte der Hauptkommissar. »Was wollen Sie uns damit sagen?«

Knipp schüttelte den Kopf. Zum ersten Mal in diesem Gespräch färbten sich seine Wangen rot. Gegen so viel Erdmasse war es schwer, einen erleuchteten Gedanken aufsteigen zu lassen.

»Was ich Ihnen damit sagen möchte.« Er drehte den Arbeitsteppich um. »Wir bringen keine Menschen um, beim Allmächtigen Baumeister aller Welten! Wir gehören auch keiner Verschwörung an, haben keine bösen Absichten gegen die Regierung und wir essen auch keine kleinen Kinder!«

»Lothar«, mahnte der Rechtsanwalt, »denk an dein Herz.«

»Schon gut«, Knipp hob seine rechte Hand, »ich beruhige mich, aber ...« Er sah zu Pfeiffer, schüttelte den Kopf und sprach leise weiter: »Warum fragen Sie uns nicht einfach nach unserem Alibi?«

Jetzt war es Pfeiffer, der eine Erleuchtung hatte. Es war nie gut, wenn die Verdächtigen mit so einem Satz rausrückten.

»Ich nehme mal an«, antwortete der Hauptkommissar, »Sie waren hier in Ihrem Tempel.«

»Ein Hellseher sind Sie auch noch«, ätzte Knipp, »ja, das waren wir. Eine Liste von Zeugen kann ich Ihnen gerne zukommen lassen.«

»Damit sind wir wohl aus dem Kreis der Verdächtigen ausgeschieden«, grinste der Rechtsanwalt.

»Ja, das sind Sie«, nickte Büdenbender. »Übrigens sehr interessant, dieser Arbeitsteppich.«

»Danke, wenn Sie mehr wissen möchten«, sprach Knipp freundlich. Er hatte sich wieder unter Kontrolle, »dann schauen Sie doch mal bei unserem Vortragsabend vorbei.«

»Gerne«, antwortete der Staatsanwalt. »Pfeiffer, ich denke Sie haben jetzt alles Wesentliche von den Herren gehört.«

»Vielleicht«, knurrte der Hauptkommissar und dachte: Die halten doch alle zusammen, das ist kein Alibi, das ist Verarsche.

7

Als Tristan den Borgward aus Wilnsdorf in Richtung Rödgen lenkte, verlangsamte der rote Fiat hinter ihm die Fahrt. Der Abstand wurde schlagartig größer.

»Unser Freund hält mehr Abstand«, sagte Tristan.

»Ist das gut oder schlecht?« fragte Lena.

»Keine Ahnung«, meinte der Detektiv, »aber dem gehen wir jetzt auf den Grund.«

»Was haben Sie vor?« Lena gefiel nicht, was sie in Tristans Augen sah.

Der Detektiv lenkte den Borgward auf einen Parkplatz, der zum Hotel Rödgen gehörte. Der Parkplatz lag direkt an der B 54, die nach Siegen führte. Mächtige alte Ahornbäume warfen ihre Schatten auf den Platz. Tristan stellte den Oldtimer quer zur Straße, so dass sie die heranfahrenden Autos aus Wilnsdorf frühzeitig erkennen konnten.

Sie warteten.

Mehrere Autos passierten sie. Der rote Fiat war nicht darunter. Tristan wollte gerade weiterfahren, da tippte Lena ihm an die Schulter.

Langsam kroch der Fiat über eine Kuppe und bog dann plötzlich, ohne einen Blinker zu setzen, in eine Nebenstraße ab.

»Was war das denn?« fragte sich Tristan.

»Vielleicht wohnt er hier oben am Rödgen«, meinte Lena.

»Wir warten noch einige Minuten«, entschied der Detektiv, »dann fahren wir in die Stadt.«

Gegenüber dem Parkplatz ragte die Pfarrkirche in den Himmel.

»Glauben Sie«, fragte Lena nachdenklich, »man ist uns auf der Spur?«

»Möglicherweise«, nickte der Detektiv. »Wissen Sie, ich wurde gestern Nacht überfallen.

Gleich nachdem ich vom Friedhof nach Hause kam, dann haben Sie diesen Mann am Brunnen gesehen und nun dieses Auto, das uns den Nachmittag über folgte. Ja, es ist gut möglich, dass wir beobachtet werden.«

»Das verstehe ich nicht«, stöhnte Lena. »Niemand, selbst meine Freunde haben nicht alle Fakten von mir erzählt bekommen. Nur Niels und natürlich mein Doktorvater kannten die Zusammenhänge.«

»Irgendjemand scheint die Bruchstücke zusammenzusetzen«, antwortete Tristan bedrückt. Doch dann lächelte er und meinte zuversichtlich: »Aber da er uns folgt, scheint er weniger zu wissen als wir.«

Er sah nochmals die Straße hinunter, dann startete er den Borgward.

»Machen wir uns auf den Weg. Es wartet noch ein Stück Arbeit im Kofferraum.«

Sie fuhren an der Eremitage vorbei in Richtung Lindenberg. Nach einigen Kilometern Fahrt durch einen schattigen Waldstreifen passierten sie das Ortsschild Siegen. Langsam steuerte der Detektiv den Oldtimer den Berg hinunter. Als sie am Lindenberg-Friedhof entlang fuhren sah Lena traurig zur alten Friedhofskapelle.

»Warum morden Menschen?« fragte sie laut.

»Habgier, Eifersucht«, antwortete Tristan. »Ruhm!«

»Was ist das für ein Ruhm, der auf Blut fußt?« entgegnete sie angewidert.

»Es ist zu zwei Drittel der Ruhm, den man in Geschichtsbüchern findet«, sagte Tristan. »Das sollten Sie eigentlich wissen.«

»Natürlich weiß ich das«, sagte sie scharf. »Deshalb habe ich mich ja für Regionalgeschichte entschieden. Große Schlachten findet man da weniger. Lokale geschichtliche Ereignisse strahlen nicht ins Weltpolitische aus, können aber den Menschen vor Ort nachhaltig die Lebensbedingungen verbessern oder verschlechtern. Als diese Region preußisch wurde, da zog auch die preußische Verwaltung hier ein. Die Einheimischen standen den neuen Herren stur gegenüber. Sie hatten ein starkes dynastisches Empfinden für die Oranier. Das änderte sich erst, als der spätere Kaiser Wilhelm I. als Kronprinz am 2. September 1819 das Siegerland besuchte. 1833 und 1836 kam er nochmals nach Siegen. Er muss einen guten Eindruck hinterlassen haben, denn danach wechselte die Sympathie der Menschen in der Region zum preußischen Königshaus.

Übrigens wurde in dieser Zeit auch die Siegener Loge gegründet.«

Sie erreichten das städtische Hallenbad und bogen in die Altstadt ab.

Helga Bottenberg saß auf der Bank vor Tristans Haus und wartete auf ihren Lebensgefährten. Als der Borgward um die Ecke in den Hof einbog, musterte sie die junge und ganz offensichtlich attraktive Frau ausgiebig, die neben ihrem Freund auf dem Beifahrersitz saß. Tristan hatte ihr mittags am Telefon die wichtigsten Dinge mitgeteilt, und irgendwie hatte sie eine Hornbrille tragende, leicht altjüngferliche graue Maus erhofft. Als sie nun Lena aus dem Borgward steigen sah, so elegant und groß, ärgerte sie sich ein wenig. Sie hatte plötzlich das Gefühl als „Hausmütterchen" rüberzukommen. So fürsorglich wie sie war, hatte sie Marlowe bereits aus der Kirche abgeholt und etwas zum Abendbrot vorbereitet.

Männer durfte man nie zu sehr verwöhnen, dachte sie, dann nehmen sie das Außergewöhnliche als normal wahr.

Die zierliche Mittvierzigerin strich sich eine ihrer störrischen Locken aus dem Gesicht und setzte ihr Gästelächeln auf.

»Hallo Helga«, rief Tristan über den Hof und das Strahlen in seinen Augen versöhnte Helga ein klein wenig.

Sie umarmte ihren Freund und gab ihm einen Kuss.

»Du hast nicht erwähnt, dass sie so hübsch ist«, flüsterte sie ihm ins Ohr.

»Wenn du nicht da bist«, hauchte Tristan zurück, »kann man sie attraktiv nennen.«

»Charmeur.« Helga klopfte ihm auf die Schulter und wandte sich der Historikerin zu.

Der Detektiv stellte die beiden Frauen einander vor.

»Lasst uns reingehen«, bat Tristan. »Wir haben eine Menge zu erzählen.«

Auf halbem Weg blieb er stehen und eilte zum Oldtimer zurück. Er öffnete den Kofferraum und nahm das Brett mit dem dritten Hinweis heraus.

»Willst du etwas tischlern?« fragte Helga, als Tristan das Brett mit ins Haus trug.

»Nein, aber lass uns drinnen darüber sprechen«, antwortete er ernst.

Helga nickte. Sie hatte im Laufe der Jahre, in denen sie mit dem Detektiv liiert war, ein feines Gespür für Gefahren entwickelt. Tristans Reaktion ließ ihre inneren Detektoren wild ausschlagen.

»Haben die Scherben im Mülleimer zufällig auch etwas mit deinem neuen Fall zu tun?« Ihre wachen Augen musterten Tristan.

»Ja, aber lass uns jetzt reingehen.«

Helga hatte damit gerechnet, dass Tristans Gast zum Abendessen bleiben würde. Vorausschauend war der Küchentisch für drei Personen gedeckt.

Als Lena den Duft von frisch gebratenen Kartoffeln und die drei Gedecke in der Küche wahrnahm, fühlte sie sich ein wenig überrumpelt: »Das wäre nicht nötig gewesen, Frau Bottenberg.«

»Ich wäre eine schlechte Pensionsbesitzerin«, lächelte Helga, »wenn ich nicht an das leibliche Wohl denken würde.«

Tristan stellte das Brett gegen den Kaminsims.

»Ich habe einen Bärenhunger«, rief er und begrüßte Marlowe.

Der Kakadu sprang ihm auf den Arm und kletterte dann auf seine Schulter.

»Nun, jetzt erzählt mal«, forderte Helga, »was ist eigentlich los?«

»Beim Essen«, antwortete der Detektiv und bat Lena, Platz zu nehmen.

Die Historikerin setzte sich auf die Eckbank. Helga drehte die Bratkartoffeln noch mal in der Pfanne rum, während Tristan eine Flasche Wein öffnete. Dabei begann er seiner Freundin zu berichten, was in den letzten Stunden geschehen war.

Während des Essens bekam Helga langsam einen Überblick. Lena ergänzte den historischen Part, und dabei kamen sich die beiden Frauen näher.

»Es muss faszinierend sein, in alten Papieren das Leben längst vergangener Zeit neu zu entdecken«, sagte sie und prostete Lena zu.

»Ja, das ist es«, lächelte Lena und nippte an ihrem Weinglas. »Ohne diese Dokumente wäre vieles heute nicht mehr nachvollziehbar. Es wäre schlicht verloren.«

»Und ihr glaubt wirklich, dieses Schwert *Mimung* finden zu können?« staunte die Pensionsbesitzerin. »Das erinnert mich an unser erstes Zusammentreffen«, fügte sie hinzu und gab Tristan einen Kuss. »Sie müssen wissen, dass Tristan und ich die Kriegskasse von Wilhelm dem Schweiger gefunden haben.«

»Eine Freundin hat es erwähnt«, nickte Lena. »Das muss aufregend gewesen sein.«

»Sehr!« antwortete Helga und ein leichter Schauer lief ihr den Rücken hinunter. »Und dieses Brett soll euch zum nächsten Versteck führen?«

»Ja, wenn wir den Hinweis entschlüsselt bekommen«, antwortete Lena.

»Was steht auf dem Brett geschrieben?« fragte Helga und sah zum Kamin.

»Ich zeig's dir.« Tristan stand auf.

»Lass uns erst den Tisch abräumen«, bat Helga.

Lena wollte helfen, doch Tristan schickte sie ins Wohnzimmer. Marlowe folgte der Historikerin und inspizierte neugierig den neuen Gegenstand.

»Lena, passen Sie auf, dass er nichts anknabbert«, warnte Tristan.

»Das werde ich«, rief sie.

Der Kakadu watschelte auf dem Fußboden vor dem Kamin. Lena bückte sich und kraulte Marlowes Brust. Unerwartet hüpfte er auf ihre Hand und kletterte geschickt an ihrem Arm hinauf. Das zwickte sie auf der nackten Haut. Sie trug immer noch das T-Shirt. Auf der Schulter angekommen, brabbelte er: »Oft kroch ein Käfer kribbelkrab / Am hübschen Blümlein auf und ab.«

In der Küche dauerte es nicht lange, bis das eingespielte Team Helga und Tristan aufgeräumt hatte. Tristan stellte die offene Weinflasche ins Wohnzimmer und nahm das Brett, während Helga die Gläser mitbrachte.

»Also, dann lasst uns mal sehen, was wir hiermit anfangen können.« Der Detektiv legte das beschriftete Brett auf den Tisch.

Was einst der Mönch trennte,
Durch Baukunst neu vereint,
Im Mittelpunkt ruht die Tangente,
Beschattet wohl - und weint!

»Was einst der Mönch trennte, durch Baukunst neu vereint, im Mittelpunkt ruht die Tangente, beschattet wohl – und weint!« las Helga laut vor.

»Lena, haben Sie eine Idee?« fragte Tristan und füllte die Gläser.

Abgelenkt durch den Kakadu auf ihrer Schulter fehlte es ihr an Konzentration.

»Könnten Sie Marlowe runternehmen?« bat sie.

Tristan setzte den Vogel auf seine Kletterstange und gab ihm einen Keks, damit war Marlowe beschäftigt.

Lena beugte sich über das Brett und suchte nach versteckten Hinweisen. Doch außer der sichtbaren Schrift, war da nichts weiter versteckt.

»Haben Sie einen Block?« Lena zückte aus ihrer Tasche einen Stift.

»Ja, sicher!« Tristan griff in die Kommode neben dem Wohnzimmertisch.

»Gut, dann fangen wir mit den Substantiven an«, murmelte Lena und schrieb *Mönch, Bau-*

kunst, Mittelpunkt und Tangente auf. »Jetzt die Verben.«

Es folgten die Wörter *trennte, vereint, ruht, weint*.

»Was fällt Ihnen bei dem Wort *Mönch* ein?« Sie notierte das Wort nochmals.

»Kirche«, antwortete Helga.

Lena schrieb es daneben.

»Glauben«, sagte Tristan.

Auch das notierte sie. Dann huschte ein Grinsen über ihr Gesicht.

»Was?« staunte der Detektiv. »Sie haben es schon geknackt?«

»Ja, es ist Martin Luther gemeint«, erklärte sie. »Er war Mönch und mit ihm entstand die evangelische Kirche. *Was einst der Mönch trennte* ist die Kirche.«

»Na, das ist wirklich nicht schwer«, staunte Helga.

»Jetzt *Baukunst*«, forderte Lena auf.

»Kathedralen«, antwortete Tristan.

»Tempel«, sagte Lena. »Die Freimaurer sehen sich als die Nachfahren der großen Baumeister von einst. Die Steinmetze haben die großen Kathedralen in Europa geschaffen. Ihr Wissen hüteten sie in ihren Gilden. Man nimmt an, dass diese Gilden die Ursprünge der Freimaurer darstellen. Freimaurer sprechen gerne von Bauhütten, damit benennen sie den Ort ihrer Zusammenkunft. Wenn also hier die Baukunst erwähnt wird, dann muss es sich um ein sakrales Bauwerk handeln.«

»Welches sakrale Bauwerk hat die beiden Kirchen vereint?« fragte sich Tristan.

»Bedenken Sie, dass das Bauwerk irgendwo im Kreisgebiet stehen muss«, erinnerte Lena. »Aber lassen Sie uns erst die beiden anderen Sprüche klären.«

»*Im Mittelpunkt ruht die Tangente*«, las Tristan.

»Ein anderer Begriff für Tangente lautet Gerade«, überlegte Lena.

Helga und Tristan sahen sie verwundert an.

»Mathe Leistungskurs«, lächelte Lena und erklärte: »Zahlen haben etwas Mystisches. Das hat mir schon immer gefallen.«

»Eine Gerade?« Helga fand es jetzt nicht mehr so einfach, das Rätsel zu lösen.

»Bauwerk, Gerade«, brummte der Detektiv. »Wir hätten Architektur studieren sollen.«

»*Im Mittelpunkt ruht die Tangente, Beschattet wohl – und weint!*«, las Lena und fragte laut: »Welche Gerade kann beschatten?«

»Zu dünn«, antwortete Tristan.

»Keine Gerade«, rief Lena, »es ist ein Turm.«

»Wie kommen Sie denn jetzt darauf?« Helga schüttelte den Kopf, als hätte sie soeben ein Straßenzauberer beeindruckt.

»Ein sakrales Bauwerk besteht in unseren Breiten aus einem Kirchenschiff und einem Glockenturm.« Sie malte eine Skizze. »In den meisten Fällen ist der Glockenturm an dem Kirchenschiff angebaut. Er berührt das Kirchenschiff und er steigt gerade auf. Eine Tangente ist eine

Gerade. Man bezeichnet aber auch eine Linie, die den äußeren Rand zum Beispiel eines Kreises berührt, als Tangente.«

»Also Turm«, nickte Tristan und fasste zusammen: »Wir suchen also eine Kirche mit einem Turm. Davon haben wir viele!«

»Nein«, korrigierte Lena. »Wir suchen eine Kirche, die die beiden Konfessionen vereint, mit einem Turm, der irgendwas beschattet.«

»Ja, etwas das *weint*«, ergänzte Helga. »Klingt traurig.«

»Einen Friedhof«, überlegte Tristan. »Dort weint man und die liegen in der Regel in der Nähe von Kirchen.«

»Wir suchen also eine Kirche, die die beiden Konfessionen vereint, mit einem Turm in der Mitte, der einen Friedhof beschattet«, schrieb Lena als Schlusssatz auf das Papier.

8

Das Blau des Himmels verfärbte sich langsam ins Rote und dann in ein Zwielicht, das keine Farben kannte. Es kühlte nur langsam ab, denn die Hitze des Tages weilte noch in den Steinen und Betonplatten der Stadt. Motten flatterten im Schatten der untergehenden Sonne, flankiert von hungrigen Mücken, die auf der Jagd ins menschliche Terrain eindrangen. Kurz: Über das Land legte sich die Dämmerung.

Seit zwei Stunden suchten Helga, Tristan und Lena in verschiedenen Heimatbüchern nach einem Gebäude, das den gefundenen Kriterien entsprach. Das Dumme an der Suche war, dass sie eine Menge Kirchen und Kapellen fanden. Jeder neue Fund musste überprüft werden, das kostete Zeit. Lena hätte gerne das Internet zur Hilfe genommen, doch bereits der erste Versuch scheiterte an der bescheidenen Verbindungsgeschwindigkeit, mit der sich der Detektiv zufrieden gab.

»Ich denke, wir sollten für heute Schluss machen«, sagte Tristan entschieden, nachdem er ein weiteres Heimatbuch durchgesehen hatte.

»Ja, das bringt so nichts«, stöhnte Lena. Sie stand auf und streckte sich. »Ich werde mich zu Hause an meinen Rechner setzen. Vielleicht finde ich etwas im Internet.«

»Das Brett behalte ich sicherheitshalber hier.« Tristan blickte zu dem Fundstück.

»Gerne, ich könnte es sowieso schlecht auf meinem Roller transportieren«, nickte Lena. »Aber passen Sie gut darauf auf.«

»Das werde ich«, antwortete Tristan.

Helga half Lena ihre Sachen zusammenzuräumen, dann gingen sie gemeinsam vors Haus.

»Wie fährt sich so ein Roller?« fragte Helga neugierig.

»Ganz einfach. Sie müssen nur auf die Autofahrer aufpassen«, grinste Lena. »Wenn Sie wollen, dann setzen Sie sich mal drauf.«

Lena ließ den Roller vom Ständer.

Helga, die um einiges kleiner war als Lena, musterte das Teil skeptisch, dann nahm sie den Lenker und hielt den Roller.

»Gar nicht so schwer, wie ich dachte«, staunte die Pensionsbesitzerin.

Vorsichtig setzte sie sich auf die bequeme Sitzbank. Unterdessen nahm Lena aus dem Gepäckkoffer ihren Pullunder und zog ihn über.

»Damit bekommst du deine Einkäufe aber nicht transportiert«, meinte Tristan, ganz typisch Mann.

»Darum geht es doch bei so einem Roller gar nicht«, antwortete Helga und stellte sich eine Fahrt durch eine Allee vor.

Lena setzte den Helm auf.

Helga stieg wieder ab.

»Dann will ich mal los«, sagte Lena und startete den Roller.

»Wir sehen uns morgen«, antwortete Tristan und mahnte: »Passen Sie auf sich auf.«

»Das werde ich«, nickte Lena und gab Gas.

»Es ist schön zu sehen, wie sich die jungen Frauen entfalten können«, sagte Helga zufrieden, während sie Lena kurz nachwinkte.

Tristan musterte seine Freundin, dann gab er ihr einen Kuss.

»Wofür war der denn?« grinste Helga verwirrt.

»Dafür, dass du so bist wie du bist«, flüsterte Tristan. »Lass uns noch eine Flasche Wein aufmachen. Es war ein anstrengender Tag.«

Sie gingen zurück ins Haus, als unweit des Hofes ein roter, verbeulter Fiat anhielt und die Scheinwerfer ausschaltete.

Helga machte es sich auf dem viktorianischen Sofa bequem, während Tristan eine weitere Flasche Wein öffnete.

»Du hast bei deinem Bericht ausgelassen, warum du eigentlich auf dem Friedhof warst«, sagte Helga, als sich Tristan mit zwei vollen Weingläsern zu ihr setzte.

»Du bist eine aufmerksame Zuhörerin«, schmunzelte Tristan.

»Und?« Sie stupste ihn an. »Nun sag schon.«

»Der Wisse Ohm ist wieder da«, antwortete der Detektiv. »Er rief mich gestern Nacht an.«

»Wie geht es ihm?« fragte sie aufgeregt.

»Gut, denke ich«, er nippte an seinem Glas. »Sah ausgeruht aus.«

»Das ist gut«, freute sich Helga. »Warum ist er bei der Suche nicht dabei?«

»Du kennst ihn doch«, meinte Tristan. »Er liebt das Versteckspiel.«

»Du meinst wohl eher, dass er Dämonen aus der Vergangenheit nicht wecken will«, sagte sie nachdenklich.

»Schon möglich«, Tristan rückte seine Halbbrille zurecht. »Ohne ihn wäre der Mörder davongekommen.«

»Noch hast du ihn nicht erwischt«, mahnte Helga.

»Ja, das stimmt«, er dachte an den zurückliegenden Tag.

»Dieses Mal geht es um eine große Sache«, sinnierte Helga, »das ist fast wie auf dem Giller.«

Sie kuschelte sich an ihn.

Er legte einen Arm um sie und schweigend genossen sie die Nähe des anderen. Entspannt ließ Tristan die Ereignisse vor seinem inneren Auge Revue passieren. Die Nacht auf dem Friedhof, der kleine Diebstahl aus der Bibliothek und der Fund in Wiederstein. Ihm fiel der rote Fiat wieder ein, und er machte sich Sorgen. Plötzlich zuckte er zusammen.

»Was ist?« Helga richtete sich auf.

»Wir sind so blind gewesen«, stieß er aufgeregt aus und stand auf.

Auf dem Wohnzimmertisch stapelten sich die Heimatbücher. Er schob den Stapel auseinander.

»Wo ist das Heimatbuch über Wilnsdorf?« murmelte er und fand es im selben Augenblick.

Hastig blätterte er die Seiten um, bis er gefunden hatte, was er suchte.

»Wir standen direkt davor«, sagte er und reichte Helga das aufgeschlagene Buch. »Es ist die Pfarrkirche in Rödgen, die wir suchen. Wir hatten sie heute direkt vor den Augen, als wir gegenüber auf dem Hotelparkplatz auf unseren Verfolger gewartet haben.«

4. Manchmal liegt ...

Mittwochvormittag

Manchmal liegt die Lösung direkt vor einem. Dennoch sieht man sie nicht, weil man etwas anderes zu sehen wünscht. Wie jeder Neurologe mittlerweile weiß, sieht man nur das, was man kennt. So nahm Helga, als sie am frühen Morgen Tristans Haus verließ, den roten verbeulten Fiat nicht wahr, der am Ende des Hofes parkte. Hätte sie ihn wahrgenommen, wer weiß, dann wäre die Geschichte vielleicht anders verlaufen.

Die Pensionsbesitzerin erwartete eine große Gruppe von Wanderern, die den Rothaarsteig erkunden wollten. Sie würde erst morgen nach Siegen zurückkommen. Ein ungutes Gefühl, als hätte sie sich den Magen verdorben, überkam Helga, als sie ihr Auto aufschloss. Sie blickte noch mal zurück, sah Tristans Konturen hinter dem Badezimmerfenster. Ihr gefiel der Fall nicht, bei dem sich mehr Gefahren erahnen ließen, als bei den üblichen Fällen ihres Freundes. Aber sie wusste auch, dass Tristan nichts mehr stoppen konnte, außer der Tod. Bei diesem Gedanken wurde ihr noch unwohler und sie beschloss an etwas Positives zu denken: an die Menügestaltung für ihre Gäste. Mit den Gedanken an die Mousse au Chocolat für den Nachtisch im Kopf, verließ sie die Krönchenstadt.

Tristan rasierte sich derweil hastig. Er wollte so schnell wie möglich Lena aufsuchen und dann zur Pfarrkirche fahren. Einzig Marlowe gefiel die Hektik am frühen Morgen nicht. Er brabbelte auf seiner Kletterstange vor sich hin.

Doch als Tristan aus dem Badezimmer zurückkam, übersah er Marlowes Murren einfach. Gezielt steckte er einige Dinge in einen Rucksack, von denen er glaubte, sie könnten nützlich werden. Nach den gestrigen Erlebnissen wollte er vorbereitet sein. So fanden eine Taschenlampe, ein Schweizer Armeemesser, eine Rolle Schnur, ein kleines Verbandset, ein Beutel Tabak mit Pfeife, ein Vergrößerungsglas, eine Digitalkamera und eine Packung Kekse für Marlowe in dem Rucksack Platz.

Die Wettervorhersage versprach weiterhin Temperaturen über 25 Grad und keinen Regen. In der Diele setzte er sich einen leichten Strohhut auf, griff nach den Autoschlüsseln und blieb an der Haustür stehen.

»Marlowe, es wird Zeit«, rief er ins Wohnzimmer.

Der weiße Kakadu flatterte einen Augenblick später durch das Wohnzimmer in die Diele. Tristan hielt ihm den rechten Arm hin, wo er sicher landete. Er war noch immer verstimmt und krächzte:

»Die Reiter machen viel Vergnügen, / Wenn sie ihr stolzes Ross bestiegen.«

»Du sagst es«, nickte Tristan.

Sie betraten den Hof und Tristan nahm als erstes den roten Fiat wahr. Doch bevor er reagieren konnte, startete der Fahrer den Motor und rollte durch die Untere Metzgerstraße auf die Löhrstraße.

»Mist«, fluchte Tristan im Schatten der Marienkirche.

Er überlegte, wie er den Fiat abschütteln konnte. Das wurde schwierig, da die Löhrstraße bis hinauf zum Marburger Tor eine Einbahnstraße war. Ihm musste schnell etwas einfallen, sonst wäre der Beschatter alarmiert. Der Fiatfahrer, so vermutete Tristan, würde der Einbahnstraße folgen und den Detektiv am Marburger Tor erwarten. Die einzige Möglichkeit, dem Beschatter ein Schnippchen zu schlagen, war es, die Gassen der Altstadt zu nutzen. Er eilte zu seinem Oldtimer, setzte Marlowe auf eine extra angebrachte Stange zwischen den Vordersitzen ab und startete den Motor. Statt rechts bog er jetzt links vom Hof. Er fuhr die Zaungasse entlang, bis die auf die Donzenbachstraße stieß. Der Straße folgte er den Berg hinab zur Hainstraße, die schließlich am Fuß der Altstadt auf die Flurenwende führte. Von dort konnte er in alle Richtungen weiterfahren. Den roten Fiat schien er so abgeschüttelt zu haben.

Lena wohnte in der Hammerstraße unweit der Siegerlandhalle. Es war das Klügste, am Hallenbad vorbei auf die Frankfurter Straße zu fahren. Er setzte den Blinker.

Die große zweispurige Hauptstraße kreuzte an der sogenannten „Kochs Ecke“ drei weitere Hauptstraßen der Stadt. Er fädelte sich in den Berufsverkehr ein und verschwand zwischen LKWs und Geländewagen. An „Kochs Ecke“ bog er links ab und folgte der Koblenzer Straße, bis er direkt in die Hammerstraße abbiegen konnte.

Der rote Fiat war in seinem Rückspiegel nicht mehr aufgetaucht.

Die beiden Historikerinnen wohnten in einem alten Ziegelbau im dritten Stockwerk. Der Detektiv parkte den Borgward einige Meter vom Haus entfernt an der Straße. Marlowe setzte er auf seine Schulter und sah sich, bevor er ausstieg, nochmals nach dem Verfolger um. Als kein roter Fiat auftauchte, stieg er aus. Mit schnellen Schritten überquerte er die Straße und eilte eine kleine Treppe hinauf zur Haustür. Nachdem er mehrmals geklingelt hatte, sprang die Tür auf.

Eine mit Teppichboden belegte Holztreppe führte ihn in den dritten Stock, wo Lena noch schlaftrunken in der Wohnungstür stand.

»Irle?« gähnte sie überrascht. »Wissen Sie eigentlich wie früh es ist?«

Die Kirchenglocken der Stadt läuteten in diesem Augenblick die achte Stunde ein.

»Ja«, antwortete Tristan, »darf ich dennoch eintreten?«

Lena führte den Detektiv in die Küche.

»Nehmen Sie sich etwas zu trinken«, stöhnte sie, »bin gleich wieder da.«

»Danke, aber nicht nötig«, antwortete Tristan, »ich warte einfach hier.«

»Was ist los?« rief Marion aus ihrem Schlafzimmer.

»Besuch«, antwortete Lena und schlich ins Badezimmer.

»Oh Gott, so früh«, stöhnte Marion laut. »Wer ist es?«

»Irle«, rief Lena.

»Der Detektiv?!«

Es polterte in Marions Zimmer als wäre sie über etwas gestolpert, dann öffnete sich ihre Schlafzimmertür und Marion schlich spärlich bekleidet in die Küche.

»Guten Morgen«, grüßte Tristan freundlich. »Sie müssen Marion sein.«

»Richtig«, nickte sie und strich sich mit den Händen durch die Haare. »Ist das da ein Kakadu auf Ihrer Schulter?«

»Ja«, antwortete der Detektiv. »Das ist Marlowe.«

»Gut, ich dachte schon ...«, sie winkte ab und schlich zur Kaffeemaschine. »Wir haben gestern etwas getrunken. – Mann, brummt mir der Kopf.«

»Ihnen ist schon bewusst«, lächelte Tristan und versuchte dabei nicht auf Marions Oberweite zu starren, »dass Sie nicht viel anhaben.«

»Habe nichts zu verbergen«, gähnte die junge Frau.

Tristan zuckte mit der Schulter und sah sich verlegen um. So konnte er sich höflich von Marions Rundungen erholen. Auf der Spüle standen mehrere gebrauchte Weingläser und ein halbes Dutzend leerer Weinflaschen belagerte den Mülleimer. Unterschiedliche Töpfe und Pfannen thronten auf dem Herd oder hingen an provisorischen Haken an der Wand. Das Küchenmobiliar hatte schon einige Tage hinter sich und war hie und da durch Einzelstücke ersetzt worden. Im Ganzen war das eine typische WG-Küche. Allerdings schienen die jungen Frauen darauf zu achten, dass es sauber war.

Von der Küche aus konnte er in ein großes Zimmer sehen, das eindeutig als Gemeinschaftsraum genutzt wurde. Eine große bequem aussehende Couch sowie ein großer Fernseher bildeten das Zentrum. An den Wänden standen mit Büchern vollgestopfte Regale. Dort, wo kein Regal Platz fand, hingen Poster von historischen Ausstellungen und das ein oder andere Porträt. Es wunderte Tristan nicht, dass auch Che Guevara einen Platz an der Wand fand.

»Lena wird gleich kommen«, gähnte Marion. »Sie sagte, dass Sie sehr erfolgreich waren.«

»Ja, kann man so sagen«, nickte der Detektiv und schielte kurz zu Marion hinüber.

Lenas Freundin rückte einen Stuhl zurecht und setzte sich im Pferdesitz drauf, die Arme auf der Rückenlehne verschränkt.

»Wir haben gestern Nacht versucht, den Spruch zu knacken«, erzählte sie, »dabei haben wir wohl ein bisschen zu viel getrunken.«

Tristan zählte die Flaschen, dann sah er Marion verwundert an.

»Oh, nein«, Marion wedelte mit der Hand, »wir waren nicht allein. Wir hatten Verstärkung.«

»Ich dachte schon«, lächelte er freundlich. »Sechs Flaschen!«

»Leider ist keinem von uns etwas eingefallen, das Sinn ergibt«, gähnte sie erneut.

Dann musterte sie ihren Gast.

»Ich nehme an«, stöhnte sie, »Ihr früher Besuch hat mit dem Spruch zu tun.«

»Das haben Sie richtig erkannt«, antwortete Tristan.

»Sie haben ihn allein geknackt«, murmelte Marion und meinte: »Dabei sehen Sie gar nicht so gescheit aus.«

»So?!« Tristan sah sie über den Rand seiner Halbbrille an.

»Äh, so hab ich das jetzt nicht gemeint«, stotterte Marion und brummte: »Der verfluchte Alkohol.«

»Schon gut«, grinste der Detektiv, »ich hatte Hilfe.«

Lena kam wenig später frisch gestylt aus dem Bad.

»Er hat den Spruch geknackt«, sagte Marion müde und stand in Zeitlupe auf. »Dann lege ich mich mal wieder. Der Kaffee müsste jetzt durchgelaufen sein.«

»Danke, Marion.« Lena nahm sich eine Tasse und füllte sie. »Sie wollen wirklich nichts?«

»Danke, nein«, antwortete Tristan.

Lena setzte sich.

»Also, was bedeutet der Spruch?«

2

Pfeiffer putzte seine Nickelbrille mit der Akribie eines Hirnchirurgen. Um feine Schlieren zu erkennen, hielt er das Glas gegen die aufsteigende Sonne, deren Strahlen sein kleines Büro in der Weidenauer Straße fluteten. Ein Büchlein lag vor ihm auf dem Schreibtisch. Holzbaum war so nett gewesen, es ihm zu überlassen. Als Polizist war er gegenüber jeglicher Organisation misstrauisch. Da spielte es keine Rolle, ob er es mit dem CVJM oder dem „Pusteblumen Förderverein" zu tun hatte. Allerdings machte er schon einen Unterschied, wenn er gegen eine Gruppe ermittelte, bei der es so viele Vorurteile gab, dass man damit den Atlantik hätte pflastern können. Er war hitzig im Gefecht und unbeirrbar bei der Spurenaufnahme. Vorurteilen gegenüber war er bis zu einem gewissen Grad immun. Schließlich war er Staatsdiener und Demokrat. Dennoch konnte die Masse der Vorurteile seinem Verstand Schaden zufügen. Und wie bereits erwähnt, gegenüber den Freimaurern gab es eine Menge Vorurteile.

So war es ein Glücksfall, dass ihm Holzbaum eine Reihe von Persönlichkeiten nannte, die allesamt Freimaurer waren. Dabei war er weniger von Namen wie Goethe, Washington, Citroën oder Churchill, als viel mehr von Jesse Jackson, dem schwarzen Bürgerrechtler oder dem verstorbenen jordanischen König Hussein bin Talal überrascht. Dass so unterschiedliche Menschen, die mit ihren Biographien für unterschiedliche Ideale standen, in der gleichen Organisation ein Zuhause fanden, machte den Hauptkommissar neugierig. So neugierig, dass er sich herabließ, ein Buch aufzuschlagen. Als erstes wollte er nun mehr über diese Arbeitsteppiche wissen.

Als die Nickelbrille keine einzige Schliere mehr auf dem Glas hatte, setzte er sie wieder auf und nahm das Buch in die Hand. Er stellte schnell fest, dass der Arbeitsteppich in die Mitte des Tempels gelegt wurde und die Brüder sich um ihn herum gruppierten. Dann stieß er auf die sogenannten drei Grade: Lehrling, Geselle und Meister. Der erste Grad wurde „Lehrling" genannt. Bei der Initiation wird der Suchende, so nannte man die Männer, die die Loge aufzunehmen gedachten, vor den Eingang des Tempels mit verbundenen Augen geführt. Eine Wache klopft mit einem Schwertknauf gegen die Tür und der Suchende wird nach seinen Motiven gefragt, die alle ehrenhaft sein müssen. Dann wird der Kandidat dreimal durch den Tempel geführt und nach jeder Runde als armer Bewerber im Zustand der Dunkelheit vorgestellt. Dann leitet man ihn vor den Stuhlmeister, der ihn fragt: Was ist der wichtigste Wunsch deines Herzens? Der

Suchende sollte dann antworten: Licht! Daraufhin wird ihm die Augenbinde abgenommen und der Meister erklärt die drei Großen Lichter, die sich als Symbole auf dem Arbeitsteppich befinden. Zudem bekommt er die Bedeutung einer der beiden Säulen erklärt sowie geheime Zeichen, Griffe und Passwörter. Die Zeremonie endet mit der Übergabe des Freimaurerschurzes.

»Na, die haben es aber drauf«, stöhnte Pfeiffer und steckte sich einen Lutscher in den Mund.

Holzbaum betrat das Büro.

»Schon so früh bei der Arbeit«, staunte der Kommissar, während er sich das Jackett auszog.

»Wollte mich mal schlau machen«, grunzte Pfeiffer.

»Kann nicht schaden«, grinste Holzbaum und legte eine flache Aktenmappe auf den Schreibtisch.

»Was ist das?« Pfeiffer schielte missmutig auf den Aktendeckel.

»Die hat mir Büdenbender zugesteckt«, antwortete Holzbaum. »Habe selbst noch nicht reingeschaut.«

»So, Büdenbender«, meinte Pfeiffer und es klang, als hätte er auf eine Zitrone gebissen.

»Ja, er schien auf mich gewartet zu haben«, erklärte Holzbaum und setzte sich.

»Na, dann zeig doch mal her!« Pfeiffer legte das Buch beiseite.

Holzbaum reichte ihm die Akte.

Pfeiffer schlug sie hastig auf und staunte.

»Das ist eine Kopie des Mitgliederverzeichnisses der Siegener Loge«, pfiff er.

Er blätterte die Seiten leise um und gab ab und zu ein paar Laute von sich. Schließlich hob er seinen Kopf und sah zu Holzbaum.

»Was ist, Chef?« fragte der überrascht.

»Dieser Niels Redecker hatte sich als Suchender angemeldet«, staunte Pfeiffer und eine feine Ader auf seiner Stirn, die seit ein paar Wochen immer dann zum Vorschein kam, wenn er sich aufregte, war deutlich zu sehen. »Die Herren kannten Niels Redecker.«

»Man scheint uns nicht ernst zu nehmen«, musste Holzbaum feststellen und trat an Pfeiffers Schreibtisch.

Er schielte auf das Blatt und nahm es dann in die Hand.

»Moment mal«, sagte er und legte die Akte wieder zurück. »Du hast nach dem Namen Redecker aufgehört weiter zu lesen?«

Pfeiffer nickte. Holzbaum tippte mit dem Zeigefinger auf das Ende der Liste.

»Diese Namen hast du übersehen«, sagte Holzbaum gelassen.

»Ach du meine Güte«, schnaufte Pfeiffer, »diese verfluchten Akademiker.«

»Wir sollten Irle davon in Kenntnis setzen«, mahnte Holzbaum.

»Du hast Recht«, nickte Pfeiffer. »Und zwar schnellstens.«

3

»Der Spruch lautete«, Tristan zog einen Zettel aus seiner Hosentasche. »*Was einst der Mönch trennte, / Durch Baukunst neu vereint, / Im Mittelpunkt ruht die Tangente, / Beschattet wohl – und weint!*«

»Wir haben uns gestern Abend die Gehirne fast verdampft, um eine sinnvolle Lösung zu finden«, stöhnte Lena. »Also spannen Sie mich nicht länger auf die Folter.«

»Es ist die Pfarrkirche auf dem Rödgen«, antwortete Tristan leise. »Erinnern Sie sich, wir haben nicht weit von ihr auf dem Parkplatz nahe des Hotels geparkt.«

Lena erinnerte sich. Ihr fiel auch ein, dass der rote Fiat plötzlich von der Bundesstraße abgebogen war. In die einzige Straße, die zur Kirche führte.

»Glauben Sie, unser Verfolger weiß das?« fragte sie ängstlich.

»Nein«, schüttelte der Detektiv den Kopf. »Ich habe auch zuerst daran gedacht, dass der Unbekannte etwas weiß, aber heute Morgen stand der Fiat sozusagen direkt vor meiner Haustür. Ich glaube nicht, dass wir unseren Vorsprung verloren haben.«

»Dennoch sollten wir uns gleich auf den Weg machen«, meinte Lena und nahm einen kräftigen Schluck aus der Kaffeetasse.

»Deshalb bin ich hier«, grinste Tristan zufrieden.

Wenige Minuten später bewegte sich der Borgward wieder über Kochs Ecke in Richtung Lindenberg.

Tristan blickte immer wieder mal in den Rückspiegel. Doch ein roter verbeulter Fiat tauchte hinter ihnen nicht auf. Marlowe saß zwischen den Sitzen und knabberte an einem Keks.

»Jetzt erklären Sie mir mal genau, wie Sie auf die Pfarrkirche gekommen sind?« Lena sprach laut gegen den Lärm des Motors an, der sich den Lindenberg hinaufquälte.

»Ach, das war eigentlich ganz einfach«, antwortete Tristan und schaltete einen Gang herunter. »Der erste Vers lautet: *Was einst der Mönch trennte.* Damit, das hatten wir ja schon vermutet, ist der Mönch Martin Luther gemeint. Was trennte er? Die Kirche, und zwar, grob gesprochen, in die katholische und die evangelische Kirche. Die nächsten Verse lauteten: *Durch Baukunst neu vereint, / Im Mittelpunkt ruht die Tangente*«.

Sie verließen das Stadtgebiet und näherten sich Rödgen. Die Sonne stieg langsam über die Berge des Rothaargebirges auf. Ihre Strahlen brannten auf Lenas Unterarme. Es würde ein heißer Tag werden.

»Wir haben die beiden Verse so gedeutet, als ob damit *ein* Gebäude gemeint sein müsste, das beide Konfessionen vereint«, erklärte der Detektiv, während die Bundesstraße einige Kilometer durch ein dichtes Waldstück führte.

»Das war unser Fehler.« Er nahm langsam Fahrt heraus.

Dann setzte er den Blinker, obwohl nirgends eine Straße von der Bundesstraße abzubiegen schien. Sie fuhren eine Kuppe hinauf. Tristan bremste jetzt spürbar und als sie die Kuppe erreichten, sah Lena eine schmale Zufahrt, in die Tristan abbog.

Der Borgward rollte auf einen Parkplatz, der zum Gemeindezentrum der evangelisch-reformierten Kirchengemeinde gehörte. Dahinter ragte die Doppelkirche St. Johannes Baptist auf.

»Wir hätten es wörtlich nehmen müssen«, grinste Tristan und stellte den Motor aus. »Sehen Sie, ein Gebäude, aber zwei Kirchen. Und in der Mitte die *Tangente,* der Turm, der beide vereint.«

»Oh, mein Gott«, staunte Lena, »Sie haben Recht.«

»Die Kirche wurde im 13. Jahrhundert urkundlich das erste Mal erwähnt«, dozierte Tristan, während er sich den Rucksack umschnallte und Marlowe auf die Schulter nahm. »Nach der Reformation gab es etwas Stress zwischen den beiden Konfessionen, bis 1651 durch einen Vergleich, den sogenannten „Mediationsrezess", Ordnung geschaffen wurde.«

»Sie beeindrucken mich, Herr Irle«, grinste Lena.

Sie folgten einem gepflasterten Weg am Gemeindezentrum vorbei zur Kirche.

»Beide Konfessionen sollten die Kirche benutzen«, erklärte Tristan weiter. »Aber das ging nicht lange gut. Im 18. Jahrhundert musste man die romanische Kirche abreißen. Das nahm man zum Anlass die evangelische Kirche neu aufzubauen und dann setzte man ein zweites Kirchenschiff nach Westen an den Kirchturm, die katholische Kirche. So ist es bis heute geblieben. Der Turm, so vermutet man, ruht auf den Grundmauern der alten romanischen Kirche.«

»Das ist genial«, sagte Lena. »Das Prinzip der Toleranz auf den Mauern des Ursprungs. Und dann der Name – St. Johannes Baptist!« Sie fasste sich erneut an den Kopf. »Darauf hätte ich selbst kommen müssen.«

Sie erreichten den Eingang der evangelischen Kirche. Ein Sandsteinrelief befand sich über der Eingangstür. Es zeigte die Taufe Jesu im Jordan durch Johannes den Täufer, der sich ausgiebig vorbereitet hatte.

»Sehen Sie«, Lena deutete auf das Relief. »Ein besseres Zeichen hätten wir nicht finden können.«

»Äh, das Relief ist erst nach dem Zweiten Weltkrieg entstanden«, antwortete Tristan.

»Mag sein, aber wissen Sie, Johannes der Täufer ist der Schutzpatron der Maurer«, lächelte sie spitzbübisch. »Und damit wurde er der Schutzpatron der Freimaurer.«

»Leider habe ich noch keine vernünftige Erklärung für den letzten Vers. *Beschattet wohl – und weint!*« musste Tristan zugeben.

»Das werden wir lösen«, antwortete Lena, plötzlich einmal zuversichtlich.

Sie betraten die Kirche.

Der Kirchenraum war schlicht eingerichtet, wie man es bei einer evangelisch-reformierten Kirche erwartete. Die zur Ostseite angebrachte Orgel war allerdings eine Überraschung. Sie stammte aus dem Jahr 1899 und war ein Juwel in der heimischen Orgelwelt. Den beiden fielen ebenfalls die Holzaufbauten im östlichen Teil der Kirche wie auch die wunderbar gearbeitete Kanzel auf.

»Dieses Gestühl und der Chor«, sagte Lena, »stammen bestimmt aus dem Spätbarock. Sehen Sie diese Facetten?«

»Ich sehe einen Spruch«, antwortete Tristan. »Da oben hinter der Kanzel.«

Ein Vers aus dem Matthäusevangelium stand dort: SIEHE, ICH BIN BEI EUCH ALLE TAGE BIS AN DER WELT ENDE, MATTHÄUS 28/20.

»Und, was will uns dieser Spruch sagen?« Lena setzte sich auf eine der Holzbänke.

»Dass man besser an einen Gott glaubt«, antwortete Tristan und setzte sich zu ihr.

Ihre zwei blauen Äderchen waren deutlich zu erkennen. Die Historikerin dachte angestrengt nach, schließlich grinste sie zufrieden.

»Was haben Sie gefunden?« fragte Tristan und blickte nachdenklich auf den Spruch, doch ihm fiel nichts Sinnvolles ein.

»Dass wir hier falsch sind«, antwortete sie und stand auf. »Sehen wir uns draußen um.«

»Das hat Ihnen der Spruch gesagt.« Tristan schüttelte den Kopf.

»Nicht allein der Spruch«, meinte sie und zitierte: *»Beschattet wohl – und weint!«*

»Verstehe ich jetzt nicht«, sagte der Detektiv.

Sie verließen die Kirche und gingen nach Westen, vorbei an dem katholischen Kirchenschiff.

»Beide Sprüche zusammen ergeben einen Sinn«, erklärte sie enthusiastisch.

»Ja, nur welchen?« stöhnte Tristan, der auf den katholischen Kircheneingang zuging.

»Da brauchen wir nicht nachzusehen«, sagte sie scharf. »Katholiken!«

»Ach so, verstehe«, nickte der Detektiv. »Die haben es ja nicht so mit den Freimaurern. Aber wo wollen Sie hin?«

»Hier muss es einen Friedhof geben.« Sie streckte sich, um über ein paar Sträucher hinwegzusehen und lächelte. »Da vorn ist er.«

Sie folgten einem kleinen Weg, der zu einer Straße führte und dann einige Meter nach rechts zu einem Zauntor abbog. Der Eingang war um das Tor herum mit dichten Sträuchern zugewachsen. Sie gingen auf das aus Eisenstäben geschmiedete Tor zu. Dahinter erkannten sie eine Reihe von Gräbern.

Lena schob das Tor auf und es quietschte wie in einem Horrorfilm. Wie erwartet, lag der Friedhof hinter der Kirche.

»Sehen Sie, wenn es Mittag ist, dann beschattet der Turm den Friedhof.« Sie deutete auf den

Glockenturm, der jetzt deutlich die beiden Kirchenschiffe trennte. »Was kommt nach dem Ende auf Erden?«

»Der Himmel«, antwortete Tristan unsicher.

»Nun, zuerst der Friedhof«, grinste Lena und fügte mahnend hinzu: »Sie haben nicht die Quersumme gebildet.«

»Wovon die Quersumme?« Tristan sah sie verdutzt an.

»Nun, die Freimaurer glauben, dass man die Welt mit Zahlen erklären kann. Daher wird jeder Zahl von 1 bis 9 eine Bedeutung zugeordnet. Um an diese Bedeutung zu gelangen, bildet man die einfache Quersumme. Also die Quersumme von 123 wäre 1 + 2 + 3 = 6. Sechs wäre die Quersumme. Welcher Bibelspruch stand über dem Chorstuhl geschrieben?«

»Matthäus 28/20«, antwortete Tristan.

»Die Quersumme davon ist 2 + 8 + 2 + 0 = 12. Durch die vier Ziffern geteilt ergibt es die Drei.«

»Wieder diese Drei«, schnaufte Tristan.

»Clever gemacht.« Sie ging voran. »Die Drei brachte mich darauf, den Spruch in der Kirche mit dem letzten Vers *Beschattet wohl – und weint!* in Verbindung zu bringen. Am Ende eines Lebens wartet der Friedhof. Und sehen Sie, der Turm *beschattet* diesen Friedhof, und wenn man hier einen geliebten Menschen beerdigt, dann *weint* man.«

»Sie glauben, der nächste Hinweis oder sogar das Schwert liegen hier begraben?« Tristan fröstelte es. »Wir werden doch jetzt nicht zu Grabräubern?«

»Nein, das denke ich nicht«, grübelte Lena und ging weiter in den Friedhof hinein.

4

Pfeiffer gab Gas, doch das zweite Konjunkturprogramm der Bundesregierung bremste ihn aus. Nun, genau genommen waren es die Auswirkungen des Programms, das mit seinen Milliarden Euro eine Art LSD-Spritze für die Bauindustrie wurde, die den Hauptkommissar in einen dicken Stau fahren ließ. Man hatte die Kreuzung am Herrengarten kurzerhand mal vom Teer befreit und damit den Verkehrsfluss zum Erliegen gebracht, da es sich bei dieser Kreuzung um eine lebenswichtige Verbindung zwischen Durchgangsverkehr und Altstadtanbindung handelte.

Selbst Blaulicht half nicht weiter, es sei denn, man konnte fliegen. Pfeiffer gab den Versuch auf, die Vordermänner von der Straße zu schieben und ließ sich schnaufend in die Rückenlehne fallen.

»Wieso reißen die jetzt die Straße auf?« fluchte er.

Holzbaum nickte nur mitfühlend. Er nutzte die Ruhephase um sein Notizbuch auf den neuesten Stand zu bringen. Ihm gingen die letzten Erkenntnisse durch den Kopf.

»Warum haben der Professor, sein Mitarbeiter und die Herren Knipp und Brühl nicht mit offenen Karten gespielt?« fragte er laut.

Pfeiffer blickte ihn irritiert von der Seite an.

»Das ist jetzt nicht dein Ernst«, knurrte er und die Macht der Vorurteile bahnte sich ihren Weg. »Das sind Verbrecher! Seit wann spielt ein Verbrecher mit offenen Karten.«

»Noch haben wir ihnen nichts nachgewiesen«, korrigierte der Kommissar.

»Hör mal«, Pfeiffer blickte nach vorn, die Autoschlange bewegte sich einige Meter weiter. »Wir haben die Freimaurer freundlich befragt. Sie haben uns in ihren Tempel eingeladen und wir sind der Einladung gefolgt. Zudem haben wir ausgiebig mit diesen Akademikern gesprochen. Sie hatten alle Chancen dieser Welt, uns von ihrer Unschuld zu überzeugen, aber nein; die halten uns wahrscheinlich für ziemlich unterbelichtet!«

»Nun ja, die Akademiker haben wir nicht so richtig ausgiebig befragt«, meinte Holzbaum. »Eigentlich haben wir uns mehr nach Redecker erkundigt.«

»Aber sie hätten uns ja mitteilen können, dass sie sich um die Aufnahme bei den Freimaurern beworben haben.«

»Streng genommen ging uns das nichts an«, überlegte Holzbaum. »Sie hätten allerdings damit unser Vertrauen gewinnen können.«

»Dieses verdammte Schwert«, schnaufte der Hauptkommissar, »wieso ist es nicht in den Tiefen der Geschichte verschwunden?«

»Weil eine kluge Frau neugierig wurde«, grinste Holzbaum und dachte voller Bewunderung an Lena.

»Ja, Frauen mit Grips sind gefährlicher als eine Tonne Plutonium«, giftete Pfeiffer. »Mann, wann geht es hier endlich weiter?«

Holzbaum ertappte sich dabei, dass er mit seinem Chef zum ersten Mal den gleichen Wunsch teilte.

»Es dürfte ja jetzt klar sein«, sagte Pfeiffer, »dass dieser Professor Narres genauso Bescheid weiß, wie Brühl, Knipp und Palatin.«

»Wobei ich den Eindruck habe«, dachte Holzbaum laut, »dass die Freimaurer am meisten überrascht sind.«

»Wie kommst du denn darauf?« Pfeiffer legte einen Gang ein, es ging nun zügiger durch die Baustelle.

»Ist dir eigentlich aufgefallen, wie Büdenbender sich verhält, wenn die *Brüder* anwesend sind?«

»Nein, was sollte da Auffallendes sein?« Sie kamen endlich aus der Baustelle heraus. Sofort gab Pfeiffer Gas und schaltete das Blaulicht an.

»Er ist freundlich und zuvorkommend«, antwortete Holzbaum und hielt sich an seinem Gurt fest. »Zudem, woher hat er diese Liste? Nein, ich denke, wenn die Freimaurer mehr wüssten, dann würden sie Hilfe bei der Polizei ersuchen.«

»Hallo Kollege, das ist ein Geheimorden«, schnaufte Pfeiffer und wich riskant einem Verkehrsteilnehmer aus.

»Wenn die wirklich die Sache geheim halten wollten, dann hätte der Meister vom Stuhl wohl nicht die Historikerin Lena Lamberti unterstützt. Weißt du, was ich denke? Der verstorbene Professor wollte mit Lenas Hilfe das Versteck wiederfinden, weil sie es selbst nicht mehr finden können.«

»Was du manchmal denkst.« Pfeiffer schüttelte den Kopf und jagte den Burgberg hinauf.

Mit quietschenden Reifen bog er in die Zaungasse und dann auf den Hof hinter der Marienkirche.

»Der Borgward ist nicht da«, erkannte Holzbaum.

»Ja, hoffentlich weiß Roth, wo Irle ist!« Pfeiffer sprang aus dem Wagen und eilte zur Sakristei.

5

Der Friedhof teilte sich entlang eines Weges. Rechts wuchs eine grüne Wiese, dort schienen die Gräber bereits eingeebnet worden zu sein. Links des Weges lagen alte und frische Gräber nebeneinander. Marlowe nahm den offenen, blauen Himmel als Einladung und flog los.

»Kommt er wieder?« fragte Lena besorgt.

»Keine Angst, das macht er öfter. Der Kakadu ist ein monogamer Gefährte. Sie erinnern sich?«

Lena grinste und meinte: »Männchen und Männchen.«

»Ja, nur gut, dass Marlowe da keinen Unterschied macht.« Tristan rückte den Rucksack zurecht und fragte: »Wonach suchen wir?«

»Weiß noch nicht«, antwortete Lena und ging auf ein bewachsenes Steinkreuz zu, das direkt vor einem alten Laubbaum stand. Das Steinkreuz gehörte zu einem Grab, das unter Efeu und anderen Gewächsen fast völlig verschwunden war.

»Sehen Sie«, Lena deutete auf den Glockenturm. »Wenn man sich vor das Kreuz stellt, liegt der Glockenturm genau in der Mitte.«

Sie beugte sich zum Sockel des Kreuzes.

»Helfen Sie mir mal« bat Lena, die versuchte, einige Efeuranken vom Stein zu lösen.

Tristan legte den Rucksack ab und griff hinein.

»Hier, nehmen Sie das Messer.«

Lena nahm das Schweizer Armeemesser und fragte: »Wo ist Ihr Pfeifenbesteck geblieben?«

»In der Hosentasche«, antwortete der Detektiv spitz.

Sie werkelte mit der Klinge zwischen den Ranken und schnitt einige vorsichtig ab. Schließlich hatte sie den Sockel so weit freigelegt, dass man erkennen konnte, dass dort nichts stand.

»So ein Mist«, schimpfte sie.

»Sie wollen doch jetzt nicht das ganze Grünzeug von dem Kreuz reißen?« Tristan war sich nicht sicher, ob das eine so gute Idee sein würde.

Ein älteres Ehepaar beobachtete sie nämlich, seit Lena begonnen hatte, an dem Efeu herumzuschneiden.

»Nein, keine Sorge«, schnaufte Lena, als sie sich erhob. »Ich denke, uns bleibt nichts anderes übrig, als den Friedhof abzusuchen.«

Lena gab Tristan das Messer zurück.

»Aber wonach?« Er klappte es vorsichtig zu.

»Nach Symbolen der Freimaurer«, antwortete Lena mürrisch, »nach was denn sonst!?«

»Sie sind wohl keine Frühaufsteherin, was?«

Tristans Bemerkung verfehlte nicht ihre Wirkung.

»Entschuldigung«, sagte sie leise. »Ich hatte mir das einfacher vorgestellt.«

Sie sah über den Friedhof. »Das sind eine Menge Gräber«, seufzte sie.

»Dann sollten wir nicht wie eine aufgescheuchte Hühnerschar davonlaufen«, antwortete der Detektiv, »sondern unsere Köpfe oder besser unsere Gehirne anstrengen.«

Tristan klopfte sich mit dem Zeigefinger gegen den Kopf. Das brachte Lena zum Lachen.

»Sie haben ja Recht«, grinste sie.

»Womit, mit der Frühaufsteherin, oder ...«, scherzte er.

»Mit beidem«, nickte Lena.

»Dann lassen Sie uns doch die Situation zusammenfassen«, begann Tristan. »Wann genau, glauben Sie, wurde das Schwert ins Siegerland gebracht?«

»Das muss gegen Ende des 19. Jahrhunderts gewesen sein«, antwortete Lena. »Zwischen 1874 und 1890 um genau zu sein.«

»Na, sehen Sie, das ist doch ein Anfang. Damit schließen wir schon mal zwei Drittel der Friedhofsfläche aus. Und zwar alles, was oberhalb des Weges liegen dürfte.«

»Wie kommen Sie darauf?« staunte Lena.

»Na, lesen Sie was auf dem Grab da vorne steht!«

Das Grab wurde in den Dreißiger Jahren des letzten Jahrhunderts angelegt. Lena sah sich weitere Gräber in dieser Reihe an. Die Toten waren lange nach dem angegebenen Zeitraum beerdigt worden.

»Aber das bedeutet«, sie drehte sich zu Tristan, »dass wir nur unterhalb des Weges suchen müssen.«

»Sagte ich bereits«, nickte der Detektiv.

»Aber!« Lenas Stimme zitterte, als sie auf den in Frage kommenden Bereich deutete, »hier sind gerade Mal vier Gräber übrig, einschließlich dessen, das wir schon angesehen haben!«

»Ja, wollen wir hoffen, dass man das betreffende Grab nicht eingeebnet hat.«

Zusammen sahen sie sich die drei verbliebenen Gräber an. Das erste lag etwas abseits und schien noch von Verwandten gepflegt zu werden. Es gab keinerlei Hinweise, die den Verstorbenen in Zusammenhang mit den Freimaurern bringen konnten. Das zweite Grab bestand eigentlich nur noch aus einem Grabstein. Auch hier fanden sie nichts, was eine Nähe zu der Loge erklären konnte. Das dritte Grab schien ein Familiengrab zu sein. Zwei aus Granit gearbeitete Kreuze lagen links und rechts, während in der Mitte zwei rechtwinklige Grabplatten zu finden waren. Der größte Teil des Familiengrabes war mit Heidekraut und einem Rosenstrauch geschmückt. Mehrere schmale Bäume und Sträucher standen nach Süden und beschatteten das Grab. Die Grabplatte und die Kreuze trugen Namen, aber es gab keine Datumsangaben, jedoch waren sie mit Bronzeschmuck verziert.

Die Historikerin sah sich die Kreuze genau an, dann kniete sie plötzlich nieder.

»Rosen«, flüsterte sie. »Sehen Sie!«

Eine liebevoll gestaltete Rosenblüte mit Stil und zwei weitere geschlossene Rosen hatte der Künstler in Bronze gegossen.

»Und dieser Rosenbusch. Wissen Sie, Herr Irle, die Rose ist eines der ältesten Symbole der Freimaurer«, erklärte sie. »Für Freimaurer hat die Rose eine besondere Bedeutung. Sie begleitet ein Freimaurerleben von der Initiation bis zur Abberufung. Die rote Rose ist das Sinnbild der Stärke. Die rosa Rose versinnbildlicht die Schönheit der Schöpfung, Wachsen und Hoffen, so wie dieser Rosenbusch. Die weiße Rose weist auf das höchste Ziel menschlicher Vervollkommnung hin - Weisheit.«

Sie beugte sich vor und griff nach dem Granitkreuz.

»Was machen Sie da?« rief Tristan entsetzt.

»Na, was wohl«, sagte Lena und versuchte das Kreuz anzuheben. »Wenn das hier kein Zeichen ist, dann finden wir keins mehr!«

Das Kreuz maß weniger als einen halben Meter. Es ließ sich jedoch nicht bewegen.

»Das ist schwer«, schnaufte Lena und sah den Detektiv auffordernd an.

»Ich helfe Ihnen ja«, antwortete Tristan und legte den Rucksack zur Seite.

Zusammen gelang es ihnen das Kreuz zu lösen. Vorsichtig hoben sie das zentimeterdicke Granitkreuz über die Umrandung. Unter dem Kreuz war nichts als feiner Mutterboden zu erkennen.

»Hoffentlich rufen die alten Leute dahinten nicht die Polizei«, brummte Tristan, während sie das Stück vorsichtig in die Wiese legten.

Lena untersuchte die Rückseite des Kreuzes und wischte mit den Händen Erdreste weg.

»Hier ist nichts zu finden«, sagte sie und wandte sich wieder dem Grab zu. Mit den Händen begann sie den feinen Erdboden umzugraben. Nach ein paar Zentimetern stieß sie auf eine alte Holzkiste und hielt inne. Die Kiste hatte die Größe eines Schuhkartons.

»Wenn das ein Kindergrab ist?« fragte sie ängstlich.

Tristan konnte in ihren Augen Angst sehen.

»Nun ja«, räusperte er sich. »Die Chancen stehen 50 zu 50, dass wir hier ein Kindergrab schänden.«

Sie wich zurück, sah Tristan in die Augen und sagte auffordernd: »Sie sind der Mann!«

Der Detektiv schüttelte den Kopf, schließlich beugte er sich vor. Mit einem mulmigen Bauchgefühl grub er die Kiste aus, hob sie aus dem Grab und setzte sie ins Gras. Dann griff er nach seinem Rucksack. Dort nahm er wieder das Messer heraus und begann damit den Deckel der Kiste zu öffnen.

»Lass es keinen Sarg sein«, flüsterte Lena und hielt sich die Hände vors Gesicht.

Das Holz war morsch und spröde. Schneller als vermutet löste sich der Deckel und fiel in die Wiese.

»Ah«, fiepte sie erschreckt, dann atmete sie erleichtert auf.

In der Kiste befand sich eingebettet in Samt eine Phiole.

»Du meine Güte!« Lena starrte voller Bewunderung auf das kostbare Stück. »Was für eine filigrane Handarbeit.«

Die Phiole hatte die Form einer Piccolo-Sektflasche, war aber nur halb so groß. Tristan nahm sie vorsichtig aus ihrem Samtbett. Das Glas schimmerte violett im Sonnenlicht, feine Goldfäden wanden sich um eine ins Glas eingravierte Rose. Das Stück wirkte so dünn und zerbrechlich, dass der Detektiv die filigrane Glasarbeit sanft in seine offene Hand legte. Die Öffnung des Glasbehältnisses war mit einem massiven Glasstopfen versiegelt worden. Im Inneren befand sich ein zusammengerolltes Stück Pergament.

»Der nächste Hinweis«, raunte Tristan und ein Schauer lief ihm über den Rücken.

»Ja, aber kommen Sie jetzt nicht auf die Idee, das Stück hier zu öffnen«, warnte Lena, wieder ganz die Wissenschaftlerin. »Wir sollten das Kreuz wieder zurücklegen und an einem sicheren Ort die Phiole öffnen.«

»Gute Idee!« Tristan legte sie zurück in ihr Samtkissen.

Sie füllten das Loch, dann legten sie das Kreuz zurück an seinen Platz. Lena beseitigte noch kleine Erdhäufchen, dann sah alles so aus, als ob nie jemand das Kreuz bewegt hätte.

Tristan legte den Deckel auf die Holzkiste und sicherte ihn mit der Schnur aus seinem Rucksack. Als er fertig war, hatte er die Hälfte der Rolle um die Kiste gewickelt.

»So, jetzt können wir los«, sagte er zufrieden.

Lena lächelte und meinte: »Man sieht ja kaum noch das Holz.«

Tristan zuckte mit den Schultern, verstaute die Kiste in den Rucksack und schnallte sich in einer fließenden Bewegung den Rucksack um. Dann sah er nach Marlowe.

Das alte Ehepaar stand noch immer an dem Grab, doch sie schienen sich mehr für Tristan und Lena zu interessieren. Der Detektiv rief nach

Marlowe, der unerwartet aus dem großen Laubbaum auf sie zuflog. Gekonnt setzte er auf Tristans ausgestrecktem Arm auf und kletterte auf seine Schulter.

»Gehen wir!«

Sie gingen den Weg zurück, den sie gekommen waren. Lena erreichte als erste die Eisentür und schob sie auf. Plötzlich tauchte hinter den Büschen eine maskierte Gestalt auf. Sie griff nach Lena, drehte ihr den rechten Arm auf den Rücken und zog sie an sich. Wie aus dem Nichts drückte plötzlich die Spitze eines Kampfmessers an ihre Kehle.

»Den Rucksack!« befahl er. »Los!«

6

Der Diakon wusste nicht, wo sich Tristan aufhielt.

»So ein Mist«, fluchte der Hauptkommissar, als sie die Kirche wieder verließen.

»Vielleicht sollten wir Helga Bottenberg anrufen«, schlug Holzbaum vor.

»Gute Idee«, nickte der Hauptkommissar und zückte sein Handy. »Hast du die Nummer?«

»Nein, aber ich kann in der Zentrale nachfragen«, antwortete Holzbaum.

»Das sagt mir die Auskunft auch«, brummte Pfeiffer und wählte die Kurzwahltaste.

Unterdessen ging Holzbaum zum Dienstwagen. Er machte sich Sorgen um Lena und Tristan.

»Wieland 10 von Zentrale«, krächzte es aus dem Lautsprecher.

Holzbaum griff zum Mikrofon. »Wieland 10, was gibt es, Zentrale?«

»Wir haben hier einen merkwürdigen Anruf entgegengenommen«, drang es aus dem Lautsprecher. »Ein Mann mit einem weißen Vogel und eine große schwarzhaarige Frau scheinen ein Grab zu schänden.«

»Zentrale, von wo wurde dieser Vorfall gemeldet?« fragte Holzbaum hastig.

»Rödgen, hinter der Pfarrkirche«, antwortete die Stimme. »Unser Detektiv Irle ist wieder im Einsatz, was?!«

»Ja, Wieland 10 Ende«, erwiderte Holzbaum und steckte das Mikrofon in seine Halterung zurück. Dann wandte er sich Pfeiffer zu. »Chef, ich weiß, wo Irle steckt!«

Der Hauptkommissar blickte zu Holzbaum, nickte und beendete das Handy-Gespräch.

Wieselflink setzte er sich ans Lenkrad und meinte: »Rödgen!«

»Ja, woher weißt du das?« staunte Holzbaum.

»Helga«, grinste Pfeiffer und startete den Motor.

Mit Blaulicht und Sirene jagte der zivile Polizeiwagen durch die Gassen der Krönchenstadt.

»Den Rucksack!« wiederholte der Maskierte, »sonst steche ich zu!«

»Ganz ruhig«, mahnte Tristan.

Lenas Augen waren weit aufgerissen und sie rang nach Atem.

»Ich muss erst den Kakadu fliegen lassen«, sprach Tristan ruhig und ging einen Schritt auf den Angreifer zu.

»Bleiben Sie stehen!« schrie der Mann.

Marlowe fühlte die Aufregung seines Herrchens und flog los. Der Detektiv wollte diesen Augenblick nutzen, um anzugreifen, doch er war zu weit weg. Deshalb nahm er langsam den Rucksack vom Rücken.

»Tun Sie nichts Unüberlegtes«, sagte Tristan so ruhig er konnte, »das ist die Sache nicht wert.«

»Was wissen Sie denn schon«, zischte der Maskierte.

Lena spürte, wie der Mann seinen Griff lockerte und versuchte sich zu befreien.

Sofort packte er wieder fester zu und flüsterte ihr ins Ohr: »Ruhig, schöne Frau, ganz ruhig.«

»Du Schwein!« fauchte Lena.

Er lachte fies und forderte erneut: »Den Rucksack, Mann!«

Tristan legte ihn sanft auf den Boden.

»Bitte, da ist er«, sagte er und trat einen Schritt zurück.

»Geht doch!« höhnte der Maskierte und schob Lena einen Schritt nach vorn.

In diesem Moment bog Pfeiffers Dienstwagen im Rücken des Maskierten auf der Zufahrtsstraße um die Ecke. Tristan erkannte ihn sofort. Zum Glück hatte der Polizist Sirene und Blaulicht ausgeschaltet. Der Maskierte war jetzt voll auf den am Boden liegenden Rucksack fixiert. Er bemerkte das näher kommende Fahrzeug nicht. Kurz bevor er Lena bis an den Rucksack herangeschoben hatte, erreichten die Polizisten die Weggabelung.

Was nun folgte, hätte jeden guten Actionfilm ausgezeichnet. Noch während der Wagen rollte, riss Pfeiffer die Fahrertür auf, sprang mit gezogener Waffe heraus ohne umzufallen und feuerte einen Warnschuss dicht am Kopf des Maskierten vorbei.

Starr vor Schreck lockerte dieser seinen Griff, was Lena sofort nutzte, um sich zu befreien.

»Messer fallen lassen!« schrie Pfeiffer in einem Tonfall, der selbst eine Horde Hooligans für einen Augenblick irritiert hätte.

Lena floh in Tristans Richtung und war geistesgegenwärtig genug, sich den Rucksack am Boden zu greifen.

Nur einen Augenblick später stürzte sich der Maskierte ebenfalls auf den Rucksack, doch zu spät. Tristan und Lena flüchteten durch das Tor.

»Stehen bleiben!« forderte Pfeiffer erneut, doch der Maskierte sprang auf und rannte in Richtung Fundstätte über den Friedhof.

Der Hauptkommissar gab einen zweiten Warnschuss ab, doch dieses Mal ließ sich der Täter nicht beeindrucken.

»Scheiße«, bellte Pfeiffer und nahm die Verfolgung auf.

Der Maskierte erreichte bereits am Ende des Friedhofes den Zaun, kletterte geschickt darüber und rannte am Gemeindezentrum vorbei auf den Parkplatz, wo ein alter Fiat stand.

Pfeiffer hatte das Nachsehen. Am Zaun abgebremst verfolgte er, wie der Fiat den Parkplatz verließ.

Außer Atem kam er verschwitzt zurück.

»Entwischt«, japste er. »Wie geht es Ihnen, Lena?«

Tristan untersuchte eine kleine Wunde an Lenas Hals, die sie sich bei der Befreiungsaktion zugezogen hatte.

»Es geht«, antwortete sie erschöpft.

»Da sind wir ja gerade noch rechtzeitig gekommen«, sagte Holzbaum erleichtert, der vom Beifahrersitz aus die Handbremse gezogen hatte, nachdem Pfeiffer aus dem Dienstwagen gesprungen war.

Pfeiffer schleppte sich zum Auto und funkte der Zentrale eine Beschreibung des roten Fiat durch. Dann kam er zurück.

»Wie haben Sie uns eigentlich gefunden?« Der Detektiv nahm das kleine Verbandset aus dem Rucksack und öffnete es.

»Ein mysteriöser Anruf in der Zentrale, dass ein Grabschänder sein Unwesen auf dem Friedhof Rödgen treibt«, antwortete Holzbaum. »Die Personenbeschreibung und speziell die Nennung eines weißen Vogels, ließen wenig Spielraum für eine andere Schlussfolgerung.«

»Ach, wo ist denn der weiße Teufel?« Pfeiffer sah sich um.

»Er hat sich einen sicheren Ort gesucht«, sagte Tristan und klebte Lena ein Heftpflaster auf die Wunde.

»Cleverer Kerl«, nickte Pfeiffer, »das kann man von Ihnen beiden nicht sagen. Und, war die Aktion es wert?«

Tristan sah Pfeiffer direkt an und nickte.

Marlowe saß auf der Turmspitze und verfolgte neugierig das Geschehen aus sicherer Entfernung. Als er nun die vertrauten Stimmen der beiden Polizisten erkannte, entschloss er sich zurückzukehren. Wie aus dem Nichts schoss er auf die kleine Gruppe zu, überflog extra tief Pfeiffers Kopf und landete neben Tristan auf der Wiese. Er reckte seinen Kopf nach oben und brabbelte: »Ei, rief der Freund, wo kommst du her? / Bist du denn jetzt der Papst nicht mehr?«

»Na, dem geht's gut«, schnaufte Pfeiffer und sah sich nach Tristans Borgward um. »Wo steht ihr Oldtimer?«

»Da hinten auf dem Parkplatz beim Gemeindezentrum.« Er deutete an der Pfarrkirche vorbei.

»Wie sind Sie dahin gelangt?« staunte der Hauptkommissar.

»Die Einfahrt haben Sie wahrscheinlich übersehen«, sagte Lena und klopfte Pfeiffer auf die Schulter, »das war gut, denn sonst wären Sie nicht rechtzeitig da gewesen.«

»Danke, aber da wäre noch etwas!« Pfeiffer sah auf den Rucksack. »Die Sache mit der Grabschändung.«

»Sehen Sie hier irgendwo ein aufgewühltes Grab?« fragte der Detektiv und deutete auf den Friedhof.

»Nun, hier ist nichts Auffälliges zu sehen«, antwortete Holzbaum erleichtert.

»Sehen Sie, Ihr Kollege hat wachsame Augen. Das wäre dann wohl alles, oder?«

Der Hauptkommissar blickte wieder auf den Rucksack, grinste und meinte dann: »Wenn alles so schön in Ordnung ist, dann erklären Sie mir doch mal, warum dieser Typ so hinter Ihrem Rucksack her war.«

»Das machen wir gerne«, nickte Tristan, »aber nicht hier, okay?!«

»Einverstanden, dann bei Ihnen«, antwortete Pfeiffer, »ich nehme nicht an, dass Ihnen die Wache lieber wäre.«

»Da haben Sie mal ins Schwarze getroffen«, grinste Tristan und deutete auf die Pfarrkirche, »wir müssen da entlang. Marlowe, komm!«

Der Kakadu hatte nach dem ganzen Stress keine Lust auf Tristans Schulter. Er stieg auf und kreiste über seinem Herrchen, dann flog er in Richtung Parkplatz.

Der Hauptkommissar sah dem Vogel nach und musterte den Fußweg, der sich verwinkelt um die Kirche zum Gemeindezentrum schlängelte.

»Holzbaum, begleite sie!« befahl er besorgt. »Ich traue dem Frieden hier nicht!«

»Okay, Chef, kein Problem.«

»Wo war diese Zufahrt noch gleich?« fragte Pfeiffer.

Tristan erklärte es ihm, dann gingen die drei los.

Als die kleine Gruppe den Parkplatz erreichte, watschelte Marlowe auf der Abdeckung des Verdecks hin und her.

Durch den Kakadu abgelenkt bemerkten sie nicht, dass der Oldtimer einen ungewöhnlich tiefen Stand hatte. Erst als der Detektiv die Fahrertür erreichte, sah er, dass die Reifen allesamt platt waren.

»Dieser Mistkerl hat die Reifen durchstochen«, schimpfte Tristan wütend. »Der hat wohl keine Ahnung, wie teuer diese Weißwandreifen sind!«

Wenig später rollte Pfeiffer mit dem Dienstwagen auf den Parkplatz. Er erkannte das Reifen-Attentat sofort. Wenn der Hauptkommissar sonst nicht viel von Tristans Detektivarbeit hielt, so sympathisierte er doch mit dessen Autoleidenschaft. Noch aufgebrachter als der Detektiv stieg Pfeiffer aus und knurrte: »Hätte den Scheißkerl sofort erschießen sollen! Solche Reifen zersticht man nicht!«

»Aber das verstehe ich nicht«, sagte Lena. »Wie sollte er das gemacht haben? Herr Pfeiffer war ihm doch dicht auf den Fersen?«

»Ich vermute«, antwortete Tristan, »er ist uns doch gefolgt und hat die Reifen schon vor seinem Angriff zerstört.«

»Was nun?« Lena wurde unruhig. Sie wollte wissen, was in der Phiole aufbewahrt wurde.

Tristan erging es ebenso. Überraschend für die anderen zog er ein aufgeladenes Handy aus der Hosentasche.

»Was ist?« brummte der Detektiv.

»Sie besitzen ein Handy«, stellte Pfeiffer zerknirscht fest, »und haben uns noch nicht die Nummer gegeben?«

»Ich benutze es ja so gut wie nie«, entschuldigte sich der Detektiv, »was nützt Ihnen da die Nummer!«

»Wen wollen Sie anrufen?« fragte Lena und hoffte, dass Tristan eine zeitsparende Lösung anstrebte.

Sie sollte sich nicht irren.

Tristan rief Horst, den Kfz-Werkstattbesitzer seines Vertrauens, an. Horst besaß einen Abschleppwagen und wusste, wie man mit einem Oldtimer umzugehen hatte. Zudem war Horst im Besitz eines Zweitschlüssels, da Tristan so den Wagen zur Inspektion auch außerhalb der Öffnungszeiten auf dem Werkstatthof abstellen konnte.

Nachdem er telefonisch die Dinge geklärt hatte, setzte er Marlowe auf seine Schulter und schloss das Verdeck. Lena nahm ihre Tasche aus dem Wagen, dann verriegelte Tristan den Oldtimer.

»Wenn Herr Pfeiffer bereit ist«, lächelte Tristan, »dann können wir nach Hause fahren.«

7

Pfeiffer war bereit. Tristan, Marlowe und Lena nahmen im Fond Platz.

»Der Vogel versaut mir hoffentlich nicht die Sitze«, warnte der Hauptkommissar.

»Wenn Sie vernünftig fahren«, antwortete Tristan, »wird nichts geschehen.«

»Ihr Wort in Gottes Ohr«, stöhnte Pfeiffer und fuhr langsam an.

»Nun erklären Sie mal«, fragte Holzbaum wissbegierig, »was hat Sie zu der Kapelle geführt?«

Lena berichtete den Kommissaren, wie sie in Wiederstein den nächsten Hinweis gefunden hatten. Tristan ergänzte anschließend, wie er den Hinweisspruch löste.

»Das ist die reinste Schnitzeljagd«, meinte der Hauptkommissar und lutschte genüsslich an einem Lutscher, den er sich zuvor in den Mund gesteckt hatte. »Aber wir waren auch nicht untätig.«

»So?! Wir hören!« Tristan sah durch den Rückspiegel in dessen Augen.

»Wir haben herausgefunden, dass Dr. Redecker, Professor Narres und Dr. Palatin an einer Mitgliedschaft bei den Freimaurern interessiert waren oder noch sind«, erklärte Pfeiffer. »Lena, ist Ihnen vielleicht die Stimme des Angreifers bekannt vorgekommen?«

Lena sah zu Tristan und nickte.

»Es klang, als wäre es die Stimme von Patrick gewesen«, antwortete sie nachdenklich, »aber ich war zu aufgeregt, um sie genau zu erkennen.«

»Die Statur des Mannes passt jedenfalls zu Dr. Palatin«, sagte Holzbaum.

»Sehe ich auch so«, nickte Pfeiffer und gab ein wenig mehr Gas.

»Dann wissen mehr Leute Bescheid, als ich dachte«, murmelte Tristan. »Das ist nicht gut.«

»Fährt dieser Dr. Palatin einen roten Fiat?« fragte Pfeiffer. »Mit einem solchen ist der Angreifer abgehauen.«

»Nicht dass ich wüsste«, antwortete Lena.

»Hm«, knurrte Pfeiffer, »so eine Schrottkarre kann man sich ausleihen.«

Sie passierten die Eremitage.

»Was ich mich die ganze Zeit frage, Lena«, Holzbaum drehte sich zu ihr um, »wie haben Sie eigentlich das Schwert ausfindig machen können?«

»Oh, da hatte ich Hilfe«, lächelte Lena und die dunklen Gedanken, dass Patrick vielleicht ein Mörder sein konnte, verflogen. »Einer von denen die halfen, hieß *Notker der Stammler*. Er war Schreiber am Hofe Karls des Großen.«

»Hm, einen Toten als Hilfe«, sagte Pfeiffer sarkastisch.

»Ja, wenn die schreiben konnten«, erwiderte Lena, »dann können sogar Tote heute noch mit uns sprechen. Jedenfalls, wie zu jener Zeit üblich, war er ein Mönch, der schreiben konnte und lebte in der Abtei St. Gallen, die übrigens heute noch besteht.

Sie müssen wissen, dass St. Gallen eine alte römische Garnison war, die von römischen Legionen auf dem Weg nach Norden genutzt wurde. Sie wurde die ganzen Jahrhunderte lang bewohnt. So war es möglich, dass Notker in alten Archiven Schriften von Varus, dem römischen General, fand. Varus äußerte sich in diesen Schriften, dass er das Schwert im Besitz des Arminius vermutete. Der Arminius, der die Legionen der Römer so fürchterlich besiegte. Notkers Aufzeichnungen berichten, dass das Schwert nach dem Mord an Arminius nach Norden gelangte. Zu jener Zeit kämpfte Karl der Große gegen die Sachsen. Widukind war deren Anführer und ein gefürchteter Gegner Karls des Großen. Zudem glaubte man, dass Widukind ein Nachfahre des Arminius' sei. Notker vermutete, dass der Sachsenkönig dank eines magischen Schwertes so viel Erfolg hatte. Notker teilte Karl seine Vermutungen mit und der Christenkönig schlug noch erbarmungsloser gegen die Heiden zu. 782 nach Christus lässt Karl bei Verden über 4200 Sachsen köpfen, doch Widukind kann er immer noch nicht besiegen. Erst als Widukind sich drei Jahre später in der Pfalz Attigny taufen lässt und

Karl Treue schwört, ist der Krieg gegen die Sachsen vorbei. Widukind, so schreibt Notker, übergibt Karl ein besonderes Schwert. Für den Christenkönig ist es jedoch ein heidnisches und damit teuflisches Stück Schmiedekunst und er verbannt es in seine Schatzkammer. In den folgenden Jahren entstehen dann die Sagen um Wieland dem Schmied und sein Schwert *Mimung*. Wahrscheinlich eine direkte Folge des Hofgeschwätzes, das es ja schon bei den alten Griechen gab.«

Sie erreichten die Kreuzung am Hallenbad und bogen in Richtung Altstadt ab.

»Dann waren Sie in St. Gallen und haben diese Schriften gefunden?« fragte Holzbaum.

»Nein, das war ein anderer«, antwortete Lena, »ein ganz Großer unter den Freimaurern, Johann Wolfgang Goethe.«

In diesem Moment meldete sich die Zentrale über Funk. Der Lautsprecher krächzte: »Wieland 10 von Zentrale, verdächtiger Fiat auf der Weidenauer Straße und am Eichenhang gesichtet worden. Vermutliches Ziel die Universität.«

»Wieland 10 an Zentrale, verstanden, machen uns auf den Weg«, antwortete Pfeiffer, der gerade auf dem Hof hinter der Marienkirche zum Stehen kam.

»Dann mal schnell raus«, befahl der Hauptkommissar. »Wir haben da jemanden zu verfolgen.«

»Erschießen Sie ihn nicht gleich«, bat der Detektiv, »ich hätte da noch ein paar Fragen.«

»Werde versuchen mich zurückzuhalten«, antwortete der Hauptkommissar mit einem listigen Lächeln im Gesicht.

Kurz danach jagte der Dienstwagen mit quietschenden Reifen vom Hof.

»So, Goethe!?« meinte Tristan und gab Marlowe einen Schubs, der daraufhin in den Hof flog.

Lena war der Unterton des Zweifels in Tristans Stimme nicht entgangen.

»Da staunt Siegens berühmtester Detektiv, was!« Sie ging auf Tristans Haustür zu.

Der Detektiv folgte ihr mit dem Rucksack, der lässig über seiner Schulter hing.

»Also, was hat Goethe mit dem Schwert zu schaffen?« hakte der Detektiv nach.

»Goethe war Freimaurer und ihm haben wir es zu verdanken, dass die Legende sozusagen real wurde.« Lena klopfte gegen die Haustür. »Ich erklär es Ihnen später genau, aber jetzt lassen Sie uns endlich diese Phiole untersuchen, bitte.« Sie sah ihn mit ihrem besten Mädchenlächeln an.

Tristan gab sich geschlagen und öffnete die Haustür.

»Dann lassen Sie uns mal sehen, was wir hier haben.«

Sie eilten in die Küche. Lena legte ihre Tasche ab und sah Tristan zu, wie er als erstes die Holzkiste von der Schnur befreite. Vorsichtig öffnete er anschließend den Deckel. In ihrem Samtbett lag, unbeschadet durch die Attacke, die Phiole.

Lena nahm sie heraus, als wäre sie ein zarter Schmetterling.

»Wie öffnen wir den Stopfen?« fragte sie, während sie die pastenartige Substanz untersuchte mit der der Stopfen verschlossen war.

Tristan besorgte sich erst einmal ein Glas Wasser und bot Lena ebenfalls eines an, doch die war von der Phiole so gebannt, dass sie nicht zuhörte.

»Scheint Wachs zu sein«, murmelte sie. »Wir könnten den Stopfen leicht erhitzen. Haben Sie Streichhölzer?«

»Ich bin Pfeifenraucher«, antwortete Tristan und reichte ihr eine Streichholzschachtel, die auf der Küchentheke lag.

»Die sind aber lang«, stellte Lena erfreut fest.

»Pfeifenraucher«, wiederholte der Detektiv und setzte sich zu Lena, die bereits ein Streichholz angezündet hatte.

Vorsichtig hielt sie die Flamme unter den Stopfen und drehte langsam die Phiole. Wenige Sekunden später tropfte Wachs auf die Tischplatte. Lena pustete das Streichholz aus und zog den Stopfen mit einer Drehung heraus.

»Es hat geklappt«, rief sie erstaunt über ihren Erfolg.

»Jetzt schütteln Sie das Pergament heraus«, sagte Tristan.

Lena drehte die Phiole auf den Kopf und schüttelte. Langsam rutschte das Pergamentröllchen dem schmalen Hals entgegen. Dann klopfte sie leicht gegen den Boden der Phiole, bis sie mit den Fingerspitzen das Röllchen fassen konnte.

Sie sah Tristan mit großen Augen an, richtete ihre Brille und rollte es schließlich auseinander.

Sie las laut:

»Zu Freudenberg des Meisters Werk,
Zu Berleburg der Fürst es fährt.
Am Firmament der Zeitenlauf,
Um Mitternacht steht's auf.«

Sie sahen sich schweigend an.

»Wieder ein Rätsel«, schnaufte Lena und reichte das Pergament Tristan.

Der untersuchte es und musste feststellen, dass außer der Schönschrift nichts weiter zu finden war.

»Na, jedenfalls wissen wir jetzt, wohin wir müssen«, sagte Tristan.

»Nach Freudenberg?« fragte Lena und schlug sich dann gegen den Kopf. »Nein, natürlich nach Berleburg.«

»Ich denke, es ist das Schloss Berleburg«, überlegte Tristan. »Hier steht Fürst, das kann nur der Fürst zu Sayn-Wittgenstein sein.«

»Mist, dass Ihr Auto defekt ist«, schnaufte Lena.

»Es gibt andere Verkehrsmittel«, antwortete Tristan.

»Richtig! Die Bahn«, Lena griff nach ihrer

Tasche und holte einen zerknüllten Fahrplan heraus.

Sie sah auf ihre Armbanduhr.

»Wenn wir uns beeilen«, sagte sie schnell, »dann erwischen wir noch den Zug um 10.56 Uhr.«

»Dann los!« nickte Tristan.

»Was ist mit Marlowe?« fragte Lena.

»Der bleibt dieses Mal hier«, entschied Tristan. »Ich frage Erich, ob er noch mal Kakadusitter spielt.«

»Beeilen Sie sich«, drängte die Historikerin, »viel Zeit haben wir nicht.«

Sie blickte nochmals auf den Rätselvers:

Zu Freudenberg des Meisters Werk,
Zu Berleburg der Fürst es fährt.
Am Firmament der Zeitenlauf,
Um Mitternacht steht's auf.

Was hatte das jetzt wieder zu bedeuten?

5. Der Asphalt glühte ...

Mittwochnachmittag

Der Asphalt glühte in der Mittagssonne. Kein einziges Wölkchen bedeckte den blauen Himmel. Hoch „Hilde" hatte Deutschland fest im Griff und dachte nicht daran, nach Osten weiterzuziehen. Die Klimaanlage in Pfeiffers Dienstwagen arbeitete auf Hochtouren, dennoch hatten die Polizisten das Gefühl, auseinanderzulaufen. Der Tag war noch nicht zur Hälfte vorüber und die Beamten fühlten sich, als hätten sie die Wüste Gobi durchwandert. Die Zentrale funkte ihnen eine Wegbeschreibung zum Dienstparkplatz der Universitätsangestellten durch, dort hatte man den roten Fiat zum letzten Mal gesehen.

»Damit wären die Freimaurer wohl aus dem Spiel«, überlegte Holzbaum laut. Seine Hände krallten sich um den Gurt.

»Wieso?« Pfeiffer jagte den Dienstwagen den Haardter Berg hinauf.

»Lena hat diesen Patrick Palatin als Angreifer identifiziert«, antwortete Holzbaum hastig. Viel zu schnell für den sonst bedächtigen Kommissar. »Patrick ist der Täter!«

Irgendwie schienen die Rollen bei diesem Fall zwischen Holzbaum und Pfeiffer vertauscht worden zu sein. Während das Schwergewicht Holzbaum in den meisten Fällen seinen Gedanken Raum und Zeit für eine ausgiebige Analyse zur Verfügung stellte, gelangte Pfeiffer immer sehr schnell zu einem Ergebnis. Holzbaum war in der Lage, auch einmal andere Perspektiven mit einzubeziehen. Der Hauptkommissar handelte nach der Devise: wer den rauchenden Colt in der Hand hielt, war der Täter. Dass Holzbaum jetzt den Fall abgeschlossen wähnte, nur weil Lena Patrick erkannt hatte, passte nicht zu seinen sonstigen Überlegungen. Das machte Pfeiffer skeptisch.

»Wie das jetzt!« schnaufte er und driftete durch eine Kurve. »Seit wann kommst du so schnell zu einer Lösung?«

Holzbaum ließ den Gurt los und klammerte sich am Türgriff fest. Ihm war jetzt nicht nach Sprechen zumute. Deshalb plapperte Pfeiffer weiter.

»Ich sage dir, dass diese Herren aus der Loge ihre Finger in der ganzen Angelegenheit mit drinstecken haben. Außerdem können wir nicht beweisen, dass dieser Patrick auch gleichzeitig der Mörder von Redecker war.«

Pfeiffer schaltete das Blaulicht ein und schoss auf die Schranke der Universitätszufahrt zu.

»Chef!« rief Holzbaum, »das wird knapp!«

Pfeiffer dachte nicht daran, wegen der Schranke zu bremsen, allerdings nahm er etwas Gas raus, was dem armen Pförtner Zeit genug verschaffte, die Schranke zu öffnen.

Der Dienstwagen schoss unter der Absperrung hindurch. Ein knirschendes Geräusch drang in den Wagen und Pfeiffer sah im Rückspiegel, wie sich die Dachantenne verabschiedete.

»Musik fällt heute aus«, kommentierte der Hauptkommissar und kam mit quietschenden Reifen zwischen einer aufgescheuchten Studentengruppe vor dem Bibliothekseingang zum Stehen.

»Also, noch mal«, zischte Pfeiffer und löste seinen Gurt, »der Fall ist sicherlich nicht mit Dr. Palatins Festnahme abgeschlossen!«

Holzbaum sammelte sich und öffnete die Beifahrertür. Mit zitternden Knien stieg er aus. Die Hitze schlug ihm entgegen, als wäre er in einen Ofen gestiegen.

Sie eilten so schnell es Holzbaums angeschlagener Körper zuließ in die Historische Fakultät. Auf dem Weg dorthin fasste sich Holzbaum wieder und sagte: »Ist dir aufgefallen, wie merkwürdig sich der Staatsanwalt benimmt?«

»Nein, das ist mir noch nicht aufgefallen«, antwortete Pfeiffer, der froh war, dass sein Partner die Sprache nicht gänzlich verloren hatte.

»Als wir gestern in der Loge waren«, erklärte Holzbaum, »da hat er doch glatt die beiden Freimaurer als *Brüder* bezeichnet.«

Pfeiffer zog die Augenbrauen nach oben.

»Und dann nimmt er sie, wann immer wir etwas energischer werden in Schutz«, sprach Holzbaum weiter. »Das ist für Büdenbender nicht normal. – Deshalb meine ich, dass wir die

Freimaurer jetzt offiziell aus unseren Ermittlungen herausnehmen sollten.«

Pfeiffer blieb vor dem Eingang des Unitraktes B stehen. Man sah ihm an, dass sein Gehirn damit beschäftigt war, Holzbaums Beobachtungen zu bewerten. Schließlich grinste er.

»Jetzt verstehe ich dich!« Ein Lutscher tauchte in seiner Hand auf. »Das ist eine gute Idee. Wir lassen diese Herren an der langen Leine und beobachten. Brillant, Holzbaum!«

Dies war zwar nicht das, was Holzbaum meinte, aber momentan hatte er nur sein Bauchgefühl, das ihm sagte, dass Büdenbender irgendetwas mit den Freimaurern zu schaffen hatte. Wenn sie auf Abstand zu den Freimaurern gingen, ließe sich vielleicht mehr finden.

»Wo soll der Parkplatz der Unimitarbeiter sein?« fragte Pfeiffer ungehalten, während er sich nach einem Hinweisschild umsah.

»Nach Angabe der Zentrale hinter dem Trakt hier«, antwortete Holzbaum.

Sie fanden einen langen Flur, der zu dem Parkplatz hinter dem Gebäudekomplex der Uni führte. Der Angestellten-Parkplatz war nicht sehr groß und sie hatten etwas Glück. Wer immer den roten Fiat gefahren hatte, wollte nicht weit laufen. Die Beamten sahen ihn gleich neben dem Gebäudeeingang stehen.

»Das ist der Wagen«, stellte Pfeiffer fest und sah sich die Schrottkiste abfällig an.

Holzbaum notierte sich das Nummernschild, dann machten sie sich auf zu den Büroräumen der Historischen Fakultät.

2

»Haben Sie alles?« fragte Tristan, der seinen Rucksack nochmals kontrollierte.

»Meine Tasche ist komplett«, nickte Lena. »Was machen wir mit dem Original?«

Sie deutete auf das Pergamentblättchen, das auf dem Wohnzimmertisch lag.

»Ich habe mir den Spruch notiert«, sagte Tristan. »Sie auch?«

»Ja«, nickte Lena, »in meinem Notizbuch!«

»Dann lassen wir es hier«, entschied der Detektiv. »Ich denke nicht, dass unser Verfolger so dumm ist, und hier ein zweites Mal einzubrechen versucht.«

»Und wenn doch?« Lena war besorgt.

»Gut, dann bringen wir das Brett und das Pergament auch noch rüber zu Erich«, gab Tristan nach.

Als dies erledigt war, eilten die beiden durch die Alte Poststraße vorbei am Museum für Gegenwartskunst in Richtung Hauptbahnhof.

»Wussten Sie«, fragte Tristan, als sie an Karstadt vorbei in die Kölner Straße einbogen, »dass wir eine der steilsten Einkaufsstraßen der Republik haben?«

Lena, die die Glanzzeiten der Kölner Straße nicht mehr miterlebt hatte, schüttelte ihren Kopf.

»Eigentlich«, sagte sie, »verirre ich mich hier überhaupt nicht mehr hin.«

»Das ist ja das Unglück dieser Einkaufsmeile«, brummte der Detektiv verdrießlich. »Seit man städteplanerisch den Schwerpunkt auf die Unterstadt gelegt hat, ist das Geschäftstreiben in der Kölner Straße bis hinauf ans Marburger Tor eingebrochen.«

Sie passierten den Dicken Turm und das neue Bronzemodell für Blinde, das die Stadt Siegen darstellte.

»Ich finde alles was ich brauche unten in der City-Galerie und drum herum«, meinte Lena, die das Tempo mit ihren großen Schritten vorgab.

»Ja, das glaube ich Ihnen«, antwortete Tristan.

Am Kölner Tor traten sie aus dem Schatten der alten Geschäftshäuser, als sie an der Fußgängerampel warten mussten. Die Hitze kroch über die zweispurige Hauptstraße in die Gassen und Nebenstraßen und traf die beiden Schatzsucher mit voller Wucht. Tristan hatte seine Strickjacke bereits im Rucksack verstaut, als sie losgingen. Doch jetzt wünschte er sich, er hätte auch noch eine kurze Hose angezogen. Lena trug eine dünne Leinenhose und ein luftiges Top. Als sie in der Frühe aufbrachen, hatte sie noch einen Pullunder eingesteckt, der jetzt in ihrer Tasche verstaut war, die lässig über ihrer Schulter hing.

Sie schien mit der Hitze gut klarzukommen, so wie sie das Tempo verschärfte, als die Ampel endlich auf Grün sprang.

»Wir müssen uns beeilen«, drängte sie. »Die Bahn wartet nicht auf uns.«

Die große schlanke Frau und der kleinere ältere Mann marschierten durch die Bahnhofstraße geradewegs auf den Hauptbahnhof zu.

Der Bahnhof lag in der Talsohle zwischen Fischbacherberg und Burgberg. Am Fuße des Fischbacherberges stand die Berufsschule für Technik, weiter den Berg hinauf befand sich die Wirtschaftsschule und es war Mittagszeit. Hunderte von Schülerinnen und Schülern drängten in die Stadt und trafen sich am Busbahnhof vor dem Hauptbahnhof, der vor Jahren neu gestaltet worden war.

So viele junge Menschen hatte Tristan schon lange nicht mehr auf einem Haufen gesehen.

»Nur gut, dass Marlowe bei Erich ist«, schnaufte der Detektiv, dem Lenas Tempo langsam den Atem nahm. »Nicht auszudenken, was hier los wäre, wenn ich den Kakadu auf der Schulter trüge.«

»Sie wären wahrscheinlich von einer Menge neugieriger Kinder umlagert«, grinste Lena zu dem kleineren Mann hinab. »Wir müssen uns da hinten die Karten ziehen.«

Die Historikerin steuerte den Haupteingang des Bahnhofs an. Eine angenehme kühle Luft begrüßte sie in der kleinen Bahnhofshalle. Gleich links neben dem Eingang befand sich ein nagelneuer Kartenautomat.

Tristan seufzte und brummte: »Maschinen?!«

»Keine Angst, das geht kinderleicht«, sie klopfte ihm auf die Schulter. »Ich zeig's Ihnen.«

Lena zückte ihren Geldbeutel und sagte: »Sehen Sie den Bildschirm, der reagiert auf Berührung. Hier oben sind Felder, die zeigen an, ob Sie in der Region bleiben wollen oder weiter wegfahren möchten. Wir wollen mit der Regionalbahn fahren, also drücken wir auf das rechte Feld.«

Der Bildschirm veränderte sich.

»Jetzt zeigt uns der Bildschirm die möglichen Reiseziele an. Wir wollen nach Bad Berleburg, also drücken wir Bad Berleburg. Das war's schon!«

Der Bildschirm wechselte erneut und zeigte den Fahrkartenpreis an.

Lena warf mehrere Münzen in den Automaten und einen Augenblick später hielt sie das Ticket in der Hand.

Tristan reichte ihr die nötige Anzahl an Münzen und die Historikerin wiederholte die Prozedur. Dann sah sie auf ihre Armbanduhr.

»Es wird Zeit.« Sie gingen zu den Bahnsteigen, wo bereits ein nagelneuer roter Regionalzug auf die Abfahrt wartete.

»Das war wirklich nicht schwer«, bestätigte Tristan und ging geradewegs auf eine der Zugtüren zu.

»Hab ich Ihnen doch versprochen«, lächelte Lena.

Tristan blieb vor der Tür stehen und wartete.

Lena zog ihre Augenbraue hoch und meinte: »Worauf warten Sie?«

»Dass die Tür aufgeht«, antwortete Tristan unschuldig.

Lena beugte sich vor und berührte einen runden Knopf, der an der Tür angebracht war. Die Tür sprang daraufhin auf.

»Oh«, stieß Tristan aus und kam sich ein wenig blöd vor.

Lena ließ ihm den Vortritt.

Die Klimaanlage des Zuges arbeitete bereits auf Hochtouren als sie den Zug endlich bestiegen. Ein spürbarer Temperatursturz empfing sie.

Der Detektiv suchte eine Doppelbank im hinteren Teil des Zuges aus.

»Hier lässt es sich aushalten«, stöhnte Tristan und ließ sich in einem der blauen Sitze nieder.

Lena nahm ihm gegenüber Platz und streckte ihre Beine aus.

»So, das wäre geschafft«, stöhnte sie.

In diesem Moment gab Lenas Tasche einen hellen Glockenton von sich. Tristan sah sie überrascht an.

»Eine SMS«, antwortete die Historikerin und griff nach ihrer Tasche.

Es folgte das übliche Schauspiel, wenn Frauen mit Handtaschen unterwegs sind, die groß genug waren, eine Survival-Ausrüstung aufzunehmen. Lena kramte alle möglichen Dinge hervor, bloß das Handy schien sich im Dschungel des Tascheninnenlebens versteckt zu haben.

»Wo ist das Ding?« zischte sie genervt. Schließlich fand sie das Telefon.

»Und von wem ist die SMS?« fragte Tristan neugierig.

»Marion«, antwortete Lena überrascht. »Sie will wissen, wo ich bin.«

»Können Sie ihr vertrauen?« Tristan sah sie ernst an.

»Natürlich«, erwiderte Lena entschieden, »wir gehen durch dick und dünn.«

Sie blickte auf ihr Handy, als überlegte sie, was sie zurücksenden sollte.

»Ich muss Marion vor Patrick warnen«, entschied sie und begann rasend schnell mit ihrem Daumen eine Nachricht über die kleine Handytastatur zu formulieren.

In diesem Moment setzte sich der Zug in Bewegung.

Während Lena auf ihr Handy starrte, nahm sich Tristan ein Notizbuch aus seinem Rucksack. Er schlug die Seite auf, auf der er den Rätselspruch geschrieben hatte.

»*Zu Freudenberg des Meisters Werk, / Zu Berleburg der Fürst es fährt. / Am Firmament der Zeitenlauf, / Um Mitternacht steht's auf*«, flüsterte er.

Der Detektiv orientierte sich an Lenas Methode und schrieb zuerst die Substantive *Meisters Werk, Firmament, Zeitenlauf* und *Mitternacht* neben den Spruch. Es folgten die Verben: *fährt* und *aufstehen.*

Zu *Meisters Werk* fiel ihm nichts Sinnvolles ein, deshalb sprang er weiter zu *Firmament.* Dazu fielen ihm mehrere Sachen ein.

Er notierte: Sterne, Nacht, Mond.

Zu *Zeitenlauf* assoziierte er: Geschichte, Jahre, Monate, Tage, Stunden, Sekunden.

Lena blickte kurz zu ihm auf, dann drückte sie auf „Senden".

»So das war's«, sagte sie und wollte das Handy zurück in ihre Tasche stecken, als erneut die helle Glocke ertönte. Sie blickte auf das Handydisplay.

»So schnell eine Antwort von Marion!« Lenas Gesichtsausdruck verfinsterte sich. Schnell las sie, was ihre Freundin geantwortet hatte. »Sie möchte zu uns stoßen. Es scheint irgendetwas Dringendes zu sein.«

»Schafft sie das denn?« Tristan blickte aus dem Fenster und erkannte, dass sie gerade über die Hagener Straße rollten. Der nächste Halt in Weidenau lag nur noch wenige Minuten vor ihnen.

»Verstehe«, nickte Lena. »Sie wird es bis nach Weidenau nicht mehr schaffen. Aber sie hat den Roller und könnte in Geisweid zu uns stoßen.«

»Okay«, nickte Tristan, während Lena schnell eine SMS formulierte und abschickte.

»Wollen wir hoffen, dass Ihre Freundin das zeitlich hinbekommt«, sagte Tristan.

Der Zug verlangsamte seine Fahrt.

3

Die langen Gänge der Historischen Fakultät wirkten wie ausgestorben. Da nur wenig Tageslicht in die Tiefen der Bildungsanstalt vordrang, schimmerte der dumpfe Linoleumboden gräulich zwischen den roten Ziegelsteinen, mit denen das Betongebäude ausgebaut war. Pfeiffer und Holzbaum eilten durch den Gang auf Patricks Bürotür zu, als wäre der Teufel hinter ihnen her. Der Hauptkommissar klopfte kurz an und griff zur Türklinke.

»Abgeschlossen!« fauchte er und ging zur nächsten Tür.

Die war auch abgeschlossen.

»Wo sind die alle!« stieß er wütend aus. »Haben die nichts zu forschen!?«

»Es ist Mittagszeit, vielleicht sind die alle in der Mensa zum Essen«, überlegte Holzbaum, dem sein eigener Magen ebenfalls „Hunger“ signalisierte.

»Na, dann auf zur Mensa«, knurrte der Hauptkommissar und ging voraus.

»Das könnte jetzt schwierig werden«, sagte Holzbaum.

»Wieso?« Pfeiffer blieb stehen.

»Es werden ein paar Tausend Studenten da rumlaufen«, erklärte Holzbaum. »Palatin könnte uns entwischen. Sicherlich ahnt er, dass wir hinter ihm her sind.«

»Da könntest du Recht haben«, meinte Pfeiffer. »Was schlägst du vor?«

»Wir rufen Verstärkung«, antwortete Holzbaum.

»Bis die hier ist, könnte er dennoch verschwunden sein«, entgegnete Pfeiffer. »Außerdem lässt sich so ein Polizeiaufmarsch nicht verheimlichen. Wer weiß, wie die Studenten darauf reagieren würden?«

»Wir könnten den Mensaeingang unauffällig observieren«, schlug der Kommissar vor.

»Das hört sich doch besser an«, nickte Pfeiffer und dachte daran, was für hübsche Schönheiten er da alles zu Gesicht bekommen würde.

Holzbaum schien seinen Gedanken gelesen zu haben, denn er mahnte: »Die Mädels sollten uns aber nicht ablenken.«

»Wo denkst du hin, wir sind doch Profis«, antwortete Pfeiffer in einem Tonfall, als glaube er selbst daran.

Sie marschierten zurück zum Haupteingang des Unigebäudes und betraten das Foyer. Das war ein großer Raum, der mit zahlreichen Pfeilern und einigen Stehtafeln genügend Ecken bot, um unauffällig den Mensaeingang zu beobachten. Der lag gegenüber dem Haupteingang, so dass die Studenten das Foyer durchqueren mussten. Es gab also Zeit genug, um das Terrain nach Patrick abzusuchen. Die beiden fanden einen Stehtisch, der geschützt hinter einer Stellwand den richtigen Platz bot, von wo aus sie den Mensaeingang im Blick hatten. Zudem konnten sie noch durch große

Glasscheiben den Eingang der Bibliothek einsehen.

Wie Holzbaum richtig vermutet hatte, wimmelte es im Foyer und vor dem Mensaeingang von hungrigen Studenten. Die beiden begaben sich in Stellung. Sie sahen dabei aus, als hätten sich zwei Dozenten zu einer kleinen Besprechung getroffen. Nur Pfeiffer fiel mit seinem Lutscher im Mund etwas auf. Aber niemand hätte in den beiden Männern Polizisten vermutet. Holzbaum überlegte gerade, wie er wohl an etwas Nahrung kommen könnte, als er Marion durch den Bibliotheksausgang rennen sah.

»Da ist Lenas Freundin«, brummte er und tippte Pfeiffer an, der ein besonders bestücktes Menschenkind mit wenig Kleidung am Leib beobachtete.

»Was?« Der Hauptkommissar brauchte einen Augenblick bis sein Gehirn von Tagtraum auf Realität schaltete.

»Sie fährt mit Lenas Roller los«, kommentierte Holzbaum.

Jetzt nahm auch Pfeiffer die Doktorandin wahr.

»Sie kam aus der Bibliothek?« fragte Pfeiffer.

»Ja«, nickte Holzbaum.

»Hm«, brummte der Hauptkommissar. »Ich gehe mal rüber. Bleib du hier.«

»Was hast du vor?« fragte Holzbaum, der nun keine Chance mehr sah, an etwas Essbares heranzukommen.

»Ich habe da eine Vermutung«, erwiderte Pfeiffer nur.

Der Hauptkommissar schlängelte sich durch die Studenten und verschwand aus Holzbaums Blick, um dann wie aus dem Nichts vor dem Bibliothekseingang wieder aufzutauchen. Pfeiffer winkte ihm kurz zu, dann ging er in die Bibliothek.

Holzbaum observierte weiterhin den Mensaeingang. Ab und zu blickte er zum Bibliothekseingang. Als er wieder mal den Blick vom Mensa- zum Bibliothekseingang wechselte, meinte er Professor Narres aus der Bibliothek kommend gesehen zu haben. Er sah sofort zum Haupteingang, doch dort tauchte der Professor nicht auf.

»Muss mich geirrt haben«, flüsterte er und blickte wieder zum Mensaeingang.

Plötzlich tauchte Pfeiffer vor ihm auf.

»Komm!« forderte der Hauptkommissar hektisch. »Palatin ist in der Bibliothek. Ich habe an der Bücherausleihe nach Marion und Palatin gefragt«, erklärte er, während sie sich einen Weg durch die Studenten bahnten. »Man hat die beiden dort gesehen.«

Ein Bibliotheksmitarbeiter erwartete die beiden Polizisten an der Bücherausleihe.

»Frau Müller hat mich informiert«, sagte der Mann, »dass Sie nach Dr. Palatin suchen. Gewöhnlich halten sich die Historiker im mittleren Stockwerk auf. Ich zeige Ihnen gerne den Weg.«

»Danke, das ist sehr nett«, lächelte Pfeiffer, dem beim Anblick der vielen Bücherregale ganz schwummrig wurde.

Der Mann führte sie eine breite Treppe hinauf.

»Bitte verhalten Sie sich ruhig«, mahnte er, »wir wollen die Benutzer nicht stören.«

»Klar!« antwortete Pfeiffer laut.

»Chef, leise«, flüsterte Holzbaum.

»Das war leise«, erwiderte Pfeiffer bestimmend. Einige Benutzer sahen sich nach den Neuankömmlingen um.

»Okay«, flüsterte er jetzt, »so besser!«

Der Bibliotheksmitarbeiter nickte. Er lotste sie zum mittleren Stockwerk durch ein Labyrinth von Regalen zu einer Tür.

»Der Gang führt in einen der hinteren Räume«, erklärte der Mann. »Dort befinden sich historische Bücher mit denen die Alte Geschichte hauptsächlich arbeitet. Irgendwo zwischen den Regalen werden Sie dann sicherlich Dr. Palatin finden.«

»Danke für Ihre Hilfe«, sagte Pfeiffer freundlich.

»Führt noch ein anderer Weg dorthin?« fragte Holzbaum.

»Nein, das hier ist der einzige Zugang«, antwortete der Mann und verabschiedete sich.

»Dann mal los«, knurrte Pfeiffer.

Sie betraten das Schattenreich der Bibliothek.

Während sie bis jetzt im lichtdurchfluteten Bereich der Bibliothek verweilt hatten, führte der

Gang sie nun in einen fensterlosen Bereich. Die Bibliothek war in den Jahren mehr und mehr gewachsen, so dass man Räume zu nutzen begann, die eigentlich als Magazin geplant waren. Der Gang wirkte bedrückend eng. Sie folgten ihm zu einem Raum, der nicht weniger einladend wirkte. Die Regale reichten bis zur niedrigen Decke und standen eng beieinander. Außer dem leisen Brummen der Lüftung war kein Geräusch wahrzunehmen.

Pfeiffer vergaß die Aufforderung, sich ruhig zu verhalten und rief: »Dr. Palatin, wir müssen Sie sprechen!«

Keine Reaktion.

Sie begannen, die Gänge zwischen den Regalen abzusuchen.

»Kommen Sie heraus«, rief Pfeiffer erzürnt, »machen Sie es sich und uns nicht schwerer!«

Wieder keine Reaktion. Zumindest schienen sie keinen Benutzer zu stören.

Pfeiffer zückte seine Waffe.

»Du solltest deine ebenfalls bereithalten«, mahnte er Holzbaum, »du weißt, was an der Kapelle geschehen ist!«

Der Kommissar nickte und zückte ebenfalls seine Dienstwaffe.

Vorsichtig drangen sie tiefer in den Raum vor.

Regalgang nach Regalgang überprüften sie. Nirgends eine Spur von Palatin. Langsam näherten sie sich dem Ende des Raumes. Als sie den letzten Regalgang überprüft hatten, entdeckten sie den Zugang zu einem Leseraum. Pfeiffer deutete auf die offene Tür. Holzbaum wechselte auf die linke Seite des Eingangs, während Pfeiffer die rechte Seite abdeckte. Vorsichtig betrat der Hauptkommissar als erstes den Leseraum. Er ging zwei, drei Schritte hinein.

»Scheiße«, fluchte er.

Dr. Patrick Palatin lag tot in einer Blutlache vor ihnen.

4

Langsam rollte der Zug aus dem Weidenauer Bahnhof heraus. Wieder waren Fahrgäste zugestiegen. Sie hatten sich Plätze im vorderen Abteil ausgesucht. Tristan und Lena blieben im hinteren Abteil noch unter sich. Lena sah sich Tristans Notizen an.

»Das ist gut«, lobte sie und tippte auf das Wort *Zeitenlauf*. »Geschichte, Jahre, Monate, Tage, Stunden und Sekunden. Was könnte sich dahinter verbergen?«

»Ich habe da eine Ahnung«, antwortete Tristan. »Wenn man des *Meisters Werk* in Verbindung zu *Zeitenlauf* setzte, könnte es sich um eine Uhr handeln.«

»Eine Uhr?!« wiederholte Lena. »Das macht Sinn, zumal der *Fürst* so etwas transportieren könnte.«

»Ja, das dachte ich auch«, folgerte Tristan. »Auch der Begriff *Mitternacht* bekommt eine klare Bedeutung.«

»Wir müssten herausbekommen«, überlegte Lena, »ob es einen besonderen Uhrmacher in Freudenberg gab.«

»Leider haben wir keine Möglichkeit das zu überprüfen«, seufzte der Detektiv.

»Vielleicht doch«, grinste Lena, »aber erst, wenn Marion es schaffen sollte in den Zug zu gelangen.«

Tristan musterte die Historikerin über den Rand seiner Halbbrille.

»Warten wir es ab«, sagte sie und blickte hinaus.

Die Bahn rollte durch das Siegtal dem nächsten Halt entgegen. Von vorne drang das ausgelassene Lachen von Kindern. Tristan lehnte sich zurück und genoss die Fahrt.

»Ihre Fahrkarte bitte«, ein adretter Schaffner tauchte hinter ihnen auf.

Lena zog ihre Karte aus der Hosentasche.

»Etwas verknickt«, sagte sie entschuldigend.

»Aber gültig«, antwortete der Schaffner und lächelte.

Tristan hatte sich die Karte in sein Portemonnaie gesteckt. Sie sah aus, als wäre sie gerade aus dem Automaten gesprungen. Auch diese knipste der Schaffner ab.

»Noch eine gute Fahrt«, wünschte er und ging weiter nach vorn.

Wieder verlangsamte der Zug seine Fahrt.

Lena drückte ihr Gesicht so nah an die Scheibe wie sie konnte, um nach vorn zu sehen.

»Und, erkennen Sie Ihre Freundin?« fragte Tristan.

»Nein, ich kann nicht weit genug sehen«, antwortete sie enttäuscht.

Wenig später hielt der Zug. Ein paar Gäste stiegen aus und andere stiegen hinzu. Als der Zug wieder Fahrt aufnahm war Marion noch nicht zu sehen.

»Sie hat es nicht geschafft«, stöhnte Lena.

»Warten wir ab«, meinte Tristan. »Vielleicht ist sie vorne zugestiegen.«

Es vergingen ein paar Minuten, die Lena fast zur Verzweiflung trieben, da tauchte Marion im Zwischengang auf.

»Hab ich euch gefunden«, strahlte sie.

Die beiden Frauen umarmten sich herzlich.

»Ohne Kakadu«, sagte Marion zu Tristan und gab ihm die Hand.

»Ja, der ist gut aufgehoben«, antwortete er.

Marion nahm Platz und warf ihre Tasche, die an Größe mit der von Lena mithalten konnte, auf einen freien Sitz.

»So, jetzt erzähl mal, was los ist!« forderte Lena auf.

»Wo soll ich anfangen?« stöhnte Marion.

»Am Anfang«, schlug Tristan vor und grinste.

»Nur, wo ist der?« antwortete Marion. »Ist auch egal«, sie wedelte mit ihren Händen, als wollte sie das Gesagte wegwischen. »Ich glaube Patrick hintergeht dich, Lena.«

»Ich weiß«, nickte Lena.

»So?!« Marion sah ihre Freundin erstaunt an.

»Er hat uns heute Morgen überfallen«, ergänzte sie leise. »Mit einem Messer an meiner Kehle.«

Lena deutete auf das Heftpflaster.

Marion blickte verwirrt.

»Mit einem Messer?!« wiederholte sie müde. »Dann ist es ja schlimmer als ich dachte.«

»Wissen Sie, ob Patrick einen roten Fiat fährt?« fragte Tristan. Marion sollte sich nicht das Bild einer bedrohten Lena vorstellen. Das würde sie nur noch mehr durcheinanderbringen.

»Nein, das kann ich nicht sagen«, antwortete sie leise. »Wie kann Patrick so etwas machen?«

»War er gestern Abend ebenfalls bei Ihrem Rätselraten dabei?« hakte der Detektiv nach.

»Ja, leider, muss ich heute sagen.« Lena blickte zu Marion.

»Es tut mir so leid«, sagte Marion. »Ehrlich!«

Die beiden Frauen umarmten sich erneut.

»Es ist ja nichts Schlimmeres passiert«, entgegnete Lena.

»Zum Glück«, brummte Tristan.

»Aber ich habe noch schlechtere Nachrichten«, sagte Marion ernst, »deshalb wollte ich dich so dringend sprechen.«

»Nun sprich schon!« forderte Lena sie auf.

»Ich glaube Prof Narres ist hinter der gleichen Sache her, wie ihr.«

»Was?!« rief Lena wütend.

»Ja, und noch was«, Marion blickte den Gang hinunter. »Ich glaube er ist hier im Zug.«

»Nein?!« stieß Lena aus. »Wo hast du den Prof sitzen sehen?«

Lena stand auf.

»Bleib sitzen«, bat Marion, »ich bin mir nicht ganz sicher, ob er es war.«

»Das können wir schnell herausfinden«, erwiderte Lena.

»Nein, bleiben Sie sitzen«, mahnte Tristan, »es ist zu gefährlich. Außerdem haben wir einen Vorteil, wenn er glaubt, noch unerkannt geblieben zu sein.«

»Irle hat Recht«, stimmte Marion zu. »Wenn er euch verfolgt, dann hat er weniger Informationen als ihr, oder?«

Tristan nickte.

»Dieser Schuft«, schnaufte Lena, »will mir meine Arbeit stehlen.«

»So wie es aussieht«, grinste Marion, »bist du einer riesigen Sache auf der Spur. Freu dich darüber.«

»Und glauben Sie mir«, sagte Tristan kampfeslustig, »ich werde nicht zulassen, dass uns jemand die Butter vom Brot stiehlt.«

»Danke, Herr Irle«, nickte Lena und beruhigte sich wieder.

»Solange wir im Zug sind, kann er sowieso nichts machen«, meinte Marion gelassen, »oder?«

»Sie haben die Situation gut erkannt«, lobte der Detektiv.

»Also, wie nutzen wir die Zeit?« Marion blickte auf Tristans Notizbuch.

»Hast du deinen PDA dabei?« fragte Lena.

Tristan sah die beiden Frauen verständnislos an.

»Was ist ein PDA?«

»Ein Handy, mit dem man ins Internet gehen kann«, erklärte Lena.

»So etwas gibt es?«

Jetzt starrte Marion verblüfft zum Detektiv.

»Er mag keine Maschinen«, erklärte Lena. »Hat noch ISDN zu Hause.«

»Steinzeit«, meinte Marion ein wenig abfällig und kramte ein handgroßes Gerät aus der Tasche, »hier ist er. Was wollt ihr nachschauen?«

»Gib mal bei Google „Freudenberg und Uhrmacher" ein«, bat Lena.

»Ihr sucht einen Uhrmacher in Freudenberg«, bemerkte sie sarkastisch. »Das ist ja eine spannende Suche.«

Sie startete den PDA und gab die beiden Begriffe ein. Nach wenigen Minuten hatte sie mehrere Anzeigen. Marion reichte Lena das Gerät. Sie scrollte die Hinweise durch.

»Es gab einen berühmten Uhrmacher mit Namen Johann Peter Stahlschmidt«, sagte sie. »Er lebte von 18.07.1751 bis 6.10.1833.«

»Das liegt außerhalb unseres Zeitfensters«, stellte Tristan fest.

Lena und Tristan ...

»Ja, aber er hatte Söhne, die das Geschäft weiterführten«, erklärte Lena. »Hier steht, dass Tillmann Stahlschmidt bis 1878 lebte.«

»Das würde passen«, nickte Tristan.

»Könntet ihr mich bitte mal einweihen«, bat Marion, die sich ziemlich nutzlos vorkam.

»Natürlich«, sagte Lena und fasste die Ereignisse der letzten Stunden zusammen.

Als Lena mit ihrem kurzen Bericht fertig war, sagte Marion: »Das ist ja gespenstisch.«

»Das kannst du laut sagen«, bestätigte Lena, »besonders die Sache mit der Kiste. Ich wäre gestorben, wenn wir einen Sarg geöffnet hätten.«

»Ja, wirklich eklig«, Marion schüttelte sich. »Und ihr glaubt, dieser Stahlschmidt hat eine Uhr für den Fürsten zu Wittgenstein gebaut?«

»Gebaut oder umgebaut«, ergänzte Tristan.

Lena sah nochmals auf das Display des PDA.

»Können Sie mir mal Ihr Notizbuch geben, Herr Irle?«

Tristan reichte es ihr. Lena schrieb das Todesdatum mit Tag und Monat auf: 6.10. und bildete die Quersumme. Sie notierte die Zahl 7. Dann notierte sie das Jahr 1833 und bildete wieder die Quersumme: 15. Daneben schrieb sie 5 x 3 = 15.

»Sehen Sie«, Lena reichte Tristan das Notizbuch.

»Sieben, Fünf und Drei«, las Tristan. »Die heiligen Zahlen! Das ist unheimlich!«

»Ja, aber wir sind auf der richtigen Spur«, strahlte Lena zufrieden.

»Dann wollen wir hoffen, dass es im Schloss eine Uhr gibt«, meinte Tristan besorgt.

»Die wird es geben«, sagte Marion trocken, »es ist nur die Frage, ob es die richtige ist.«

5

»Damit wären die Freimaurer wieder im Spiel«, stellte Pfeiffer fest und wünschte sich, dass der Stängel in seinem Mund etwas mit Nikotin getränkt wäre.

Die beiden Kommissare standen vor dem Toten. Dr. Patrick Palatin war mit seinem eigenen Messer in den Bauch gestochen worden. Die Verletzung war so schwer, dass er innerlich verblutet war. Holzbaum griff zu seinem Handy, doch in den Tiefen des Bibliotheksgebäudes gab es keinen Empfang.

»Mit dieser Wunde hatte er keine Chance«, sagte Pfeiffer trocken.

»Er muss den Mörder gekannt haben«, überlegte Holzbaum. »Was nicht wirklich überraschend wäre.«

»Da scheinen ein paar finstere Typen unterwegs zu sein«, meinte Pfeiffer nur. »Wir müssen Büdenbender verständigen.«

»Nicht nur Büdenbender«, antwortete Holzbaum. »Was ist mit Irle?«

»Hat er seine Handynummer dagelassen?« fragte Pfeiffer.

»Ich hab sie mir notiert«, nickte Holzbaum.

»Dann lass uns jetzt erst diesen Bereich sperren«, empfahl Pfeiffer. »Das ist kein Anblick für junge Leute.«

Sie verließen den Tatort. Pfeiffer blieb vor dem Zugang stehen, während Holzbaum sich nach dem Bibliotheksmitarbeiter umsah. In der Zwischenzeit nutzte der Hauptkommissar die Zeit, die Zentrale zu verständigen.

Holzbaum kam mit dem Angestellten zurück, der schloss nach einer kurzen Erklärung von Pfeiffer die Tür ab.

»Versuch Irle anzurufen«, sagte Pfeiffer. »Ich frage derweil nochmals in der Zentrale nach, ob die den Besitzer des Fiat ausfindig gemacht haben.«

Holzbaum suchte in seinem Notizbuch nach der Nummer.

Die Polizisten begannen zu telefonieren, wobei Holzbaum als erster das Handy vom Ohr nahm. Als auch Pfeiffer die nötigen Informationen von der Zentrale erhalten hatte, fragte er: »Irle erreicht?«

»Nein, die Mailbox sprang an«, antwortete Holzbaum.

»Hat das Ding nicht an oder der Akku ist leer«, schnaufte Pfeiffer.

»Was ist mit dem Fiat?« wollte Holzbaum wissen.

»Das glaubst du nicht«, knurrte der Hauptkommissar, »der ist auf Narres zugelassen.«

»Professor Narres?« wiederholte Holzbaum. Dann sah er ernst zu Pfeiffer: »Ich glaube, ich habe ihn aus der Bibliothek kommen sehen.«

»Wann?«

»Als du dich nach Palatin erkundigt hast.«

»Ich habe ihn nicht gesehen«, staunte Pfeiffer. »Bist du dir sicher?«

»Nicht hundertprozentig«, erwiderte Holzbaum, »aber ich denke, er war es.«

»Das wird ja immer besser«, fluchte der Hauptkommissar. »Haben wir wenigstens eine Ahnung, wohin Irle unterwegs sein könnte?«

»Nein«, schüttelte Holzbaum den Kopf.

»Dann wollen wir hoffen, dass der Detektiv auf sich Acht gibt. Wir kümmern uns um Narres.«

»Wenn Irle doch sein Handy empfangsbereit hätte«, murmelte Holzbaum.

6

Tristan hatte sein Handy betriebsbereit, leider durchfuhr der Zug gerade in dem Moment einen Tunnel, als Holzbaum ihn anwählte. So verpasste der Detektiv die Chance, weitere Informationen zu erhalten. Von der neuen Entwicklung in der Kreisstadt abgeschnitten, blieb den dreien momentan nichts anderes übrig, als darauf zu warten, dass der Zug unbeschadet sein Ziel erreichte, den Bad Berleburger Bahnhof. Der

Schlachtplan stand ebenfalls fest: Besuch des Schlosses, Ausschau halten nach einer Uhr - vorzugsweise einer imposanten Standuhr - und dann weitersehen.

Tristan hätte gerne eine Pfeife angezündet, doch im Zug herrschte Rauchverbot. So begnügte er sich mit einem Keks. Die Schachtel war noch vom Vormittag übrig geblieben.

»Möchte eine der Damen ebenfalls einen Keks?« fragte er die beiden Freundinnen.

»Danke, ja«, nickte Lena und nahm sich einen Keks aus der Schachtel.

Marion verzichtete, sie war mit ihrem PDA beschäftigt. Sie wollte die Zeit nutzen und suchte im Internet Informationen über prächtige Standuhren aus den letzten beiden Jahrhunderten.

Lena wechselte den Platz und setzte sich neben den Detektiv. Sie blickte jetzt in Fahrtrichtung.

»Eine wunderschöne Gegend ist das hier«, sagte sie nachdenklich.

»Wenn wir solches Wetter haben«, lächelte Tristan und sah hinaus auf grüne Wiesen, »dann möchte ich eigentlich nirgendwo anders sein.«

»Ein Ureinwohner mit Leib und Seele«, erwiderte sie.

Tristan nickte.

Sie erreichten Lützel.

»Hier oben hat doch Ihre Freundin die Pension«, bemerkte Lena.

Tristan, den die ungewohnte Perspektive aus dem Zug ein wenig irritierte, nickte.

»Mit dem Auto nimmt man die Dinge ganz anders wahr«, stellte er fest.

»Da haben Sie Recht«, stimmte ihm Lena zu. »Zumal die Schiene anders verläuft als die Straße. Sie ist viel älter.«

»Wohl wahr«, schmunzelte Tristan.

Der Zug verließ Lützel und machte sich auf den Weg nach Erndtebrück.

»Jetzt, wo wir ein wenig Zeit haben«, sagte Tristan und blickte zu Lena, »was war das mit Goethe und Ihnen?«

»Oh, eine leidenschaftliche Liaison«, antwortete sie trocken. »Leider viel zu schnell vorbei.«

»Sie sind ja ein kleines Luder«, schmunzelte der Detektiv.

»Beim Geheimrat wurden alle Frauen schwach«, seufzte sie sinnlich. Dann wurde sie ernst. »Goethe reiste 1775 zum ersten Mal in die Schweiz. Er muss längere Zeit in St. Gallen verbracht haben. Bei seiner Neugier hat ihn die dortige Bibliothek wahrscheinlich magisch angezogen. Dort in der St. Galler Bibliothek findet er die ersten Schriften von Notker dem Stammler. Es wird aus den Unterlagen nicht ganz deutlich, ob er die Bedeutung des Fundes gleich richtig einschätzte, aber 1779 reist er erneut in die Schweiz. Dieses Mal ist Herzog Karl August mit von der Partie. Es gelingt ihnen, eine Abschrift der Notker-Schriften zu erstellen. Aber das muss Goethe nicht befriedigt haben, denn kurz bevor Napoleon über Europa herfällt, reist er 1797 ein letztes Mal in die Schweiz. Dort findet er schließlich den letzten Hinweis, der ihn in seiner Annahme bestärkt, dass es dieses Schwert *Mimung* tatsächlich gab. Er findet den Hinweis, dass Karl der Große das Schwert in seinem Staatsschatz hütete. – Sie sollten wissen, dass Goethe zu diesem Zeitpunkt schon Freimaurer war. Um 1797 befand sich auch Johann Gottlieb Fichte in Weimar. Wie Goethe war auch Fichte Freimaurer. Fichte war es, der Goethes Recherchen nach Berlin zur Großen National-Mutterloge der Preußischen Staaten sandte. Sozusagen das Hauptquartier der damaligen Freimaurer. Die erkannten die Bedeutung des Fundes. Leider kamen den Freimaurern die anstehenden politischen Veränderungen durch Napoleon bei ihren Recherchen dazwischen. Aber die Existenz des Schwertes war jetzt kein Geheimnis mehr.«

Der Zug verlangsamte seine Fahrt.

»Wir erreichen gleich Erndtebrück«, stellte Tristan fest.

Lena sah auf ihre Uhr. »Der Zug ist pünktlich.«

»Also haben die Freimaurer ab 1797 über das Schwert Bescheid gewusst«, sagte Tristan.

»Ja, und sie haben von da an im Geheimen weitergesucht«, nickte Lena.

Die Bahnstrecke führte nun entlang der B 62 nach Erndtebrück. Marion schien ihre Recherche beendet zu haben. Sie blickte immer wieder nach draußen, schließlich steckte sie den PDA ganz weg.

»Schlauer geworden?« fragte Lena ihre Freundin.

»Ein wenig«, antwortete sie. »Du weißt ja gar nicht wie viele Uhrmacher es gab.«

»Uns reicht es«, meinte der Detektiv, »wenn wir mit einem klarkommen.«

»Sicher«, erwiderte Marion etwas abfällig. »Ihr wisst ja auch, wo ihr suchen müsst, nicht wahr?!«

»Nicht direkt«, sagte Lena und musterte ihre Freundin. »Du hast eine Ahnung!?«

»Mal abwarten«, grinste Marion und zwinkerte Lena zu.

Der Zug rollte jetzt im Schritttempo von einem Straßenübergang zum nächsten. Immer wieder ertönte das Warnsignal des Zuges. Plötzlich gab es einen Ruck, die Räder begannen zu quietschen, dann stand der Zug.

»Was ist passiert?« rief Marion aufgeregt.

Der Schaffner tauchte aus seiner Kabine am Ende des Zuges auf und mahnte zur Ruhe.

»Bleiben Sie bitte sitzen«, rief er laut und eilte nach vorn zum Lokführer.

Die drei setzten sich und sahen aus den Fenstern.

»Da, seht mal«, stieß Lena plötzlich aus, »ist das nicht Prof Narres?«

Ein Mann lief vom Zug weg auf ein Taxi zu, das am Straßenrand wartete.

»Das könnte er sein«, meinte Marion. »Leider habe ich ihn nicht genau erkannt.«

Tristan sah erst Lena und dann Marion an.

»Das bekommen wir schnell heraus«, sagte er entschieden. »Marion, zeigen Sie mir, wo Sie diesen Professor sitzen sahen.«

»Wir sollen doch sitzen bleiben«, antwortete Marion.

»Mir egal! Also kommen Sie«, befahl der Detektiv.

Marion stand widerwillig auf und führte Tristan nach vorne. Sie gingen an erschreckten Passagieren vorbei bis zu dem Sitz, wo Marion den Professor gesehen hatte. Der Sitz war leer.

»Wenn Sie den Idioten suchen, der da saß«, schimpfte eine Mutter mit zwei Kindern, »der hat die Notbremse gezogen und ist dann abgehauen.«

»Also war er es doch«, sagte Marion geschockt.

Tristan nickte. »Gehen Sie besser wieder zurück. Ich spreche mit dem Schaffner.«

Der Detektiv ging nach vorn zum Lokführer. Dort fing ihn der Schaffner ab.

»Was suchen Sie?« fragte der aufgeregt.

»Bekommen Sie den Zug wieder in Stand?«

»Ja, die Fahrt geht gleich weiter«, antwortete der Schaffner. »Zum Glück waren wir langsam genug, so dass niemand verletzt wurde.«

»Werden wir bis nach Berleburg weiterfahren können?« wollte Tristan wissen.

»Ja, aber der Lokführer wird den Zug kurz durchchecken müssen. Das kann einige Minuten dauern.«

»Aber wir fahren nach Berleburg?« vergewisserte sich Tristan.

»Ja, kein Problem«, antwortete der Schaffner.

»Danke«, sagte Tristan und begab sich wieder auf seinen Platz.

Marion hatte Lena informiert. Als Tristan die positive Nachricht brachte, dass die Fahrt weiterging, entspannten sich die Frauen.

Wie angekündigt setzte sich der Zug wenige Augenblicke später wieder in Bewegung.

Die Überprüfung des Zuges dauerte in der Tat nicht sehr lange. Mit einer zehnminütigen Verspätung setzte der Zug seine Fahrt fort. Eine halbe Stunde später stiegen die drei im Berleburger Bahnhof aus.

Der Bahnhof lag treffenderweise an der Bahnhofstraße. Sie überquerten die Hauptstraße und folgten der Graf-Casimir-Straße bis zu einem Fußweg, der sie hinauf zum Schloss führte. Es ging steil bergauf, und als sie endlich die Parkstraße nahe dem Schloss erreichten, mussten sie einen Moment verschnaufen.

»Mensch, diese Berge!« stöhnte Lena. Dann sprach sie zum ersten Mal die Flucht des Professors an. »Glaubt ihr, dass Narres ebenfalls auf dem Weg zum Schloss ist?«

»Woher sollte er wissen, dass dies unser Ziel ist?« antwortete Tristan.

»Keine Ahnung, aber das Taxi, er muss einen Plan haben«, erwiderte Lena.

»Wenn er sich hier herumtreibt«, meinte Tristan, »dann wird er sich nicht so leicht vor uns verstecken können.«

Die beiden Frauen sahen den Detektiv überrascht an.

»Glauben Sie mir, ich kenne das Schloss.«

Sie gingen ein Stück die Parkstraße entlang bis zum großen Eingangstor des Schlossplatzes.

Vor ihnen öffnete sich ein großer Platz, der mit weißem Kies bedeckt war. Das Schloss wurde im 13. Jahrhundert als Höhenburg angelegt. Im Laufe der Jahrhunderte war es immer mal wieder erweitert oder umgebaut worden. So wirkten die drei Schlossflügel nicht wie aus einem Guss. Dennoch fiel der dreistöckige Mittelflügel aus dem 18. Jahrhundert durch seine sandsteinfarbene Fassade besonders auf. Vor dem Mittelflügel hatten die Erbauer einen großen Brunnen gesetzt, auf den die drei langsam zugingen. Hinter dem Brunnen standen Besucher in kleinen Gruppen zusammen. Neugierig musterte Tristan die Menschen, doch der Professor hatte sich nicht unter eine der Gruppen gemischt.

»Auf was warten die Menschen hier?« fragte Marion.

»Auf die Führung, die gleich beginnt«, antwortete Tristan.

»Führung?« staunte Marion. »Ich dachte, das Schloss sei ein Museum.«

»Ist es ja auch«, erklärte Tristan, »aber ein Großteil des Schlosses wird immer noch von der Familie zu Sayn-Wittgenstein genutzt. Deshalb kann man nicht einfach eine Karte kaufen und losgehen.«

»Soll das heißen«, meinte Lena, »in dem riesigen Kasten leben noch Menschen?«

»Ja, im Mittelflügel, genauer, in den oberen Stockwerken haben sich der Sohn des Fürsten und seine Lebensgefährtin eingerichtet. Die erfolgreiche Dressurreiterin und Tochter des Fürsten lebt im linken Flügel, samt ihren Pferden.« Tristan deutete auf den linken Flügel. »Wie ich aus meinen persönlichen Ermittlungen weiß, besitzt das Schloss noch über vierzig Gästezimmer, die alle noch genutzt werden, wenn größere gesellschaftliche Feste anstehen. Besonders die große Jagd im Herbst.«

»Das heißt«, murrte Marion, »wir müssen uns diesen Menschen anschließen?«

»Ja, wir werden sonst nicht reinkommen«, nickte Tristan.

»Na, klasse«, stöhnte Lena, »jetzt werden wir Touristen.«

»Jetzt verstehe ich, was Sie eben sagten«, Marion sah sich die Menschen genauer an. »Damit hat der Prof keine Chance, an uns vorbeizukommen.«

»Richtig erkannt.« Tristan kramte seinen Geldbeutel hervor.

Wenig später öffnete eine adrette ältere Dame die Schlosspforte.

»Es geht los, Ladys.« Tristan stellte sich in die Schlange.

»Ein einfacher Tourist«, maulte Lena erneut. »Ich hätte nie gedacht, dass ich das *hier* einmal werden würde.«

»Machen wir das Beste daraus«, meinte Marion und zückte ihr Portemonnaie.

Die Gruppe bestand aus knapp dreißig Menschen, die sich im großen Foyer des Schlosses sammelten. Die Führerin kassierte von jedem ein kleines Eintrittsgeld, dann begrüßte sie die Gäste freundlich und erzählte, dass das Foyer für kulturelle Veranstaltungen genutzt werde. Sie ging auf die eine oder andere Devotionalie ein, dann bat sie die Gruppe, ihr ins erste Stockwerk zu folgen. Sie gingen eine alte Holztreppe empor, die an den Wänden von alten Ölbildern gesäumt war. Tristan und die beiden Akademikerinnen hielten sich am Ende der Gruppe auf. Als sie das erste Stockwerk erreichten und die Gäste sich in dem imposanten Korridor verteilt hatten, erblickte Tristan eine alte Standuhr. Fast zeitgleich nahmen auch Marion und Lena die Prunkuhr wahr.

Die Führerin erklärte einige Ausstellungsstücke, doch die drei hörten nicht mehr zu. Vorsichtig begaben sie sich zu der Uhr.

»Was meint ihr?« fragte Lena, »ist das unsere Uhr?«

Marions Recherche im Internet machte sich jetzt bezahlbar. Sie reckte sich, um das Zifferblatt besser erkennen zu können. Schließlich fand sie eine feine Markierung, die auf den Uhrmacher verwies.

»Bingo«, flüsterte sie und drehte sich zu den Freunden, »das ist eine Uhr von Stahlschmidt.«

»Und nun? Wir können hier nicht anfangen, das Teil zu untersuchen«, stöhnte Lena.

»Da haben Sie Recht.« Tristan sah sich um. »Es wird uns nichts anderes übrig bleiben, als nochmals zurückzukehren.«

»Was bringt das?« erwiderte Marion. »Wir können noch so viele Führungen mitmachen.«

»Ich dachte auch nicht an eine Führung«, antwortete Tristan und zwinkerte Marion zu.

»Oh«, stieß sie überrascht aus, dann lächelte sie verschwörerisch.

Sie folgten der Gruppe, ließen sich die Besonderheiten der Räume erklären und lauschten den kleinen Anekdoten, die die Führerin liebevoll erzählte. Nach gut einer Stunde standen sie wieder im Hof.

»Und jetzt?« fragte Lena.

»Jetzt gehen wir erst einmal etwas essen«, meinte Tristan und deutete auf das neue Café und Restaurant, das im ältesten Teil des Schlosses einen Platz gefunden hatte.

7

Der Plan war ganz einfach. Tristan und die beiden Historikerinnen wollten in der Nacht ins Schloss einbrechen. Dafür mussten sie die Zeit bis zum Sonnenuntergang nutzen, um ein paar Werkzeuge zu besorgen. In der Stadt am Fuße des Schlossberges glaubte Tristan alles Nötige zu finden. Doch dem war nicht so. Für das Türschloss am Haupteingang benötigte er ein besonderes Besteck mit feinen Ahlen und Stiften. Sie liefen gut eine Stunde von Geschäft zu Geschäft, bis sich Marion beschwerte. Ihr taten die Füße weh.

»Das bringt doch nichts«, jammerte sie. »Haben wir keine andere Möglichkeit an das Werkzeug zu kommen?«

Tristan hatte ebenfalls über eine alternative Möglichkeit nachgedacht, doch die einzige, die ihm einfiel, war der Wisse Ohm. Der kannte sich mit derlei Dingen aus. Doch Tristan wusste nicht, wie er ihn erreichen sollte. Dann fiel ihm eine Lösung ein.

»Wir suchen nicht weiter«, sagte er zur Erleichterung Marions, dann kramte er sein Handy aus der Tasche. Tristan war einen Moment von der Displayanzeige irritiert. Ein Symbol, das einen Briefumschlag darstellte, blinkte. Er konnte es nicht gleich zuordnen und drückte es weg.

»Wen wollen Sie anrufen?« fragte Marion neugierig.

»Einen Freund, vielleicht erhalten wir Hilfe.«

»Hoffentlich ein Profieinbrecher«, sagte Lena sarkastisch.

»So etwas in der Art«, nickte Tristan und wählte Erich, den Diakon, an.

Er besprach mit Erich seinen Plan, wie sie mit dem Wisse Ohm in Verbindung treten konnten, dann legte er auf.

»Und?« Marion sah ihn verblüfft an. »Haben wir einen Profieinbrecher engagiert?«

»Keine Ahnung«, erwiderte Tristan und steckte das Handy in den Rucksack. »Jetzt heißt es warten.«

Sie machten sich erneut auf den Weg hinauf zum Schloss.

Unterwegs fragte Lena: »Findet ihr das wirklich schlau?«

»Es bleibt uns keine andere Möglichkeit«, antwortete Marion kalt.

»Wir könnten fragen, ob wir die Uhr untersuchen dürfen«, schlug Lena vor.

»Und dann müssten wir erklären, was wir suchen«, sagte Tristan. »Wollen Sie das?«

»Nein, es geht niemanden etwas an«, sagte Lena entschieden. »Aber wenn wir erwischt werden, ich meine, das ist ein Einbruch, den wir vorhaben!«

»Spannend«, lächelte Marion.

»Das Lachen wird dir mit Handschellen um deine Handgelenke vergehen«, entgegnete Lena.

»Man wird uns nicht erwischen«, erklärte Tristan. »Das Schloss ist so groß, dass uns keiner bemerken wird. Außerdem haben wir nicht vor etwas zu stehlen. Wir sehen uns nur die Uhr genauer an.«

»Das erklären Sie dann der Polizei«, brummte Lena.

Danach wurde das Thema nicht mehr angesprochen.

Die Zeit bis zum Sonnenuntergang verbrachten sie im Park. Die weitläufige Anlage bot Schatten und genügend Plätze, wo man sich ungestört aufhalten konnte, ohne aufzufallen. Dieser Platz war notwendig, denn Lena und Marion zogen magisch Männerblicke auf sich. Verweilten sie zu lange an einem Ort, dann würde man sich daran erinnern. Doch jetzt hieß es, möglichst unauffällig die Nacht zu erwarten. Als die Dämmerung anbrach, verließen die drei den Park.

»Wird Ihr Einbrecher da sein?« fragte Lena besorgt.

»Wir werden es sehen«, antwortete Tristan und hoffte, dass Erich den Wisse Ohm hatte ausfindig machen können.

Auf dem Weg zum Haupttor fragte Marion: »Hat sich jemand einmal überlegt, wie wir wieder nach Siegen kommen?«

»Ich dachte an ein Taxi«, antwortete Tristan.

»Gute Idee, denn der letzte Zug hat vor einer Stunde den Bahnhof verlassen«, bemerkte Lena.

»Dann ist das ja auch geklärt«, meinte Marion.

»Gibt es einen Plan, wenn wir flüchten müssen?« Lena sah zu Tristan. »Ich meine, treffen wir uns dann irgendwo?«

»Sollten wir wirklich getrennt werden«, meinte der Detektiv, »dann schlägt sich jeder nach Siegen durch. Wir treffen uns dann bei mir. Haben Sie genügend Geld für ein Taxi?«

»Wir sind angehende Akademikerinnen, Herr Irle, wir haben kein Geld«, antwortete Marion. »Ich könnte ja meinen Körper anbieten, da fährt mich bestimmt ein Typ nach Siegen.«

Lena stupste ihre Freundin an.

»Bleib ernst«, mahnte sie. »Herr Irle, das geht schon klar.«

»Gut, dann machen wir es im Notfall so!«

Sie erreichten das Tor.

Tristan sah sich nach dem Wisse Ohm um. Doch er konnte ihn nirgends finden.

»Was jetzt?« Lena sah enttäuscht aus.

»Wir gehen hinein«, entschied der Detektiv.

Der Biergarten des Restaurants war noch gut gefüllt, als sie erneut in den Hof traten. Sie schlenderten bis zum Brunnen, der vor dem Haupteingang platziert war. Dort blieben sie erst einmal stehen und taten so, als würden sie sich den Sternenhimmel ansehen. Die Hofbeleuchtung war spärlich, so dass die Menschen nur als graue Schatten wahrgenommen wurden.

»Jetzt wäre ein guter Zeitpunkt, dass ihr Freund auftaucht«, merkte Marion skeptisch an.

Tristan musste ihr Recht geben. Wenn der Wisse Ohm nicht bald auftauchen würde, dann war der Einbruch beendet bevor er begonnen hatte.

Etwas bewegte sich im Schatten des Brunnens. Lena und Marion zuckten erschreckt zusammen, als, wie aus dem Nichts, der Wisse Ohm neben ihnen auftauchte.

»N'abend ihr holden Schönheiten«, grinste er und seine weißen Zahnreihen glänzten matt im Laternenlicht.

»Hallo Ohm«, grüßte Tristan erleichtert.

»Hallo Tristan, brauchst Hilfe, hab ich gehört«, antwortete der Ohm.

»Wir müssen da rein«, sagte der Detektiv und deutete auf den Haupteingang.

»So«, brummte der Ohm, »wahrscheinlich nicht für ein Schäferstündchen mit den Schönheiten hier, oder?«

»Nein, darf ich dir Lena Lamberti und Marion Riesenberg vorstellen?« sagte Tristan.

»Und ob du das darfst«, grinste der Ohm erneut.

Lena und Marion musterten den Mann ausgiebig, doch nur Marion sprach aus, was sie dachten.

»Herr Irle, Sie sind sicher, dass er das Schloss da knackt? Ich meine, wie ein Profieinbrecher sieht er nicht gerade aus!«

»Hübsches Mädchen«, sagte der Wisse Ohm gelassen, »wie sieht ein Profieinbrecher denn Ihrer Meinung nach aus?«

»Nun ja«, Marion wirkte nicht mehr so selbstsicher, »er hat jedenfalls nicht so abgewetzte Kleidung an.«

»Der Schein kann manchmal trügen«, erwiderte der Ohm, dann sagte er: »Also, wollt ihr jetzt ins Schloss einsteigen oder nicht?«

»Natürlich wollen wir«, antwortete Marion pikiert.

»Gut«, nickte der Ohm. »Ihr wartet hier!« befahl er und ging geräuschlos über den Kies bis zum Haupteingang.

Wie Tristan vermutet hatte, besaß der Wisse Ohm nicht nur das nötige Werkzeug für das Türschloss sondern auch die dazugehörigen Fertigkeiten. Es dauerte keine Minute, da winkte er ihnen zu.

Nicht ganz so geräuschlos eilten die drei zur Tür. Der Ohm hielt sie einen Spalt offen, so dass Tristan und die Historikerinnen in das Schloss eindringen konnten. Zum Schluss folgte der Ohm, der die Tür hinter sich zuzog.

»Da wären wir«, bemerkte er.

»Wir müssen die Treppe hinauf«, erklärte Tristan leise.

Der Ohm nickte und folgte dem Detektiv. Die Frauen gingen voraus. Als sie das erste Stockwerk erreichten, blieben sie kurz stehen und lauschten.

Die Räume wirkten jetzt bedrohlicher als bei ihrem ersten Besuch. Tristan holte seine Taschenlampe aus dem Rucksack und leuchtete zur Standuhr.

»Deswegen seid ihr hier?« staunte der Wisse Ohm. »Die bekommt ihr aber nicht so leicht hier rausgetragen.«

»Das wollen wir auch nicht«, erklärte Lena flüsternd.

»Oh?!« Der Wisse Ohm sah irritiert zum Detektiv.

»Wir suchen ein Versteck in der Uhr.«

Lena faltete ein Blatt Papier auseinander und las den Spruch vor: »*Zu Freudenberg des Meisters Werk, / Zu Berleburg der Fürst es fährt. / Am Firmament der Zeitenlauf, / Um Mitternacht steht's auf.*«

»Ein netter Spruch«, bemerkte der Ohm. »Was bedeutet er?«

»Die ersten beiden Verse verweisen auf die Standuhr, die beiden letzten, wie man an das Versteck herankommt«, erklärte Tristan.

»Und, haben Sie eine Idee?« drängelte Marion.

Tristan sah sich die Uhr genau an. Das Gehäuse bestand aus Holz. Es war mit vielen Intarsien verziert. Drei Türen führten zum Inneren der Prunkuhr. Zwei waren im unteren Bereich angebracht, die dritte Tür war aus Glas und verdeckte das Zifferblatt, das aus Gold und Silber bestand. Über dem großen Zifferblatt waren eine Mondanzeige sowie fünf weitere kleine Zifferblätter angebracht.

»Sehen Sie«, Tristan deutete darauf, »es sind fünf Stück.«

Lena nickte.

»Ist das gut?« fragte der Wisse Ohm.

»Fünf ist eine heilige Zahl bei den Freimaurern«, erklärte Lena.

Vier der kleinen Zifferblätter gaben die Jahreszeiten, das Jahr, den Monat und den Tag an. Das fünfte gab Tag und Nacht an. Sie waren wie ein normales Zifferblatt mit feinen Zahlenangaben gestaltet und besaßen einen filigranen Zeiger.

»Ich vermute, wenn wir die Zeiger auf eine bestimmte Position drehen wird die Uhr das Versteck freigeben. Wir müssen die Zeit auf Mitternacht vorstellen«, erklärte Tristan. »Ohm, würdest du bitte die Uhr öffnen.«

Der Ohm zog sich einen Sessel heran, der für müde Besucher gedacht war, und stieg auf ihn. Mit einem einfachen Dietrich öffnete er die Tür.

»Wollt ihr euch nicht erstmal in der Uhr umschauen?« fragte er und stieg herab.

»Nicht nötig«, meinte Lena, die in den letzten Stunden über Verstecke viel gelernt hatte. »Dort hätte man den Hinweis viel zu schnell finden können.«

»So?!« staunte erneut der Ohm.

Tristan kletterte auf den Sessel und bewegte die Zeiger vorsichtig auf Mitternacht. Viel zu spät dachte er an das Pendel und den Glockenschlag. Der plötzliche Lärm versteinerte die Frauen, und Tristan wäre fast vor Schreck vom Sessel gefallen.

Nur der Ohm behielt die Ruhe, öffnete schnell die Tür zum Pendel und hielt es an.

»Danke, Ohm«, flüsterte der Detektiv, als wieder Ruhe einkehrte.

Der Wisse Ohm nickte und wickelte ein gebrauchtes Taschentuch um den Glockenhammer.

»Jetzt bleibt es ruhig«, meinte er.

Die plötzliche Stille wirkte nicht weniger bedrohlich. Als nach einigen Minuten nichts Auffälliges um sie herum geschah, konzentrierten sie sich wieder auf das Zifferblatt.

»Was für ein Fehler«, schimpfte sich Tristan. »Die Uhr zeigt zweimal am Tag zwölf Uhr an. So einfach konnte es nicht sein. Das hätte ich bedenken müssen.«

»Wir haben eine Jahres-, Monats- und Tagesanzeige«, fasste Lena zusammen, »das hat eine Bedeutung.«

»Nur welche?« merkte Marion an.

»*Der Zeitenlauf*«, sagte Lena und griff in ihre Tasche. »Wenn diese Uhr ein geheimes Versteck enthält, das durch eine bestimmte Zeigerstellung aufspringt, dann dürfte es eine Kombination sein, die nicht durch den natürlichen Zeitenlauf bestimmt ist.«

»Klar, sonst würde ja irgendwann das Versteck aufspringen«, nickte der Wisse Ohm.

»Es muss also ein Datum aus der Vergangenheit sein«, sagte Tristan.

»Daran habe ich auch gedacht«, ergänzte Lena hastig, »und ich glaube auch zu wissen, welches Datum das sein könnte. Das Gründungsjahr der Großen National-Mutterloge des Preußischen Staates.«

Sie blätterte hastig ihr Notizbuch auf, dann sagte sie: »Stellen Sie die Jahreszahl auf 1772.«

Tristan drehte vorsichtig den Zeiger auf das Jahr 1772. Ein leises „Ping" war aus dem Inneren der Uhr zu hören.

»Die Monatsanzeige auf Juli«, forderte Lena aufgeregt.

Er drehte den Zeiger der Monatsanzeige auf Juli. Wieder schien sich ein verborgener Riegel im Inneren der Uhr zu bewegen.

»Und jetzt noch den Tag auf fünf.«

Er drehte den letzten Zeiger auf die Fünf. Das Geräusch wiederholte sich, doch danach geschah nichts.

»Und, müsste jetzt nicht etwas passieren?« fragte der Ohm enttäuscht.

Tristan sah sich die Uhr nochmals genau an. Dann grinste er und drehte den Zeiger des fünften Zifferblattes auf Nacht.

»Firmament«, sagte er.

Dieses Mal drang ein kräftiges Geräusch aus der Uhr und eine geheime kleine Schublade, die man im Rahmen der Uhr versteckt hatte, sprang auf.

»Wow«, stieß der Ohm aus, »das ist ja unheimlich!«

Lena eilte als Erste zu der Schublade und nahm ein Röllchen Pergament heraus.

»Wieder ein Hinweis?« fragte Tristan, der noch auf dem Sessel stand.

»Ja«, nickte Lena und las vor:

»Mit scharfer Klinge schnitt er ein,
Verjagte Dunkelheit und Pein.
Der graue Stein, ein Denkmal wohl -,
Für viele Menschen ein Symbol.«

Sie hatte den letzten Vers noch nicht zu Ende vorgelesen, da hörten sie die ersten Sirenen.

»Polizei«, bemerkte der Wisse Ohm. »Kommen näher!«

»Mist«, zeterte Lena, »ich habe es geahnt.«

»Noch wissen wir nicht, ob die Polizei wirklich hierher unterwegs ist«, meinte Marion und sah fasziniert auf das Pergamentröllchen.

»Nun, ich schlage vor, nicht darauf zu warten, um das herauszufinden«, sagte der Detektiv. Er schloss die Glastür des Zifferblattes und stieg vom Sessel.

»Verstauen Sie das Pergament«, sagte Tristan zu Lena. »Ich schließe das Fach.«

Mittlerweile gab es am zunehmenden Lärm der Sirenen keinen Zweifel mehr daran, dass die Polizei wirklich auf dem Weg zum Schloss war.

»Das muss der Prof gewesen sein«, schnaufte Marion. »Er hat uns sicherlich beobachtet und jetzt die Polizei gerufen.«

»Was sollte er davon haben?« meinte Lena, die das Pergament zwischen ihre Unterlagen legte.

»Nun, wenn wir außer Gefecht gesetzt sind, dann hat er freie Bahn«, antwortete Marion.

Tristan schob den Sessel zurück, dann gingen sie die Treppe hinunter ins Foyer. Sie waren kaum am Fuße der Treppe angekommen, als der Ohm plötzlich rief: »Zurück! Schnell zurück!«

Mehrere Polizeiautos stoppten vor dem Haupteingang. Sie konnten durch die Fenster erkennen, dass die Beamten nicht zum Spaß gekommen waren.

»Was machen wir jetzt?« piepste Lena.

»Zurück in den Korridor!« befahl Tristan. »Und leise!«

Jemand rüttelte an dem Haupteingang. Einen Stock höher führte Tristan die Gruppe nach links den Korridor entlang bis zum Jagdzimmer.

»Ah, was ist denn das!« ekelte sich Marion.

»Das sind Jagdtrophäen des Fürsten«, erklärte Tristan.

»Und sie sind tot«, ergänzte der Wisse Ohm. »Die tun also keinem mehr was.«

Mittlerweile schienen die Polizisten das Schloss betreten zu haben. Scheinwerfer wurden auf die Fassade des Mittelflügels gerichtet, ihre Lichtkegel warfen in die fürstlichen Zimmer bizarre Schatten. Stimmen waren hinter ihnen zu hören und sie klangen nicht freundlich.

»Schnell durch die Tür«, Tristan deutete auf eine alte Holztür, doch die war verschlossen.

Wieder war es den Fertigkeiten des Ohms zu verdanken, dass sie sich aus der Falle befreien konnten. Sie befanden sich jetzt im alten Teil des Schlosses, im rechten Seitenflügel. Tristan führte sie eine schmale Wendeltreppe hinab.

»Hier nebenan befindet sich die Kapelle des Schlosses«, sagte er leise. »Gleich da vorne befindet sich ein Ausgang. Wenn wir Glück haben, können wir uns zwischen den Zierbäumen im Hof davonschleichen.«

Er nickte dem Ohm zu.

»Okay, ich kümmere mich um die Tür«, antwortete der Ohm.

Mit der Genauigkeit eines Uhrmachers benutzte er sein Werkzeug und wenig später gab er Tristan ein Zeichen.

Zum Glück ging die breite Holztür nach innen auf. Vorsichtig blinzelte Tristan durch einen Spalt und sondierte die Lage im Hof. Wie er erwartet hatte konzentrierte sich die Polizei rund um den Haupteingang. Mehrere Schaulustige aus dem Restaurant standen hinter den Polizeiautos und versperrten den Polizisten den Blick zur Seitentür.

»Okay, jetzt schnell und leise!« befahl der Detektiv und öffnete die Tür so weit, dass als Erstes die beiden Frauen durchschlüpfen konnten, es folgten der Ohm und zum Schluss Tristan.

Ohne Hast gingen sie hinter den Bäumen auf das Restaurant zu. Niemand beachtete sie, und so gelangten sie bis zum Haupttor. Hinter ihnen schienen die Polizisten bemerkt zu haben, dass sie das Tor hätten bewachen sollen, doch da waren die vier schon hinter der Schlossmauer verschwunden.

»Wir müssen da lang«, sagte der Wisse Ohm plötzlich.

»Du bist mit einem Auto hier?« fragte Tristan überrascht.

»Hätte wohl zu lange gedauert, wenn ich gelaufen wäre, oder?!« grinste der Ohm. »Da vorne steht mein Jeep.«

Lena hätte den Ohm am liebsten gedrückt, als sie den Geländewagen sah.

»Dann auf nach Hause«, sagte Tristan und die drei merkten ihm seine Erleichterung an.

6. Das Firmament ...

Mittwochnacht

Das Firmament über ihnen und Asphalt unter ihnen. Der Wisse Ohm steuerte seinen alten Jeep ruhig durch die Ausläufer des Rothaargebirges. Die beiden Frauen lagen müde im Fond und hielten die Augen geschlossen. Tristan saß neben dem Ohm und paffte eine Pfeife. Er hatte das Fenster heruntergekurbelt, damit der Qualm nicht den ganzen Innenraum einnebelte.

»Wusste gar nicht, dass du ein Autobesitzer bist«, bemerkte Tristan.

»Geht ja keinen etwas an«, erwiderte der Ohm. »Du weißt doch, dass ich Überraschungen liebe.«

»Diese ist dir jedenfalls gelungen«, nickte der Detektiv.

»Deine Aktion hätte bös enden können!« mahnte der Wisse Ohm, dann setzte er den Blinker und bog in Erndtebrück Richtung Benfe ab. »Wir fahren über Walpersdorf zurück«, kommentierte er die Aktion. »Ist sicherer.«

»Wie du meinst«, nickte der Detektiv und lehnte sich zurück.

Der Jeep rollte sachte über Schlaglöcher und Teerhubbel. Sie fuhren durch kleine Dörfer, deren Bewohner sicher in ihren Betten schliefen. Auf dem Weg von Erndtebrück bis zur Eisenstraße begegnete ihnen kein einziges Fahrzeug. Erst als sie nach Walpersdorf hineinfuhren, kam ihnen ein Auto entgegen.

»Hier wohnt dein Schwager«, bemerkte der Wisse Ohm, als sie an Hans Köhlers Haus vorbeirollten.

»Schlafen alle«, sagte Tristan, der zu den dunklen Fenstern des Hauses blickte.

»Die haben es gut«, antwortete der Wisse Ohm und blickte in den Rückspiegel. »Die Ladys schlummern ebenfalls. – Also, jetzt erzähl mal, was ist seit vorgestern alles passiert?«

»Oh, das ist eine längere Geschichte«, erwiderte Tristan.

»Wir haben Zeit, es dauert noch eine Weile bis wir Siegen erreichen«, grinste der Ohm.

Tristan begann, die Ereignisse der Chronologie nach zu berichten. Der Ohm steuerte ruhig seinen Jeep, nickte ab und zu oder ließ sich die ein oder andere Sache nochmals erklären. Dabei näherten sie sich langsam aber stetig der Stadtgrenze. Zum Schluss fasste Tristan die Geschehnisse des Tages zusammen.

»Weißt du, was ich nicht verstehe«, beendete Tristan seinen Bericht, »wie konnte dieser Professor Narres wissen, dass wir im Zug sind?«

»Er ist wahrscheinlich Marion gefolgt«, antwortete der Ohm.

»Das dachte ich zuerst auch«, erwiderte der Detektiv nachdenklich, »doch dann fiel mir ein, dass Marion behauptete, den Professor schon im Zug sitzen gesehen zu haben, als sie einstieg. Das bedeutet, er muss vor ihr in den Zug gestiegen sein. Was wiederum bedeutet, dass Narres wissen musste, dass wir im Zug sitzen.«

»Na, dafür gibt es zwei Erklärungen«, brummte der Wisse Ohm. »Die erste: der Prof überwacht ein Handy – wahrscheinlich das von Lena. Die zweite: einer der süßen Ladys hinter uns spielt ein mieses Spiel.«

Sie passierten die Stadtgrenze.

»Wie kann man ein Handy überwachen?« fragte Tristan überrascht.

»Mann, deine Abneigung für Technik wird dich nochmals umbringen«, knurrte der Ohm. »Es gibt spezielle Dienste, die das für dich erledigen. Du musst lediglich über das Internet ein paar Daten eingeben und schon kannst du übers Internet verfolgen, wo sich das Handy befindet.«

»Dann wollen wir hoffen, dass dies die Erklärung ist«, seufzte Tristan.

»Nun, das bekommst du schnell heraus«, antwortete der Wisse Ohm. »Nimm den Akku aus Lenas Handy, dann ist Schluss mit Überwachung.«

Der Ohm bog in den Hof hinter der Marienkirche.

»Das werden wir machen«, nickte der Detektiv und stöhnte: »Wieder zu Hause!«

Der Jeep hielt vor der Haustür. Die beiden Akademikerinnen reckten sich, als der Wagen anhielt.

»Aufwachen«, rief der Ohm. »Wir sind angekommen.«

»Danke für alles«, sagte Tristan und umarmte den Ohm.

»Immer wieder gern«, lächelte der Ohm etwas verlegen.

Die Frauen stiegen ein wenig schlaftrunken aus. Tristan klopfte seine Pfeife aus und verließ ebenfalls den Jeep.

»Passt auf euch auf«, riet der Ohm, dann rollte der Jeep vom Hof.

»Ein starker Kaffee wäre jetzt richtig toll«, gähnte Lena.

»Na, dann mal rein in die gute Stube«, bat Tristan.

Der Detektiv sah kurz zu Erichs Haus, blickte auf seine Uhr und dachte an Marlowe. Er wollte keinen von beiden jetzt aus dem Schlaf klingeln, schließlich war der Kakadu beim Diakon gut aufgehoben.

Er führte die Frauen in die Küche und begann die Kaffeemaschine zu füllen.

»Über was haben Sie so lange geredet?« fragte Marion, die sich auf der Eckbank niederließ.

»Über Gott und die Welt«, antwortete der Detektiv, »und wie uns Narres finden konnte.«

»Und, eine Lösung gefunden?« hakte Lena nach.

»Ja, es könnte Ihr Handy sein«, antwortete Tristan, »das ihm unsere Position verriet.«

Im Gegensatz zu Tristan verstanden die jungen Frauen sofort, wie man so etwas anstellen konnte.

»Das ist ja wie beim CSI«, sagte Lena erschreckt. »Ich muss den Akku herausnehmen. Marion, du solltest dein Handy ebenfalls abschalten.«

»Und was ist mit seinem Handy?« Marion blickte zu Tristan.

»Mein Handy ist abgeschaltet«, antwortete der Detektiv.

»Die ganze Zeit schon?« fragte Lena.

»Ja, seit heute Mittag, nachdem ich Erich angerufen habe«, erklärte er.

»Was ist, wenn der Hauptkommissar uns erreichen wollte?« Lena sah ihn besorgt an.

»Oh«, ihm fiel die Anzeige im Display ein und jetzt wusste er wieder, was dieses Briefumschlagsymbol bedeutete.

»Ich kann ja mal diese Mailbox abhören«, meinte Tristan.

»Gute Idee«, lächelte Lena.

Tristan hatte den Rucksack im Wohnzimmer abgelegt und ging ihn nun holen. Die Kaffeemaschine dampfte vor sich hin, während Tristan das Handy einschaltete und dann die Mailbox abhörte.

Die aufgeregte Stimme von Holzbaum bat ihn in der ersten Mitteilung, sich bei den Polizisten zu melden. In der zweiten Mitteilung wiederholte Holzbaum die Aufforderung. In der dritten teilte er dem Detektiv schließlich mit, dass Patrick Palatin nicht mehr unter den Lebenden weilte. Tristan zuckte zusammen, versuchte jedoch den Schock sich nicht anmerken zu lassen. Die vierte Mitteilung war von Pfeiffer, der energisch einen Rückruf forderte, egal zu welcher Uhrzeit. Als keine Nachrichten mehr abzuhören waren, fragte ihn eine freundliche Frauenstimme, ob er sich mit dem letzten Anrufer verbinden lassen wollte, dann solle er die Eins drücken.

Tristan drückte die Eins.

Pfeiffer stand keine fünfzehn Minuten später in Tristans Wohnzimmer. Seine Stimmung glich einem Goldfisch, den man in seinem Glas bei einer Kunstflugmeisterschaft mit ins Cockpit genommen hatte. Zusammen mit Holzbaum hatte sich der Hauptkommissar zum ersten Mal in all den Jahren, die er den Detektiv kannte, echte Sorgen um dessen Leben gemacht. Entsprechend aufgewühlt ließ er sich von Tristan detailliert die Ereignisse des Nachmittags bis in die späten Abendstunden berichten. Allerdings hielt sich Tristan, was den Schlossbesuch anging, nicht so sehr mit Details auf. Straftat blieb Straftat, die musste man nicht gerade einem Polizisten auf die Nase binden.

»Wir haben den ganzen Nachmittag damit verbracht«, sagte Holzbaum, »nach Professor Narres zu fahnden.«

Bis jetzt hatten die Polizisten und auch Tristan vor den Frauen Patricks Tod nicht erwähnt. Tristan spürte, dass es jetzt an der Zeit war, den beiden Freundinnen die schreckliche Wahrheit mitzuteilen.

»Was ist mit Patrick?« fragte Lena, die sich wunderte, warum die Polizei ihre Energie für den Prof verschwendete. »Er hat mich mit einem Messer bedroht.«

»Nun«, druckste Pfeiffer herum, »Patrick Palatin ist tot.«

»Was?« Marion blickte geschockt ihre Freundin an. »Das kann nicht sein! – Ich meine, er hat Lena hintergangen, aber ...« Marion begann zu zittern.

»Schon gut«, flüsterte Lena und nahm sie in den Arm.

»Er wurde in der Bibliothek erstochen«, erklärte der Hauptkommissar weiter. »Mit dem Messer, das Sie am Hals verletzt hat.«

»Wir glauben, dass der Professor der Mörder war«, ergänzte Holzbaum. »Deshalb haben wir uns ja solche Sorgen um Sie gemacht.«

Tristan erkannte, wie blass Marion plötzlich im Gesicht wurde und nahm eine Flasche Cognac aus der Kommode. »Hier, das wird Ihnen gut tun. Möchte noch jemand einen?«

Keiner der anderen sagte nein.

»Haben Sie eine Vorstellung, wo sich dieser Prof verstecken könnte?« fragte Pfeiffer nach dem ersten Schluck.

»Nein«, schüttelte Marion den Kopf. »Er tat immer so geheimnisvoll.«

»Dann tappen wir weiterhin im Dunkeln«, stöhnte Holzbaum.

»Nicht unbedingt«, meinte Tristan. »Marion, kennen Sie seine Handynummer?«

»Ja, er hat uns erst gestern eine neue Nummer eingetrichtert«, antwortete Marion. »Warum fragen Sie?«

Nun ja, ein guter Verstand konnte Technik nie ersetzen, dachte Tristan und sagte: »Wenn er sein Handy eingeschaltet hat, dann könnte man ihn doch orten.«

»Wir haben das schon mit den bekannten Nummern versucht«, gähnte Pfeiffer. »Ohne Erfolg.«

Marion nannte die neue Handynummer.

»Die kannten wir nicht«, gestand Holzbaum.

»Ein Versuch ist das allemal wert.« Pfeiffer stand auf. »Wir werden uns gleich darum kümmern.«

»Es ist mitten in der Nacht«, sagte Tristan.

»Das hindert uns nicht«, grinste der Hauptkommissar. »Irle, lassen Sie Ihr Handy nur empfangsbereit, okay?!«

»Versprochen«, nickte Tristan.

»Gut«, Pfeiffer klatschte in die Hände. »Was werden Sie jetzt unternehmen?«

»Den Rätselvers knacken«, antwortete Lena trocken.

»Sie sollten sich hinlegen«, mahnte Holzbaum.

»Quatsch«, Lena wedelte mit ihren Händen. »Noch ein, zwei Gläser dieses Gesöffs und wir sind wieder fit, oder Marion?«

»Klar«, nickte Marion und ein schwaches Lächeln huschte durch ihr Gesicht.

Pfeiffer zuckte mit den Schultern und brummte: »Sie sind wahlberechtigt, also alt genug zu entscheiden, was für Sie gut ist.«

Holzbaum stand ebenfalls auf.

»Wir melden uns, wenn die Handysuche Erfolg hat«, sagte der gewichtige Kommissar.

»Okay«, nickte Tristan und begleitete die beiden Polizisten zur Haustür.

2

Als Tristan zurück ins Wohnzimmer kam, hatten sich die beiden jungen Frauen ein weiteres Glas Cognac gegönnt.

»Das wird doch jetzt kein Saufgelage?« fragte Tristan etwas verunsichert.

»Keine Angst, Herr Irle«, antwortete Marion, »aber das Glas hier musste noch sein.«

»Schon okay!« nickte Tristan. »Wie ich sehe, können Sie einiges vertragen.«

»Jedoch nicht alles«, meinte Lena und dachte an den zweiten Toten, den ihre Doktorarbeit nun verursacht hatte.

»Also, bevor wir hier in Trübsal und Müdigkeit untergehen«, Tristan reckte sich, »werde ich nochmals die Kaffeemaschine anwerfen. Dann geht's an die Arbeit.«

»Dass Männer immer den Chef spielen müssen«, sagte Marion zu Lena, dann hob sie ihr Cognacglas: »Prost! Auf eine erfolgreiche Jagd!«

Tristan schüttelte den Kopf.

»Wie viele Hinweise werden es noch sein?« fragte er und ging in die Küche.

»Wir haben jetzt fünf Hinweise gefunden«, antwortete Lena. »Da wir das Versteck noch nicht entdeckt haben, gehe ich davon aus, dass wir es im nächsten Versteck finden – oder es gibt noch zwei weitere Hinweise.«

»Also sind wir jetzt auf der Zielgeraden«, meinte Marion. »Das ist gut!«

Tristan kam aus der Küche zurück.

»Dann sollten wir jetzt nicht schlapp machen«, grinste er. »Also was verbirgt sich hinter:

Mit scharfer Klinge schnitt er ein, / Verjagte Dunkelheit und Pein. / Der graue Stein, ein Denkmal wohl - / Für viele Menschen ein Symbol.«

»*Der graue Stein, ein Denkmal wohl*«, wiederholte Lena. »Ob das wörtlich zu verstehen ist?«

»Ich denke schon«, antwortete Tristan. »Das suggeriert jedenfalls der letzte Vers; *Für viele Menschen ein Symbol.*«

»Wenn es sich um ein Denkmal handelt«, überlegte Marion laut, »dann muss es im Kreisgebiet stehen.«

»Welche Denkmäler fallen Ihnen ein?« fragte Tristan.

»Die *Germania* in der Fißmer-Anlage neben der Nikolaikirche«, antwortete Lena.

»Ja, die ist aus grauem Stein«, nickte Marion.

»Dann haben wir noch den *Hüttenmann* und den *Bergmann* auf der Siegplatte«, ergänzte Tristan, »aber die sind aus Bronze, fallen also heraus.«

»An der Uni haben wir noch die Büste von Diesterweg« sagte Lena, »aber die fällt ebenfalls durchs Raster, ist auch gegossen.«

»Ich sehe mal im Internet nach, ob ich da was finde«, sagte Marion und kramte ihren PDA hervor.

Sie schaltete ihn an und gab einige Suchbegriffe in die Internetsuchmaschine ein.

»Und?« fragte Lena.

»Zu ungenau, es werden Dutzende Baudenkmäler genannt«, seufzte Marion. »Das hilft uns nicht weiter.«

»Also muss uns der erste Teil des Rätselverses helfen«, meinte Tristan.

Sie sahen sich die Verse ›*Mit scharfer Klinge schnitt er ein, / Verjagte Dunkelheit und Pein*‹ erneut an.

»*Er* – es muss sich um einen Mann handeln«, sagte schließlich Lena. »Jemand, der mit einer scharfen Klinge umgehen konnte.«

»Damit verjagte er Dunkelheit und Pein«, flüsterte Marion. »Wie verjagt man mit einem Schnitt Dunkelheit und Pein?«

»Vielleicht ist ein Arzt gemeint«, sagte Tristan. »Mit einer scharfen Klinge operiert man.«

»Okay, wenn jemand ein Leiden hat, dann kann die Operation die Pein beenden«, ergänzte Lena. »Das passt!«

»Ja, aber *Dunkelheit*, wie ist das zu verstehen?« fragte Marion.

Sie sahen sich fragend an. Tristan nahm sich seinen Tabakbeutel und begann eine Pfeife zu stopfen.

»Vielleicht müssen wir anders drangehen«, meinte Lena, »welcher Siegerländer Arzt ist so bekannt, dass man ihm ein Denkmal setzt?«

Sie hatte es noch nicht ganz ausgesprochen, als Tristans graue Zellen zu arbeiten anfingen und einen Namen ausspuckten. Es gab nur einen Arzt, dem man im Siegerland und darüber hinaus ein Denkmal gesetzt hatte: Johann Heinrich Jung, genannt *Jung-Stilling*.

Auch Lenas Gedächtnis schien im selben Moment die Lösung gefunden zu haben.

»Oh mein Gott«, lachte sie, »da studiere ich Regionalgeschichte und mir fällt Jung-Stilling nicht ein.«

»An den habe ich auch gerade gedacht«, nickte Tristan.

Marion, die im Siegerland groß geworden war, nickte: »Er war Augenarzt und hat tausende Menschen vom Grauen Star befreit.«

»Jetzt passt der Vers«, erklärte Lena. »Mit einem Schnitt verjagte Jung-Stilling *Dunkelheit und Pein*.«

»Und sein Denkmal steht auf dem Rathausplatz in Hilchenbach vor der Kirche«, ergänzte Tristan.

»Ja, das Denkmal wurde 1871 errichtet«, lächelte Lena, der ihr Fachwissen zugute kam. »Es passt also ins Zeitfenster.«

»Also los«, Marion stand auf, »was sitzen wir hier noch rum. Fahren wir nach Hilchenbach.«

»Wir haben da ein Problem«, sagte Tristan ruhig. »Es ist kein fahrbarer Untersatz vorhanden.«

3

Pfeiffers fahrbarer Untersatz funktionierte prächtig. Mit überhöhter Geschwindigkeit jagte er bei aufgehender Sonne durch die Innenstadt. Holzbaum schwitzte den getrunkenen Kaffee aus den Hautporen. Sie hatten die Maßnahmen zur Handy-Ortung von einem Richter genehmigt bekommen und erstaunlich schnelle Ergebnisse vorliegen. Wie sich herausstellte befand sich das gesuchte Handy in einem Sendequadranten außerhalb der Stadt Siegen. Die Daten gaben an, dass Professor Narres sich momentan in Kreuztal aufhielt. Leider waren die Ortsangaben nicht auf den Meter genau. Die Telefongesellschaft konnte immer nur den Sendemast benennen, in den sich das Handy einloggte. Auf dem platten Land mit wenigen Häusern war es kein Problem, aber in einer Stadt, wo es Dutzende von Wohnungen und Menschen gab, stellte es eine gewisse Herausforderung dar, den genauen Standort des Handys zu bestimmen.

Pfeiffer wäre nicht Pfeiffer gewesen, hätte er sich von solch einem technischen Kleinkram aufhalten lassen. Auf der Hüttentalentlastungsstraße, der Schnellstraße die Siegen mit Kreuztal verband, gab er richtig Gas. Mit Blaulicht aber in Anbetracht der frühen Morgenstunde ohne Sirene, schoss der Dienstwagen über den Asphalt, als wäre Schumacher auf die Rennstrecke zurückgekehrt.

»So, wie es aussieht«, quetschte Holzbaum mühsam heraus, »könnte sich der Professor in der Erler-Siedlung aufhalten.«

»So?« nickte Pfeiffer. Er lutschte entspannt einen Lolli.

»Ja, das könnte ein Problem werden.«

»Ich kenne heute Morgen keine Probleme«, antwortete der Hauptkommissar. »Nur Herausforderungen, notfalls begegne ich denen auch mit meiner Dienstwaffe.«

»Ich meine nur«, Holzbaum fiel es zunehmend schwerer, einen klaren Gedanken zu fassen. Er hatte den Fehler begangen, auf die Tachoanzeige zu schielen. »Ich meine nur, dort gibt es Hochhäuser mit vielen Wohnungen.«

»Es wird jemand da sein, dem wir das Foto zeigen können«, erwiderte Pfeiffer.

Ja, das Foto, dachte Holzbaum.

Sie hatten ein relativ neues Pressefoto im Internet finden können. Ausgedruckt besaßen die

Beamten damit ein Gesicht, das sie herumzeigen konnten.

Die freundliche Stimme des Navigationsgerätes kündigte die Abfahrt nach Kreuztal an. Holzbaum wunderte sich, dass die Stimme sich mit ihren Angaben nicht überschlug, denn kaum hatte sie die Abfahrt angekündigt, da schoss Pfeiffer bereits die Ausfahrt hinauf. Mit quietschenden Reifen nahm er eine scharfe Rechtskurve und jagte wenig später in einer wiederum scharfen Linkskurve über Kreuztals Hauptkreuzung. Die freundliche Frauenstimme leitete Pfeiffer schließlich einen Berg hinauf zur Fritz-Erler-Siedlung. Sie konnten die Hochhäuser jetzt sehen. Pfeiffer schaltete das Blaulicht ab und verlangsamte das Tempo. Die Siedlung lag noch im Schlaf, als die Beamten langsam näherkamen.

»Eine Vorstellung, welches der Hochhäuser in Frage kommen könnte?« brummte Pfeiffer.

»Nein, keine«, antwortete Holzbaum, dem das neue Tempo sichtlich besser tat.

»Dann probieren wir es hier«, entschied der Hauptkommissar und lenkte in eine Parkbucht.

»Wieland 10 von Zentrale«, krächzte es aus dem Lautsprecher.

Holzbaum griff zum Mikrofon.

»Wieland 10 hört.«

»Wir haben eine neue Peilung«, sagte eine Männerstimme. »So, wie die Daten reinkommen, muss sich der Gesuchte jetzt im Dreslers Park aufhalten.«

»Das glaube ich nicht«, fluchte Pfeiffer und haute den Rückwärtsgang rein. »Da sind wir gerade vorbeigefahren.«

»Ob er was gemerkt hat?« fragte Holzbaum.

»Vielleicht«, schnaufte Pfeiffer und preschte den Berg hinunter, an dessen Fuß sich Dreslers Park befand.

Der Park war das Überbleibsel einer alten Unternehmerfamilie. Die Familie hatte darüber hinaus zwei große Villen und ein altes Kutscherhaus, in dem eine Gaststätte betrieben wurde, hinterlassen. Alte Bäume und großzügige Grünflächen bildeten mitten in der Stadt Kreuztal eine grüne Lunge, die von den Bewohnern gern und oft genutzt wurde.

An diesem Morgen jedoch lag der Park verlassen da. Tau hatte sich auf den Rasenflächen gebildet. Pfeiffer musste den Wagen einige Meter vom Eingang entfernt stehen lassen. Zu Fuß marschierten sie in den Park.

»Einen Vorteil hat dieser Ort«, schnaufte Holzbaum. »Die Villen sind verschlossen und die Gaststätte hat noch nicht geöffnet.«

»Er muss also irgendwo im Park sein«, nickte Pfeiffer und zückte seine Waffe.

Sie untersuchten erst die Eingänge der Weißen Villa, dann nahmen sie die Eingänge der zweiten Villa unter die Lupe. Wie vermutet, waren die Häuser verriegelt. Es gab keine Spuren eines gewaltsamen Einbruchs, so dass die Polizisten zu dem Schluss kamen, dass sich Narres im Park befinden musste.

Vorsichtig folgten sie einem Kiesweg, der zu einer Baumreihe führte.

»Hier ist niemand«, ärgerte sich Pfeiffer.

Holzbaum ging weiter in den kleinen Wald hinein zu einer Bank.

»Chef«, rief er, »komm mal her.«

Pfeiffer folgte seinem Partner und starrte auf die Bank.

»Scheiße«, stieß er aus.

Vor ihnen auf der Bank lag ein Handy. Narres hatte einen gelben Zettel mit einem Smile drangeklebt.

4

So schnell wieder auf ein Fahrzeug angewiesen zu sein, damit hatte keiner von ihnen gerechnet. Tristan hegte jedoch die Hoffnung, dass Horst seinen Borgward in der Frühe vorbeibringen würde. Schließlich waren nur die Reifen zerstochen worden und es musste kein Getriebe gewechselt werden. Es war erstaunlich, wie das Jagdfieber zugeschlagen hatte. Als das erste Dämmerlicht über die Stadt kroch, wären sie am liebsten gleich losgefahren. Doch im Moment konnten sie nichts weiter tun als warten. Der Detektiv nutzte die Zeit und bereitete ein üppiges Frühstück vor.

Er warf ein paar Eier in die Pfanne, legte einige Streifen Schinken dazu und achtete darauf, dass nichts anbriet. In einem Topf kochte bereits Wasser, in das er ebenfalls noch drei Eier legte. Der Toaster arbeitete ausnahmsweise einmal auf Hochtouren, da das Schwarzbrot ausgegangen war, und im Hintergrund zischte schwarzes Destillat aus der Kaffeemaschine. Die beiden Freundinnen deckten den Tisch und sahen dem Detektiv hie und da über die Schulter.

»Das sieht aber gut aus«, meinte Marion, die die gebratenen Eier mit Schinken im Auge behielt.

»Die sind gleich fertig«, sagte Tristan. »Was macht der Toast?«

»Wir können damit eine ganze Fußballmannschaft versorgen«, antwortete Lena und betrachtete einen Stapel goldgelber Toastscheiben, die auf einem Holzbrettchen lagen.

»Im Kühlschrank müsste noch eine Flasche Orangensaft stehen«, informierte Tristan die Mädels und wendete zum letzten Mal die Eier. Lena öffnete den Kühlschrank, während Tristan den Inhalt der Pfanne auf einen Teller legte.

Marion nahm derweil den Topf vom Herd und schreckte die gekochten Eier ab.

»Die Eierbecher stehen auf dem Tisch«, bemerkte Lena und half Marion sie zu verteilen.

Schließlich war der Tisch gedeckt. Müde und hungrig setzten sie sich.

»Guten Appetit«, wünschte Tristan seinen Gästen.

Die beiden wiederholten den Gruß, dann begannen sie sich schweigend zu stärken.

Nach einer Weile fragte Tristan: »Wie ging es mit der Suche nach dem Schwert weiter, als Napoleon besiegt war?«

Lena legte ihr Besteck aus der Hand, nippte an ihrer Kaffeetasse und sagte: »Zuerst einmal war Europa durch die freiheitlichen Ideen, die in der Französischen Revolution ihren Ausgang fanden, in Unruhe geraten. Mit Macht begannen die Fürsten und Könige die aufstrebenden, bürgerlichen Kräfte zu bekämpfen. Als sie ihre Macht soweit wiederhergestellt hatten und so etwas wie Ruhe eingekehrt war, entwickelte sich in Deutschland der Wunsch nach einer geeinten deutschen Nation. In dieser Zeit wurde das Deutschlandlied von August Heinrich Hoffmann von Fallersleben 1841 auf Helgoland gedichtet. Die heute so verpönten ersten beiden Strophen des Liedes drückten damals die Sehnsucht nach einem einheitlichen deutschen Staat aus. Und im Laufe des 19. Jahrhunderts entwickelte sich aus einer romantischen Sehnsucht ein immer stärkeres nationalistisches Denken, das schließlich zum Krieg mit Frankreich führte und 1872 zur Gründung des Deutschen Reichs, dessen erster Kaiser Wilhelm I. wurde. Jener Wilhelm, der als Prinz ins Siegerland gekommen war und preußische Beamte nach

Siegen geschickt hatte, wie den Gründer der Siegener Loge Ludwig Birnbaum.«

Lena schmierte sich einen Toast und erklärte weiter:

»Während in Europa große Politik gemacht wurde und Kanonen donnerten, suchten die Freimaurer weiter. Sie fanden heraus, dass Kaiser Friedrich I. auch genannt Barbarossa, 1165 das Grab Karls des Großen in Aachen öffnen ließ. Zu dieser Zeit kämpfte Friedrich I. um die Macht. Sein Gegenspieler Heinrich der Löwe machte ihm zu schaffen. Wie wir wissen gewann Friedrich den Machtkampf. Dann, gegen Ende seines Lebens, rief der Papst zum Dritten Kreuzzug auf. Saladin hatte Jerusalem erobert und Kaiser Barbarossa stellte ein mächtiges Heer auf, um die heilige Stadt zurückzuerobern. Die Quellen lassen vermuten, dass er das Schwert *Mimung* an seiner Seite führte. Doch es brachte ihm, wie den anderen Schwertführern auch, kein Glück. Im Fluss Saleph in Sichtweite der Stadt Seleucia ertrank der Kaiser.

Sein Nachfolger Friedrich II. ließ am 27. Juli 1215 das Grab Karls des Großen nochmals öffnen. Er legte das Schwert, das seinem Verwandten kein Glück gebracht hatte zurück ins Grab. Dort ruhte es bis 1874.«

Lena biss einmal kräftig in den Toast. Mit vollem Mund sagte sie:

»Das alles wussten die Freimaurer, als im Versailler Spiegelsaal das Deutschte Reich gegründet wurde. Sie nutzten das nationale Hochgefühl jener Zeit, um ein Forschungsprojekt zu forcieren. 1874 hatten sie ihr Ziel erreicht. Unter der Führung von Prof. Dr. Hermann Schaafhausen öffnete eine Forschergruppe zum dritten Mal das Grab Karls des Großen. Doch dieses Mal waren die Freimaurer mit von der Partie. Sie fanden *Mimung* und es gelang ihnen, das Schwert in Sicherheit zu bringen.«

»Warum hat man es nicht nach Berlin gebracht?« wunderte sich der Detektiv.

»Nun, dort schwelgte man besonders im nationalen Pathos«, sagte Marion. »Man hatte Frankreich besiegt. Ein Schwert aus der Vorzeit, mit dem schon Arminius gekämpft hatte, hätte ein fürchterliches Symbol abgegeben. Schließlich lobte man ihn damals unter dem Namen *Hermann der Cherusker* als ersten deutschen Freiheitskämpfer in den Himmel.«

»Marion hat Recht. Die Freimaurer wollten das um alles in der Welt verhindern. Das Schwert bringt seinem Besitzer früher oder später einen gewaltsamen Tod«, erklärte Lena entschieden. »Das erleben wir ja am eigenen Leib. Die Freimaurer haben dies ebenfalls erkannt und sahen es als ihre Aufgabe an, *Mimung* vor machtgierigen Despoten zu verstecken.«

»Siegen ist ihnen aufgefallen«, ergänzte Marion, »da Kaiser Wilhelm I. die Region als Prinz und später als Kaiser mehrmals besucht hatte.«

»Die Menschen hier können Geheimnisse bewahren«, nickte Lena, »darüber sprachen wir ja bereits.«

»Dann stehen wir jetzt kurz davor, dieses lang gehütete Geheimnis zu lüften«, sprach Tristan.

»Wenn wir was zum Fahren hätten«, kommentierte Marion sarkastisch.

Draußen auf dem Hof wurde es plötzlich laut. Ein schwerer Dieselmotor verbreitete Lärm.

Tristan kannte dieses Geräusch und grinste: »So wie es aussieht, Marion, haben wir jetzt wieder etwas zum Fahren.«

Der Detektiv stand auf und ging zur Haustür. Die beiden jungen Frauen ließen sich nicht lange bitten und folgten ihm.

Auf dem Hof war Horst gerade damit beschäftigt, den Oldtimer sicher von der Ladefläche hinunter auf den Boden zu bringen.

»*Gemoarjie*«, rief Tristan dem Automechaniker zu.

»*Moarjie*«, erwiderte Horst und setzte den Borgward sicher auf seine vier neuen Reifen.

»Wir haben gerade von dir gesprochen«, sagte Tristan und begrüßte Horst mit einem Handschlag.

»Hoffentlich nur Gutes«, brummte er und sagte: »Hab noch nach dem Öl geschaut und die Bremsen kontrolliert.«

»Gut«, nickte der Detektiv. »Die Rechnung schickst du mir.«

»Nö«, schüttelte Horst den Kopf, »die habe ich dabei.«

Er überreichte ihm einen Umschlag.

»Alles klar«, antwortete Tristan.

»Dann will ich mal los.« Horst fuhr die Seilwinde zurück und verstaute Gurte und Klammern in einer Kiste.

»Nochmals danke!« rief Tristan ihm nach, als er in seinen Abschleppwagen kletterte.

Horst winkte kurz und verließ dann den Hof.

Tristan sah sich die neuen Weißwandreifen an und rüttelte zur Vorsicht an den Rädern.

»Man kann nie wissen«, brummte er, als Lena ihn skeptisch musterte. Er ging um das Auto, öffnete die Motorhaube und schien dann endlich zufrieden zu sein.

»Also«, sagte er in einer Aufbruchstimmung, »packen wir unsere Sachen und ab nach Hilchenbach.«

Das brauchte der Detektiv nicht zweimal zu sagen.

5

Marion kletterte auf den Rücksitz, während Lena sich nach vorne zu Tristan setzte. Die Sonne war noch nicht über dem Rand des Rothaargebirges aufgestiegen, als der Borgward langsam das Marburger Tor passierte und von dort links abbog, um den Giersberg hinaufzufahren. Als sie die Kuppe des Berges erreichten, konnten die drei Suchenden weit über das Land schauen. Feine Nebelschwaden zogen durch die

Täler, Tau lag auf den Wiesen links und rechts der Giersbergstraße. Ein graublauer Himmel spannte sich über ihnen, der von keiner Wolke verziert war.

Schweigend genossen sie den weiten Blick, bis die Straße hinab nach Dreis-Tiefenbach führte. Jeder von ihnen hing seinen eigenen Überlegungen nach. Tristan ging die Gegenstände in Gedanken durch, die er in seinem Rucksack verstaut hatte. Lena schien die Schritte nach dem Fund abzuwägen, während Marion ihren PDA benutzte. Sie durchquerten Dreis-Tiefenbach und bogen in Richtung Eckmannshausen ab. Sie folgten dem Tal bis nach Herzhausen, durchquerten auch dieses Dorf und näherten sich langsam der Stadt Hilchenbach. Noch einmal musste der Borgward einen Berg hinaufklettern, dann sahen sie die Kirchtürme der St.-Vitus-Kirche. Ihnen waren kaum andere Fahrzeuge begegnet und das änderte sich auch nicht, als sie die Stadtgrenze überquerten. Sie folgten der Hauptstraße bis sie die Beschilderung nach rechts abbiegen ließ. Nach weiteren hundert Metern rollte der Borgward auf den alten Marktplatz.

Das feuchte Pflaster des Platzes glänzte, als hätte man es mit Silber verziert. Links und rechts standen schmucke Fachwerkhäuser, und am Ende des Platzes stand auf einer kleinen Anhöhe die Kirche, deren Glockentürme gen Himmel ragten. Einige Meter davor stand in grauem Stein gearbeitet das Jung-Stilling-Denkmal. Zwei

Laubbäume flankierten es und ein dritter ragte wie ein grüner Baldachin hinter dem Gedenkstein auf. Tau glitzerte auf der grünen Wiese rund um das Denkmal.

Tristan lenkte den Borgward bis vor einen Brunnen, der am Fuße der Anhöhe Wasser spuckte. Der Platz war menschenleer, als die drei ausstiegen. Amseln trällerten ihr Lied und begrüßten die Suchenden.

»Das ist es also!« Marions Stimme zitterte.

»Ja«, nickte Tristan. Er nahm seinen Rucksack und schloss die Fahrertür. »Also los«, sagte er und stieg zum Denkmal auf.

Die beiden Historikerinnen folgten ihm.

Die Gedenkstätte wurde von einem Eisenzaun mit Spitzen geschützt. Die drei traten dicht an den Zaun heran und sahen sich genau um. Das Denkmal bestand aus mehreren massiven Steinquadern. Die gesamte Form erinnerte an einen abgestumpften dreiteiligen Obelisken. Der erste Teil bildete den Sockel, der zweite Teil trug eine Gedenktafel und der obere Teil eine ovale Platte mit dem Relief des Arztes.

Marion hielt ihren PDA in der Hand und sagte: »Als man das Denkmal schuf, legte man ein Rezept vom 15. August 1803 mit hinein.«

»Du willst damit andeuten, dass es einen versteckten Mechanismus geben könnte?« Lena überprüfte den Zaun.

»Ja, das würde Sinn ergeben«, nickte sie. »Aber wo sollte sonst etwas versteckt sein?«

»Also müssen wir über den Zaun steigen«, bemerkte Tristan und schnallte sich den Rucksack auf den Rücken. »Die Damen zuerst!«

Tristan machte eine Räuberleiter, was Lena ein verschmitztes Grinsen entlockte.

»Das kennen wir ja«, sagte sie und stieg als Erste über den Zaun.

Es folgte Marion und zum Schluss, nicht ganz so elegant wie die Frauen, kletterte der Detektiv über den Zaun.

»Passen Sie auf, dass Sie sich nicht verletzen«, warnte Lena.

Tristan gelang es unverletzt ins Innere der Gedenkstätte vorzudringen.

Marion begann die Gedenktafel zu untersuchen, während Lena den Rätselspruch aus ihrer Tasche herauskramte.

Sie las den Spruch laut vor:

»Mit scharfer Klinge schnitt er ein, / Verjagte Dunkelheit und Pein. / Der graue Stein, ein Denkmal wohl - / Für viele Menschen ein Symbol.«

»Nun, die beiden ersten Verse können wir als Ortsangabe wohl außer Acht lassen«, sagte Tristan und blickte hinauf zum Relief des Arztes.

»Dann blieben die beiden letzten Verse«, grübelte Lena. »Sehen Sie, der Verfasser hat ein Komma nach Stein gesetzt. Wenn man nur den letzten Teil betrachtet, also *ein Denkmal wohl* – dann klingt es, als wollte der Verfasser mehr damit sagen.«

»Sie meinen, dass man *wohl* auch mit *vermutlich* übersetzen könnte?« überlegte Tristan.

»Ja, als ich nach Siegen kam, ist mir die hiesige Eigenart der Leute, das Wort *wohl* verstärkt zu benutzen, aufgefallen.«

»Ja, da könnte was dran sein«, nickte Marion, die nichts Ungewöhnliches an der Tafel entdecken konnte.

»Also mehr als ein Denkmal«, brummte Tristan.

»Ein Versteck«, meinte Lena, »wie in der Prunkuhr.«

»Nur, wie öffnen wir es?« fragte sich Marion.

»Ist euch aufgefallen, dass Jung-Stilling nach links schaut«, sagte Lena und sah zu dem Arzt hinauf.

»Ja, das ist mir gleich aufgefallen«, nickte Tristan, »aber ich kann nicht sagen was das bedeutet.«

»Also, wir gehen davon aus, dass dieses Denkmal einen weiteren Hinweis oder sogar *Mimung* selbst enthält. Wir haben fünf Hinweise, das Siegel, die Holztafel, den ersten Rätselspruch und zwei Pergamentröllchen, was bedeuten könnte, dass hier die Suche endet.« Sie blickte sich nochmals um. »Es gibt drei Bäume, die das Denkmal schützen. Die wurden sicher nicht aus kosmetischen Gründen gepflanzt.«

»Die Drei ist eine heilige Zahl, das habe ich mittlerweile gelernt«, sagte Tristan, »und dass die Freimaurer alles mit Bedacht erledigen, ist mir auch klar. Wenn Stilling nach links schaut, dann hat das einen Grund.«

»Ja, und ich ahne auch welchen.« Lena griff zu ihrer Tasche und holte ihr Notizbuch heraus. »Zu den Symbolen der Freimaurer gehören zwei Säulen. Sie sind auf dem sogenannten Arbeitsteppich abgebildet und sie werden aufgebaut, wenn die Freimaurer Tempelarbeiten erledigen.«

»Tempelarbeiten«, grinste Marion, »was machen die denn da?«

»Sie praktizieren ihre Mystik«, antwortete Lena kurz angebunden. »Also, diese Säulen werden *Booz* und *Iachim* genannt. Die Säule *Booz* steht links und die Säule *Iachim* steht rechts. *Booz* bedeutet „in Stärke" und *Iachim* bedeutet „denn Gott wird errichten". Jung-Stilling sieht nach links, also im übertragenen Sinne zur Säule *Booz*. Und damit sozusagen übersetzt, blickt er auf Stärke oder innere Stärke. Ja, das passt, schließlich könnte man sein Leben und sein Handeln als von innerer Stärke geleitet deuten. Was vergangen ist!«

»Wenn etwas vergangen ist«, griff Tristan den Gedanken auf, »dann ist es Vergangenheit.«

»Gut, sehr gut«, ihre Hände begannen wild herumzuwirbeln. »Verbindet man dies mit der Säule *Iachim*, also die Bedeutung „denn Gott wird errichten" dann steht diese Säule für Zukunft.« Sie blickte nochmals zu dem Relief, dann sagte sie entschieden: »Ich glaube, man kann das Relief drehen.«

Tristan war von Lenas Interpretationsgabe wieder mal überrascht, obwohl er nicht alles verstanden hatte. Marion zögerte nicht lange. Sie steckte ihren PDA weg und kletterte auf das Denkmal.

»Wie soll ich drehen, im Uhrzeigersinn oder dagegen?« fragte sie.

»Versuchs gegen den Uhrzeigersinn«, riet Lena.

»Okay!« Marion fand Halt auf dem Stein und fasste mit beiden Händen um das Relief.

»Bewegt es sich?!« fragte Lena angespannt.

»Noch nicht«, stöhnte Marion und rutschte ab.

Sie setzte nochmals an, griff fester zu und versuchte die ovale Platte des Reliefs zu drehen. Plötzlich bewegte sich die Platte und Marion drehte das Gesicht um 180 Grad auf den Kopf. Ein mechanisches Geräusch drang durch den Stein. Mehr geschah nicht.

»Was ist?« fragte Marion. »Ist irgendwo was aufgesprungen?«

»Nein«, stöhnte Lena enttäuscht.

»Das war zu einfach«, sagte Tristan. »Jeder, der etwas von Freimaurer-Symbolen versteht, hätte das lösen können.«

»Ja, Sie haben Recht.« Lena setzte sich auf den Sockel und sah sich nochmals den Vers an.

»Was ist nun?« fragte Marion, die sich noch ans Denkmal klammerte.

»Komm runter«, seufzte Lena, »wir haben etwas übersehen.«

Mit einem Sprung landete Marion in der Wiese.

»Was haben wir übersehen?« fragte sie ungeduldig.

»Keine Ahnung«, schüttelte Lena den Kopf und blätterte das Notizbuch durch.

Sie hatte alle Rätselverse notiert und sah sie sich an. Tristan setzte sich neben ihr hin und blickte ebenfalls in das Notizbuch. Eine Weile saßen sie da und grübelten.

»Das ist interessant«, sagte schließlich Tristan.

»Was?« Die feinen Äderchen an Lenas Stirn verrieten ihren Unmut.

»Die Reime«, erklärte Tristan. »Der erste Reim, der uns nach Rödgen führte, ist ein „reiner Reim", da die Versendungen alle auf den gleichen Buchstaben enden. Zudem ist es ein ABAB-Reim.«

Die beiden Akademikerinnen waren verblüfft.

»Sie kennen sich mit Reimen aus?«

»Na ja, ich besitze einen sprechenden Kakadu«, antwortete Tristan ein wenig beleidigt. »Jedenfalls ist der nächste Reim, der uns nach Berleburg führte, ein „unreiner Reim", weil die Buchstabenendungen unterschiedlich sind, allerdings dieses Mal ein AABB-Reim. Der letzte Reim ist jedoch wieder ein „reiner Reim", der zudem auf AABB endet.«

»Und?!« Marion mochte Lyrik noch nie.

»Nun ja, wir haben im letzten Reim zwei N und zwei L«, sagte er und stand auf.

Vor ihm, am mittleren Teil des Denkmals befestigt, befand sich der Gedenkspruch: „ES GIBT KEINE NIEDRIGKEIT DES STANDES – WENN DIE SEELE GEADELT IST.“

»Mal sehen«, Tristan fuhr mit dem Zeigefinger über die Buchstaben, bis er zu dem N in dem Wort KEINE kam. Er drückte auf den Buchstaben und der gab nach.

»Wow«, rief Lena und sprang auf.

Tristan folgte den Buchstaben zum nächsten N, das sich im Wort NIEDRIGKEIT befand. Wieder drückte er darauf und der Buchstabe gab nach. Es folgten das L im Wort SEELE und das zweite L im Wort GEADELT. Als er den letzten Buchstaben eingedrückt hatte, klangen erneut mechanische Geräusche aus dem Inneren, und plötzlich sprang die ovale Platte wie bei einem Medaillon auf.

6

»Wir haben es!« rief Lena begeistert und wollte auf das Denkmal klettern.

Doch Marion zog sie zurück.

»Was soll das?« fragte Lena verwirrt.

»Hier fliegst du aus dem Spiel raus«, antwortete Marion kalt.

Tristan verstand die Situation sofort. Marion zückte einen kleinen Revolver, den sie auf Tristan hielt.

»Machen Sie keine falsche Bewegung«, warnte sie.

Jetzt verstand auch Lena.

»Du?« rief sie entsetzt.

»Nicht allein«, hörte sie plötzlich eine Männerstimme hinter sich.

Lena dreht sich um und sah Professor Narres, der ebenfalls mit einer Pistole bewaffnet auftauchte.

»Es hat schon etwas Gutes«, grinste er, »wenn man Jäger ist.«

Er wackelte mit der Pistole, dann sagte er selbstzufrieden: »Wie ich sehe, habt ihr das Rätsel gelöst.«

»Was wollen Sie jetzt machen?« zischte Tristan, »uns beide umbringen, wie Sie es mit den anderen beiden auch getan haben?«

»Ich habe niemanden umgebracht«, antwortete der Professor gelassen.

Tristan und Lena sahen zu Marion.

»Jetzt starrt nicht so«, sagte sie abfällig und steckte den Revolver in ihre Hose, »als ob eine Frau zu so etwas nicht fähig wäre.« Dann kletterte sie auf das Denkmal.

»Du hast Niels erschlagen?« fauchte Lena und ballte ihre Faust. »Warum?«

»Na, hierwegen«, grinste Marion und deutete auf die Öffnung. »Was glaubst du, ist diese Geschichte wert? Sie ist unbezahlbar, und das weißt du auch!«

»Aber deswegen Menschen töten?!« Lena konnte es nicht begreifen.

»Niels war ein Unfall«, erklärte sie mit einem Hauch von Bedauern in der Stimme, »habe einfach meine Kraft unterschätzt. Wollte ihn nur k. o. hauen. Ging daneben!«

»Und Patrick?« sagte Lena wütend. »Mensch, er war dein Freund!«

»Ein ziemlich blöder«, erwiderte sie. »Er hat sich verraten, als er den Überfall vermasselt hat. Ich musste ihn loswerden.«

»Soll das heißen, dass du das Ganze geplant hast?!« Lenas Äderchen auf der Stirn waren kurz vor dem Platzen.

»Ja, das hat sie«, bestätigte der Professor. »Ich habe ein wenig Hintergrundarbeit geleistet.«

Er blickte verliebt zu Marion, da verstand Lena, dass der Professor auf Marions Kurven hereingefallen war.

»Sie werden der Nächste sein, den man in einen Sarg steckt«, fauchte Lena.

Tristan stand ruhig da und beobachtete. Der Professor befand sich außerhalb des Zaunes. Es war unmöglich ihn anzugreifen. Unterdessen kletterte Marion am Denkmal hinauf. Lenas Zorn wuchs mit jedem Zentimeter, mit dem Marion sich dem Versteck näherte. Nach Lenas Gesichtsausdruck zu urteilen, würde es nicht mehr lange dauern, bis ihre Wut sie übermannt hatte. Der

Detektiv wollte auf diesen Moment vorbereitet sein. Als Marion die Hand in die Öffnung hinter dem Relief stecken wollte, brach Lenas Wut aus. Sie sprang plötzlich aus dem Stand auf Marion und riss sie vom Denkmal. Überrascht fuchtelte der Professor mit dem Revolver umher und befahl Lena aufzuhören. Doch die beiden Frauen waren von ihrem lauten Kreischen und Fluchen umhüllt, während sie sich auf dem Boden prügelten.

Tristan nutzte die Verwirrung und schleuderte seinen Rucksack auf Narres. Die Wucht reichte aus, um dem Prof die Pistole aus der Hand zu schlagen. Der Detektiv wusste, dass ihm nur wenig Zeit blieb, um über den Zaun zu gelangen. Ihm half der Umstand, dass die beiden Frauen sich weiterhin vor ihm auf dem Boden wälzten. Ohne lange zu überlegen nutzte er die beiden Körper als Tritthilfe und schwang sich über den Zaun. Narres beugte sich bereits zu der Waffe am Boden. Tristan riss sich die Hose an den Spitzen des Zauns auf, kam aber rechtzeitig auf der anderen Seite zum Stehen. Mit einem Aikido-Tritt traf er Narres am Unterarm, so dass der Prof erneut die Waffe fallen ließ. Plötzlich schallten Sirenen über den Marktplatz und mehrere Polizeiwagen jagten an der Kirche vorbei auf sie zu. Narres erkannte die Situation und versuchte über die Wiese zu fliehen, doch die Polizisten schienen schon auf ihn gewartet zu haben. Ungeachtet des Polizeilärms keilten sich Marion und Lena weiter. Erst als Lena auf Marion lag und ihr den rechten Arm auf den Rücken verdrehte, endete der Kampf.

»Ist jemand verletzt?« rief Pfeiffer, der aus einer Gruppe von Streifenpolizisten auftauchte, dicht gefolgt von Holzbaum.

»Nein«, schüttelte Tristan den Kopf und untersuchte seine Hose. Zum Glück hatte er sich nicht verletzt. Dann sagte er: »Lena könnte etwas Hilfe gebrauchen.«

Lena hielt ihre Freundin weiterhin am Boden. Erst als mehrere Beamte über den Zaun geklettert waren und die Historikerin in Gewahrsam nehmen konnten, ließ sie los.

»Jetzt haben Sie uns schon zum zweiten Mal gerettet«, schnaufte Lena völlig fertig.

»Ja, aber woher wussten Sie, wo wir waren?« fragte Tristan, ganz der Detektiv.

»Oh, das war ganz einfach«, grinste Pfeiffer stolz. Dann berichtete er, wie sie Narres' Handy ausfindig gemacht hatten und Holzbaum auf die Idee kam, das Adressbuch durchzusehen. Dann hatte der Kommissar die Anruferliste und die SMS-Liste durchgesehen und erkannt, dass Marions Nummer immer wieder in der SMS-Liste erschien. Jetzt brauchten sie nur noch eins und eins zu addieren. Marion hatte Narres mit einer SMS gewarnt, als die Beamten Tristans Wohnung verlassen hatten. Deshalb konnte der Professor rechtzeitig fliehen. Marion hatte ihm zudem mitgeteilt, wo er sie finden würde. Der Prof hatte die SMS nicht gelöscht und so besaßen die Polizisten die gleiche Information. Der Rest war Routinearbeit.

»Nochmals danke«, sagte Tristan.

Lena starrte hinauf zu der Öffnung, die nun auch Pfeiffer erkannte.

»Ich nehme mal an, dass dies ein weiteres Versteck ist«, meinte er.

»Ja«, nickte Lena.

»Und?« fragte Holzbaum, »ist das hier *das* Versteck?«

»Wir wissen es noch nicht«, antwortete Tristan.

»Na, dann rauf mit Ihnen«, befahl Pfeiffer der Historikerin.

Lena ließ sich nicht zweimal bitten. Geschickt kletterte sie auf das Denkmal und griff in die Öffnung.

Es war nicht *Mimung*, das sie aus der Öffnung holte. Es war ein weiterer Hinweis in Form einer Bronzeplatte. Enttäuscht stieg sie herunter.

»Nun, das ist definitiv kein Schwert«, bemerkte Pfeiffer.

Dem musste der Detektiv zustimmen.

Mittlerweile kam Leben in die Stadt. Durch den Sirenenlärm aufgescheucht, trafen Schaulustige auf dem Marktplatz ein. Pfeiffer beobachtete das Treiben mit Argwohn.

»Ich schlage vor«, sagte er, »den Ort hier schnell zu verlassen.«

Tristan nickte und ließ sich von Lena die Platte geben. Dann kletterte sie erneut auf das Denkmal und schloss die Öffnung. Anschließend drehte sie das Relief zurück in seine ursprüngliche Position. Ein lautes Klicken verriet, dass sich der Mechanismus wieder verriegelt hatte. Dann halfen Holzbaum und Tristan Lena über den Zaun.

»Ich hatte gehofft, dass wir am Ziel wären«, sagte sie enttäuscht. »Es waren fünf Hinweise, es hätte so gut gepasst.«

»Lassen Sie uns nach Siegen fahren«, schlug Tristan tröstend vor. »Dann sehen wir weiter.«

»Herr Irle«, sagte Pfeiffer scharf, »diese Platte, die ist ein Beweisstück.«

»Die brauchen Sie nicht«, antwortete der Detektiv. »Marion hat die beiden Morde gestanden. Das können Lena und ich bezeugen.«

»Hm«, brummte der Hauptkommissar und sein Gesichtsausdruck spiegelte so etwas wie Nachdenklichkeit wider. »Gut«, sagte er schließlich in einem Tonfall, der keine Zweifel daran ließ, dass er es ernst meinte. »Sie haben zwei Stunden, dann informiere ich den Staatsanwalt, was bedeutet, dass alle Beweise spätestens dann auf meinem Schreibtisch liegen, alle Fundstücke, verstanden! – Und Irle, das ist nicht verhandelbar!«

»Okay«, nickte der Detektiv.

»Zwei Stunden? Das ist zu wenig!« klagte Lena und schüttelte den Kopf.

»Warten wir es ab«, meinte Tristan und hob seinen Rucksack auf.

»Das können Sie doch nicht zulassen!« wehrte sich Lena.

Doch Tristan wusste, dass nach zwei Morden der Spielraum für den Hauptkommissar ausgereizt war. Sie hatten die vereinbarten zwei Stunden. Die mussten sie nutzen.

7

Das taten sie auch. Zurück in Siegen, machten sie sich gleich an die Arbeit. Die Müdigkeit war wie weggeblasen, als sie die Bronzeplatte untersuchten. Sie war nur einige Millimeter dick und schimmerte matt. Mit Akribie waren ein Lindenblatt, ein Kreuz, ein Lot, ein Winkelmaß und ein Hammer in die Platte eingraviert. Es gab keinen Spruch und keine Zahlenreihe - nur die fünf Abbildungen.

»Wieder eine Fünf«, stöhnte Tristan.

»Ja«, Lena sah ihn mit großen Augen an. Sie schien eine Idee zu haben. »Erinnern Sie sich, wir hatten Psalm 84 mit dem Vers 5. Und auch die Hausnummer der Kapellenschule hatte die Fünf. Beide Male waren es christliche Ortsangaben. Könnte das hier wieder eine christliche Ortsangabe sein?«

»Ein Bibelspruch?!«, seufzte Tristan. »Gott möge uns davor behüten. Wie sollen wir den aus diesen Symbolen herausfinden.«

»Dann doch eine Ortsangabe«, entschied Lena. »Fangen wir mit dem Lindenblatt und dem Kreuz an.«

Als Tristan Lena so sprechen hörte, schnappten seine Synapsen im Gehirn zu. Die Assoziation von Linde und Kreuz brachte ihn zurück zum Ausgangsort dieser verrückten Suche: auf den Lindenberg-Friedhof.

»Lena, mit den ersten beiden Symbolen ist der Lindenberg-Friedhof gemeint«, sagte Tristan.

»Sie meinen, dass wir nochmals ein Grab öffnen müssen!« Lena schreckte zurück.

»Na ja«, antwortete Tristan. »Sinn würde es machen. Schließlich lag *Mimung* mehrere Jahrhunderte in Karls Grab.«

»Außerdem würde keiner ein Grab einfach öffnen«, ergänzte Lena. »Allerdings, was ist mit der Einebnung nach 30 Jahren?«

»Auf dem Lindenberg-Friedhof gibt es Gruften«, erinnerte der Detektiv, »sie stehen heute unter Denkmalschutz. Aber auch schon vor 50 Jahren hätte niemand die Bauwerke einebnen lassen.«

»Das macht Sinn«, nickte sie. Dann tippte Lena mit dem Finger auf die anderen Zeichen. »Das Lot, das Winkelmaß und der Hammer, das sind alles Ur-Freimaurersymbole.«

»Dachte ich mir schon«, antwortete Tristan. »Aber warum werden sie so explizit dargestellt?«

»Das Lot symbolisiert bei den Freimaurern *Geradheit und Wahrhaftigkeit* sowie die verbindende Weltachse zwischen Himmel und Erde«, spulte Lena automatisch ab. »Es ist ein Symbolgerät aus der Welt der Bauhütten, das noch heute in der Bildersprache der Freimaurer eine bedeutende Rolle spielt. Es wird in das Gewissen gesenkt und prüft die gerade Linie des geistigen Bauwerks. Das Lot gehört zu den beweglichen Kleinodien und ist das Abzeichen des Zweiten Aufsehers.«

Sie sah Tristan an und schloss: »Nur, wie soll man das verstehen?«

»Was bedeutet das Winkelmaß?« Tristan deutete auf das Symbol auf der Bronzeplatte. »Ich habe das bei Ihrem verstorbenen Professor auf der Brust liegen sehen.«

»Das Winkelmaß ist das Symbol oder wie die Freimaurer sagen, das *Bijoux*, das Abzeichen des Meisters vom Stuhl.« Lena lächelte, als sie an Professor von Stubbe dachte. »Es steht für *Sittlichkeit und Gerechtigkeit*. Ein starkes Symbol, wie ich finde.«

»Dann hätten wir nur noch den Hammer«, stellte Tristan fest.

»Der Hammer«, wiederholte Lena, »lassen Sie mich nachsehen.«

Sie kramte in ihrer Tasche und holte ein stark benutztes Notizbuch heraus.

»Der Hammer ist ein Symbol für den Lehrling. Es gibt den Spitz- und den Steinmetzhammer.«

»Das hier dürfte ein Spitzhammer sein«, Tristan betrachtete das Symbol durch seine Halbbrille.

»In der Symbolik der Freimaurerei soll der Spitzhammer an die Notwendigkeit erinnern, *Herz und Denken von all dem zu befreien, was als Laster und Überflüssiges bezeichnet wird*. Allerdings ist der Hammer auch das Symbol für die sogenannten hammerführenden Beamten. Jene drei, die da wären der Meister vom Stuhl sowie erster und zweiter Vorsteher, die die Loge leiten.«

»Zwei von denen sind mit ihren – wie nannten Sie es – *Bijoux* vertreten. Einer fehlt.«

Lena sah auf die Bronzeplatte.

»Der erste Vorsteher ist nicht vertreten, er hat als Abzeichen eine Wasserwaage«, antwortete Lena. »Und noch etwas fehlt. Das wichtigste und bekannteste Symbol, der Zirkel.«

»Wie deuten wir das nun?« seufzte der Detektiv.

»Wir schauen uns am besten auf dem Friedhof um«, antwortete Lena etwas genervt. »Wir haben noch gut eine Stunde Zeit, dann taucht Pfeiffer auf.«

Dagegen gab es keinen Einwand.

»Ich sollte aber vorher zu Erich gehen und Marlowe abholen«, sagte Tristan. »Der Kerl wird mich sicher schon vermissen. Zudem sollten wir Pfeiffer informieren, wo er uns findet.«

»Ich denke, das ist fair«, stimmte Lena zu und steckte die Bronzeplatte in ihre Tasche.

Als sie erneut das Haus verließen, stand die Sonne wie ein feuriger Stern am blauen Himmel. Ihre warmen Strahlen brachten Leben auf die

Erde und Tristan konnte verstehen, warum die alten Ägypter die Sonne als ihren höchsten Gott ansahen.

Erich wirkte erleichtert, als er Marlowe wieder in die Obhut seines Herrchens geben konnte. Tristan informierte ihn grob über den Stand der Ermittlungen. Der Detektiv ließ allerdings den Einbruch ins Schloss zu Berleburg sowie den tödlichen Kampf am Jung-Stilling-Denkmal aus. Für solche Informationen war es eindeutig noch zu früh am Tag.

Marlowe schien sich wirklich zu freuen. Er zappelte aufgeregt auf Tristans Schultern und brabbelte: »Was er liebt, ist keinem fraglich: / Triumphierend und behaglich / Nimmt es seine Seele ein / Und befiehlt: So soll es sein.«

Lena konnte sich ein Grinsen nicht verkneifen. »Er ist einfach unglaublich.«

Sie fuhren gemütlich den Berg hinunter und jeder hing seinen Gedanken nach. Doch beide fragten sich insgeheim: würde die Suche nun ein Ende haben?

Vogelgezwitscher begrüßte sie, als sie den Friedhof am Lindenberg nahe der alten Friedhofskapelle betraten. Der Gruftenweg begann gleich hinter der Kapelle. Marlowe saß auf Tristans Schulter und genoss das Vogelkonzert, indem er ab und zu einen Zwitscherlaut nachmachte. Den Rucksack hatte Tristan dieses Mal zu Hause gelassen. Ohne dass sie darüber gesprochen hatten, herrschte doch die übereinstimmende Meinung, dass sie kein weiteres Grab schänden würden. Lena trug ihre Tasche über der Schulter, als wäre sie ein Schild. Sie war zum ersten Mal nicht aufgeregt.

Sie gingen den Gruftenweg entlang und betrachteten die schönen und teilweise sehr verfallenen Grabanlagen. Je weiter sie den Weg entlanggingen, desto prunkvoller wurden die Grabmale. Schließlich blieben sie vor einer Gruft stehen, deren Fassade an einen alten griechischen Tempel erinnerte. Die mächtige Fassade war mit einem Vordach, das auf zwei Säulen ruhte, eine der prächtigsten auf dem Friedhof. Dichter Bewuchs umrahmte die Gruft, vor deren Portal ein Rosenbusch stand. Doch was beiden den Atem verschlug, war eine feingearbeitete Verzierung im Giebel des Vordaches. Umschlungen von einer Rose erkannten sie ein Zollmaß und einen Zirkel.

»Das siebte Zeichen«, flüsterte Lena und sie wusste, dass sie das Schwert *Mimung* gefunden hatte.

7. Sie waren am Ziel ...

Mittwochmorgen

Sie waren am Ziel.

»Guten Morgen«, grüßte sie plötzlich der Staatsanwalt Büdenbender.

Mit ihm zusammen standen Hans-Martin Brühl, Lothar Knipp sowie Holzbaum und Pfeiffer hinter ihnen.

Verdutzt grüßte Tristan zurück.

»Sie haben das Versteck also gefunden«, sagte Büdenbender und ein wenig Bewunderung lag in dem Satz.

»Ja«, antwortete Lena und sah verwirrt die beiden Freimaurer an.

Büdenbender stellte die beiden Männer vor, dann begann Knipp, der erste Vorsteher der Siegener Loge, zu sprechen: »Frau Lamberti, wir haben nicht geglaubt, dass Sie das Versteck finden würden. Nur unser verstorbener Bruder Stubbe war fest davon überzeugt, dass Sie es schaffen könnten.«

Lena und Tristan musterten den rundlichen Mann.

»Ja, wir wussten von Ihrer Suche«, sprach er ruhig weiter. »Nein, wir kannten das Versteck nicht, das vor vielen Jahrzehnten unsere Brüder für das Schwert *Mimung* ausgesucht hatten. Trotz intensiver Suche ist es uns in all den Jahren nicht gelungen, auch nur einen Hinweis zu entschlüsseln. Dabei lag der Schlüssel die ganze Zeit in unseren Archiven, das alte Siegel.«

»Während der Nazizeit«, begann nun der Zweite Vorsteher Hans-Martin Brühl, zu berichten, »haben unsere Brüder aus Angst, dass sich Himmler auf die Suche nach diesem Schwert macht, alle erklärenden Dokumente und Hinweise zerstört. Nur der damalige Meister vom Stuhl wusste, wo man die Suche beginnen musste.«

»Durch einen tragischen Unfall«, führte Knipp weiter aus, »ging auch diese Information verloren. Erst als Sie mit Ihrer Doktorarbeit die ersten Hinweise fanden, hegten wir wieder Hoffnung. Professor Stubbe hat Ihnen Unterlagen aus dem geheimen Archiv zukommen lassen, ohne die Sie nicht an die nötigen Informationen gekommen wären.«

»Viele von uns waren dagegen«, gestand Brühl, »schließlich hatten unsere Experten alle Fakten mehr als einmal durchgearbeitet.«

»Aber keiner hat die richtigen Schlüsse ziehen können«, grinste Knipp anerkennend.

»Und, was soll jetzt geschehen?« fragte Tristan, ein wenig verärgert, da er die Früchte ihrer Arbeit verloren sah.

»Das liegt allein in Frau Lambertis Hand«, sagte Knipp, und es wirkte wie eine Offenbarung.

»Wie?!« stieß Lena heraus.

»Prüfen Sie Ihr Inneres und entscheiden Sie selbst«, antwortete Knipp väterlich.

»Und Sie, Herr Büdenbender«, hakte Tristan nach, »haben nichts dagegen?«

»Er ist einer von Ihnen«, bemerkte Pfeiffer abfällig.

Tristan sah den Staatsanwalt an, der nickte und sagte: »Noch Lehrling!«

Lena drehte sich zum Portal um. Sie spürte das Gewicht der Bronzeplatte in ihrer Tasche. Sie dachte an das Lot: Geradlinigkeit und Wahrhaftigkeit. Ihr fiel die Bedeutung des Winkelmaßes ein: Sittlichkeit und Gerechtigkeit. Sie sah Büdenbender, den Lehrling, und erinnerte sich, ihr Herz und ihr Denken von allem zu befreien, was Laster und Überflüssiges ist. Dann blickte sie zum Giebel und die Morgensonne blendete sie. Nur schemenhaft nahm sie den Zirkel wahr, das Symbol der Liebe zu den Menschen. Lena spürte einen Stich im Herzen und die Bilder des gestrigen Traumes tanzten vor ihrem inneren Auge. Sie erinnerte sich der Toten und wusste, dass sie dieses Grab niemals öffnen würde.

2

»Und ihr seid wirklich in das Schloss eingebrochen?« Helga schüttelte den Kopf.

»Ja, der Wisse Ohm hat uns geholfen«, antwortete Tristan.

»In das Schloss!« wiederholte sie. »Du schreckst auch vor nichts zurück.«

Tristan grinste und fühlte einen Umschlag unter seiner dünnen Strickjacke.

Die beiden saßen auf der Bank vor Tristans Haus und genossen die warme Mittagssonne. Helga war zurückgekehrt und hatte Tristans Beschreibungen schweigend gelauscht.

»Diese Lena hat alle Beweise und Hinweise den Freimaurern zurückgegeben«, Helga sagte das bewundernd. »Was wird jetzt aus ihrer Doktorarbeit?«

»Wie sich herausstellte«, grinste Tristan, »kann sie die – natürlich ein wenig umgeschrieben – noch benutzen. Es gibt einen *Freimaurer-Bruder,* der ihr neuer Doktorvater wird. Ich denke, sie wird mit summa cum laude abschließen.«

»Nun, das ist ja wohl das Mindeste, was das Mädchen verdient hat«, sagte Helga entschieden.

»Mal was ganz anderes«, begann Tristan und griff in seine Strickjacke. »Du weißt doch, was heute für ein Tag ist.«

Helga nickte, natürlich hatte sie den Jahrestag ihres ersten Kusses nicht vergessen. Und als Frau wusste sie auch, dass dieser Jahrestag ein kleines Jubiläum bedeutete.

»Nun, ich habe mir wirklich Gedanken gemacht«, begann der Detektiv. »Ich weiß ja, dass du Edelsteine nicht sonderlich magst, und dieser andere Kram, auf den stehst du ja auch nicht.«

Helga hätte gerne diesen anderen Kram genauer spezifiziert, wollte aber Tristans süße Rede nicht unterbrechen.

»Nun, während der ganzen Jagd von einem Hinweis zum anderen, da ist mir Odysseus eingefallen.«

»Der alte Grieche!« Helgas Stimme konnte einen leichten Unterton nicht verbergen.

»Ja, der Grieche, der mit dem Schiff!« antwortete Tristan und reichte ihr den Umschlag.

Helga sah den Umschlag skeptisch an, dann öffnete sie ihn.

»Eine Kreuzfahrt!« rief sie überwältigt und gab ihm einen Kuss.

Ein Dankeschön ...

Eine umfangreiche Recherchearbeit war von Nöten, um den Stoff spannend und sachgerecht wiederzugeben. Neben literarischen Quellen (s. Das Notizbuch) konnte ich auf das Fachwissen der Freimaurer Prof. Dr.-Ing. Ernfried Obermeier und Jochen Lütgert zurückgreifen. Die beiden Herren nahmen sich ausgiebig Zeit in den Räumen der Siegener Loge, meine Fragen zu beantworten. Sie gaben mir entscheidende Quellenhinweise und Abschriften. Ohne diese herzliche Hilfe wäre die Darstellung der Freimaurerei in diesem Buch nicht möglich gewesen. Sollte sich dennoch die eine oder andere Darstellung als ungenau erweisen, liegt es nicht an ihnen.

Christian Brachthäuser, Stadtarchiv Siegen, danke ich für die professionelle Materialsammlung, die mir die Tür in Siegens Vergangenheit öffnete. Dr. Friedrich Weber nahm sich die Zeit, im Archiv der Siegener Zeitung nach Hintergrund-Informationen zu suchen, auch ihm gilt mein Dank. Gundula Hoßfeld gab mir hilfreiche Einblicke ins Schloss Berleburg, ohne ihre Hilfe hätte ich Tristans Taten folgen müssen, – wer weiß, ob dieses Buch dann je geschrieben worden wäre. Darüber hinaus gilt mein Dank dem freundlichen Schaffner und Lokführer der Drei-Länder-Bahn, die auf der Zugfahrt von Siegen nach Bad Berleburg meine Fragen offen beantworteten.

Anja Georg, Maria Leyener, Sabine Rottler, Rolf Engel und Ralph Rottler gehörten zu den Ersten, die das Manuskript lesen durften. Ihre Anmerkungen haben das Buch verbessert. Marlis Klein nahm sich das Manuskript in ihrem Urlaub an der Nordsee vor, während Prof. Dr. Jürgen Kühnel, trotz Umzugsstress, am Bodensee dem Manuskript den letzten Schliff gab. Mein Dank gilt ebenfalls Rebecca Schmidt und all jenen, die dafür sorgten, dass dieses Buch erschien.

Michaela Becker / Ralf Strackbein

Das Notizbuch

Die geheimen Recherchen zum Fall:
Tristan Irle und der Grabräuber

Ergänzungsband · Taschenbuch
32 Seiten mit zahlreichen Abbildungen

Der Inhalt dieses Notizbuches dokumentiert die geheimen Recherchen zum Fall: Tristan Irle und der Grabräuber.
Die im Roman „Tristan Irle und der Grabräuber" erwähnten Schauplätze und Fundstücke werden in diesem Notizbuch mit zahlreichen Fotos und Grafiken dargestellt. Zudem sind Hintergrundinformationen, eine geschichtliche Zusammenfassung der historischen Quellen und ein Quellenverzeichnis abgedruckt.
Es wird darauf hingewiesen, dass dieses Notizbuch nur in Zusammenhang des Tristan-Irle-Romans Sinn ergibt.
Es wird ferner davor gewarnt, dieses Notizbuch vorzeitig zu öffnen.
Wer die Spannung im Roman erhalten möchte, dem sei empfohlen, sehr vorsichtig in diesem Notizbuch zu blättern und unbedingt die Anleitung als Erstes zu lesen.

ISBN: 978-3-935378-25-3

Ralf Strackbein

Der Billy-Code

Roman · Taschenbuch · 296 Seiten

Bedrohlich ziehen dunkle Schneewolken von Westen heran, während sich Raphael Olofsson, ehemaliges Mitglied der Deutschen Botschaft in Stockholm, und seine Assistentin, Miriam van Heyden, auf den Weg zu einem schwedischen Möbelhaus machen. Im Möbelhaus werden sie von einem Stromausfall überrascht. Die plötzliche Dunkelheit raubt ihnen die Sicht. Dann treten sie in eine Blutlache. Nicht weit entfernt finden sie eine Leiche, die auf mysteriöse Weise ums Leben kam.

Die anrückende Polizei und der Niederlassungsleiter gehen von einem Unfall aus, doch Olofsson findet Indizien, die auf Mord hindeuten. Unterdessen ahnt keiner der Möbelhaus-Besucher, dass sich ein katastrophaler Schneesturm über das Land ausbreitet, der ein Verlassen des Möbelhauses unmöglich macht. Als die Betroffenen ihre Situation erkennen, ist es zu spät, und Olofsson fragt sich: Konnte der Mörder fliehen oder ist er mit uns eingeschlossen?

ISBN: 978-3-935378-19-2

In dieser Reihe bereits erschienen:

Tristan Irle und der Rubensmord (1991)

Eigentlich sollen die Feierlichkeiten zum 350. Todestag von Peter Paul Rubens friedlich und ohne größeres Aufsehen in der Stadt Siegen gefeiert werden. Doch das ändert sich schlagartig, als man eine Leiche im Vorhof des Oberen Schlosses findet. Privatdetektiv Irle übernimmt den Fall und muss bald feststellen, dass mehr hinter dem Fall zu stecken scheint, als es vordergründig aussieht.

Tristan Irle – Eine Leiche auf der HTS (1992)

Friedlich bereiten sich die Bewohner des Siegerlandes auf das Weihnachtsfest vor. Doch plötzlich wird die festliche Ruhe gestört, als man eine Leiche im Schnee begraben findet. Tristan Irle übernimmt die Aufklärung des mysteriösen Mordes. Dabei verfängt er sich in einem Netz von Intrigen, Bestechungen und Lügen.

Tristan Irle – Mord Pur (1993)

KulturPur – seit Jahren ein Begriff für ein Fest der besonderen Art. Tristan Irle gönnt sich ein paar Tage Urlaub auf dem Giller und trifft dort Pensionsbesitzerin Helga Bottenberg. – Eine Frau, in die er sich verlieben könnte? Beschaulichkeit bestimmt den Tag, bis ein hinterhältiger Anschlag die Idylle zerstört.

Tristan Irle – Die Abseitsfalle (1994)

Die Damenmannschaft des SC Siegen hat es wieder geschafft. Sie steht im Endspiel um die deutsche Meisterschaft. Doch dann verunglückt auf mysteriöse Weise ein Mitglied des Vereins. War es Mord? Diese Frage soll Tristan Irle klären. Voller Tatendrang stürzt er sich ins Spiel. Doch das Spiel ist nicht fair, und er durchschaut die heimtückische Abseitsfalle.

Tristan Irle – Das sexte Gebot (1995)

Seit Tagen ziehen Regenschauer über das Siegerland. In dicke Regenjacken gehüllt, gehen die Menschen ihren Geschäften nach. Plötzlich erschüttert des Nachts eine fürchterliche Autoexplosion die Stadt. Es gibt einen Toten. Zur gleichen Zeit findet Tristan Irle ein Findelkind in der Marienkirche. Die Polizei steht vor einem Rätsel. Haben beide Ereignisse etwas miteinander zu tun?

Tristan Irle und das Rathauskomplott (1996)

Weihnachtsmarkt in Siegen. Es ist der Beginn der Adventszeit. Plötzlich erschüttert ein fürchterlicher Fund auf dem Weihnachtsmarkt die Gemüter. Schockiert schalten sich Staatsanwaltschaft und Polizei ein. Ihnen eine Nasenlänge voraus ist eine junge Journalistin. Sie vermutet Verbindungen zum Rathaus und bittet Detektiv Tristan Irle um Hilfe. Machenschaften allerorts und der kommunale Filz drohen schließlich die Ermittlungen fast zu ersticken.

Tristan Irle – Der Braumeister (1997)

Der junge Braumeister Roland Eichbaum hat die Idee seines Lebens. Er möchte Bier in Asien brauen. Die Verhandlungen sind in vollem Gange, als plötzlich ein Mord die Bierbrauer der Region erschüttert. Bis Tristan Irle durch die trübe Suppe von Verdächtigungen eine klare Spur findet, muss er so manches Glas Bier leeren, und nicht selten beginnt die Recherche mit einem lauten: Prost! Und da ist dann auch noch ein geheimnisvoller Chiffrierschlüssel, der Tristans Ermittlungen behindert.

Tristan Irle – Gegen den Strich (1998)

Die kleine Großstadt Siegen steht im Fokus der Weltöffentlichkeit. Im Medien- und Kulturzentrum laufen die letzten Vorbereitungen auf Hochtouren für eine ganz besondere Ausstellung, als ein Siegener Künstler zu Tode kommt. Tristan Irle beginnt seine Ermittlungen, was Künstlern und anderen Kreativen gegen den Strich geht. Dann muss Irle feststellen, dass die Kunstszene genauso schillernd ist wie eine Malpalette.

Tristan Irle – Tödliche Doktorspiele (1999)

Im Arzt-Gelöbnis steht: »Ich werde meinen Beruf mit Gewissenhaftigkeit und Würde ausüben. Die Erhaltung und Wiederherstellung der Gesundheit meiner Patienten soll oberstes Gebot meines Handelns sein.« Diesen Satz haben auch die Ärzte in einem Krankenhaus in Siegen gelobt. Doch eines Morgens findet man eine tote Patientin. Und wie sich herausstellt, wurde sie falsch behandelt. Chefarzt Dr. med. Killian steht plötzlich unter Mordverdacht, doch er behauptet, unschuldig zu sein. Privatdetektiv Tristan Irle wird eingeschaltet, um den mysteriösen Todesfall zu untersuchen. Ihm gegenüber eine Schar weißer Kittel, die alle etwas zu verbergen scheinen.

Tristan Irle – Siegener Maskerade (2000) gebunden

Schriftsteller Raffael Leich trifft sich im Geheimen mit dem persönlichen Referenten des Bürgermeisters. Ein mysteriöses Bild wechselt den Besitzer, dann fallen plötzlich Schüsse. Raffael kann fliehen. Tags darauf wird Privatdetektiv Tristan Irle eingeschaltet, um zu ermitteln. Zur gleichen Zeit bereitet der Anwalt Hallenberger eine Millionen-Spende für die Stadt Siegen vor, um mit dem Geld das Projekt Apollo-Theater zu finanzieren. Steht der Mord etwa mit dem Theaterprojekt in Verbindung? Welche Rolle spielen Schriftsteller Raffael Leich und der Bürgermeister? Und da ist da noch das geheimnisvolle Bild. Im Buch enthalten: ein ausklappbarer Abzug des mysteriösen Bildes.

Tristan Irle – Eisenhart (2001)

Die Stadtkasse – so ausgetrocknet wie ein afrikanisches Wadi – treibt Stadtkämmerer Goldmann den Schweiß auf die Stirn. Sein Chef, der Bürgermeister, eröffnet unterdessen ein neues Museum und weiß selbst nicht so recht, wie er die anstehenden finanziellen Probleme lösen soll. Tristan Irle, Privatdetektiv, ist an diesem Tag einer Einladung auf das Segelfluggelände nahe der Stadt gefolgt. Dort muss er einen schrecklichen Unfall mit ansehen. Der Detektiv beginnt zu ermitteln und dabei entpuppt sich die scheinbar eingeschworene Fliegergemeinschaft als lebensgefährliche Bedrohung für Tristan und seine Freunde.

Tristan Irle – Die Fürstenjagd (2002)

Es ist Jagdsaison im Wald des Fürsten zu Widerstein. Allerlei Prominenz aus dem Ausland trifft sich nahe Bad Berleburg in einem Forsthaus, um zusammen mit Fürst Siegfried dem Wild auf die Pelle zu rücken. Vom Jagdfieber gepackt, verteilen sich die Herrschaften im Wald. Schüsse fallen und plötzlich ertönen Jagdhörner. Wenig später wird die Jagd abgebrochen, denn im Wald liegt ein Toter. Tristan Irle, Privatdetektiv, als Treiber bei der Jagd dabei, übernimmt die Ermittlungen. Die stellen sich als äußerst schwierig heraus. Die Jagdgäste aus höchsten adeligen Kreisen schweigen, bis die Beweislast immer erdrückender wird.

Tristan Irle – Lokalzeit (2003)

Die Journalisten des regionalen Fernsehsenders sind ein eingespieltes Team. Erhöhter Stress gehört bei ihrem Job zum Alltag, und da bringt es den verantwortlichen Fernsehredakteur nicht sonderlich aus der Ruhe, als ein Übertragungswagen für die aktuelle Stunde liegen bleibt. Doch als vor laufender Kamera jemand stirbt, da liegen plötzlich bei allen Beteiligten die Nerven blank. Noch ahnt keiner, dass dies der Auftakt zu einer unheimlichen Mordserie ist.

Tristan Irle, Privatdetektiv, übernimmt die Ermittlungen. Und die führen ihn überraschend zu einem großen schwedischen Möbelhaus, dessen Ansiedlung zum Interessenkonflikt mächtiger Parteien geführt hat. Schließlich drängt sich dem Detektiv die Frage auf: Hat das Rathaus etwas mit dem Mord zu schaffen?

Tristan Irle – Baum fällt! (2004)

Die heimische Politprominenz ist hocherfreut. Der brasilianische Botschafter besucht anlässlich einer Fürst-Johann-Moritz-Ausstellung die Region. Eine gute Gelegenheit die Gäste aus Übersee in den Wald einzuladen, um uralte Haubergstradition zu vermitteln. Der Botschafter ist begeistert. Weniger enthusiastisch zeigen sich die Kuratoriumsmitglieder der Ausstellung sowie die verantwortlichen Historiker, allen voran die Rektorin der Universität. Und dann endet der Ausflug für einen Gast auf mysteriöse Weise tödlich.

Tristan Irle, Privatdetektiv, beginnt zu ermitteln. Bald stellt er fest, dass die feine Gesellschaft der Ausstellungsmacher ihre eigenen dubiosen Ziele verfolgt. Und schließlich gerät der Privatdetektiv ins Schussfeld, denn im Hintergrund agiert noch der Geheimdienst …

Tristan Irle – Die zitternden Tenöre (2005)

Der Männergesangverein *„Pro Patria"* steht vor einer großen Herausforderung. Zusammen mit dem engagierten Chorleiter Gottfried Kunze möchten die Mitglieder nach 100-jährigem Bestehen endlich den Status „Meisterchor" erlangen. Sie proben, bis ihre Stimmbänder zittern, doch dann geschieht während der Probenpause ein Mord. Chorleiter und Erster Vorsitzender sind sich einig, dass dieses hinterhältige Attentat nur einer aufklären kann. Sie engagieren den Privatdetektiv Tristan Irle.

Die Tenöre verfolgen misstrauisch Tristans Ermittlungen. Je mehr der Detektiv in ein klebriges Geflecht aus Intrigen dringt, desto gefährlicher wird es für ihn. Und dann stellt sich plötzlich heraus, dass das Opfer einen berühmten Verwandten hat.

Tristan Irle – Der Killersteig (2006)

An einem herrlichen Spätsommertag trifft sich eine Gruppe Polizisten, um zusammen mit Staatsanwalt und Landrat über einen Teil des berühmten „Rothaarsteigs" zu wandern. Mit Rucksack und Wanderschuhen ausgerüstet beginnt die Wanderung im Süden des Kreisgebietes Siegen-Wittgenstein. Doch schon bei der ersten

Übernachtung kommt es zu einem tragischen Zwischenfall.

Tristan Irle, Privatdetektiv, erhält kurz darauf einen geheimnisvollen Anruf, der ihn dazu bewegt, sich der Gruppe am nächsten Tag anzuschließen. Schon bald muss er feststellen, dass nicht alle in der Gruppe so freundlich sind, wie sie vordergründig vorgeben. Als es erneut zu einem Zwischenfall kommt, ahnt der Detektiv, das ein Mörder unter ihnen weilt.

Tristan Irle – Locht ein! (2007)

Große Aufregung unter den Golfern im Kreisgebiet. Am Vorabend der Clubmeisterschaft findet man einen Toten auf dem Golfplatz und das mitten im Wasserhindernis. Keiner kann sich so richtig erklären, wie dieser scheinbare Unfall vonstatten ging, und zum Erstaunen von Privatdetektiv Tristan Irle hält sich die Trauer um das verstorbene Clubmitglied in Grenzen.

Als der Detektiv die Ermittlungen übernimmt, kommen Hinweise zutage, die auf Mord deuten. Tristan Irle beginnt Fragen zu stellen, die erheblich mehr Aufregung erzeugen als der Start der Clubmeisterschaft. Besonders der Clubpräsident und der Spielführer fühlen sich belästigt, dann findet Irle die Tatwaffe …

Tristan Irle hat Lampenfieber (2008)

Intendant Wolferl Wanderschmied hat sich für den Saisonbeginn etwas Großes ausgedacht. Eine prächtig inszenierte, romantische Komödie mit jungen Schauspieltalenten und alten Hasen soll das Publikum zum Lachen verführen. Dummerweise überlebt einer der jungen Schauspieler die Generalprobe nicht, was eine

Kette von Ereignissen auslöst, die sich Intendant Wolferl so nicht für seine Inszenierung vorgestellt hat.

Zum Glück gehört Privatdetektiv Tristan Irle zur Schauspieltruppe. Er übernimmt die Ermittlungen. Jetzt zeigt Tristan sein wahres Talent und stöbert Intrigen auf, was ihn ins Rampenlicht führt. Doch auf den Brettern, die die Welt bedeuten, ist manches nicht so, wie es scheint, und Tristan weiß, der Mörder beobachtet die Szene ganz genau.

Nicht jeder der genannten Titel ist immer lieferbar. Vergriffene Titel werden in einem bestimmten Rhythmus wieder aufgelegt. Fragen Sie bitte im Einzelfall bei Ihrem Buchhändler nach, welche Titel lieferbar sind.